BETIBU

Claudia Piñeiro

BETIBU

Tradução
Marcelo Barbão

1ª edição

Rio de Janeiro-RJ / Campinas-SP, 2014

Editora: Raïssa Castro
Coordenadora editorial: Ana Paula Gomes
Copidesque: Katia Rossini
Revisão: Raquel de Sena Rodrigues Tersi
Capa: Raquel Cané
Projeto gráfico: André S. Tavares da Silva

Título original: *Betibú*

ISBN: 978-85-7686-289-5

Verus Editora Ltda.
Rua Benedicto Aristides Ribeiro, 41, Jd. Santa Genebra II, Campinas/SP, 13084-753
Fone/Fax: (19) 3249-0001 | www.veruseditora.com.br

CIP-BRASIL. CATALOGAÇÃO NA FONTE
SINDICATO NACIONAL DOS EDITORES DE LIVROS, RJ

P716b

Piñeiro, Claudia, 1960-
Betibu / Claudia Piñeiro ; tradução Marcelo Barbão. - 1. ed. - Campinas, SP : Verus, 2014.
23 cm.

Tradução de: Betibú
ISBN 978-85-7686-289-5

1. Romance argentino. I. Barbão, Marcelo. II. Título.

14-08182 CDD: 868.99323
CDU: 821.134.2(84)-3

Revisado conforme o novo acordo ortográfico

Impresso no Brasil pelo Sistema Cameron da Divisão Gráfica da
DISTRIBUIDORA RECORD DE SERVIÇOS DE IMPRENSA S.A.

Para minhas amigas, todas, porque sim

Para Silvina Frydman e Laura Novoa,
elas e eu sabemos por quê

[...] com seus relatos policiais para o jornal, ele conta ao público o que aconteceu e como, mas sempre chega depois do choque ou do crime, precisa revivê-lo na imaginação com testemunhos e indícios. Nunca, até agora, o fato se desenvolveu diante de seus olhos, nem o alarido da vítima entrou por seus próprios ouvidos de cronista.

— Antonio Di Benedetto,
"Falta de vocação", *Contos claros*

Os restos microscópicos que cobrem nossa roupa e nossos corpos são testemunhas mudas, seguras e fiéis, de nossos movimentos e de nossos encontros.

— Edmond Locard, *Tratado de criminalística*

A história continua, pode continuar, há várias conjecturas possíveis, fica aberta, só é interrompida. A investigação não tem fim, não pode terminar. Seria necessário inventar um novo gênero literário: a ficção paranoica. Todos são suspeitos, todos se sentem perseguidos.

— Ricardo Piglia, *Alvo noturno*

AGRADECIMENTOS

A Cristian Domingo, Laura Galarza, Débora Mundani e Karina Wroblewski, por serem leitores meticulosos, implacáveis e amorosos dos vários rascunhos deste romance.

A Guillermo Saccomanno, porque me emprestou Zippo e porque sempre está ao meu lado.

A Juan Martini, Maximiliano Hairabedian, Facundo Pastor e Ezequiel Martínez, por me ajudarem a resolver diferentes assuntos desta história.

A Nicole Witt, Jordi Roca e sua equipe.

A Julia Saltzmann e Gabriela Franco.

A Marcelo Moncarz.

A Eva Cristaldo e Anabella Kocis.

A Paloma Halac.

A meus filhos.

1

AS SEGUNDAS-FEIRAS SÃO OS DIAS MAIS DEMORADOS PARA ENTRAR no Clube de Campo La Maravillosa. A fila de empregadas domésticas, jardineiros, pedreiros, encanadores, carpinteiros, eletricistas, gasistas e outros trabalhadores da construção parece não terminar nunca. Gladys Varela sabe disso. Então se maldiz, ali onde está, parada na frente da portaria na qual se afixou um cartaz "Funcionários e fornecedores", atrás de pelo menos outras quinze ou vinte pessoas que, como ela, tentam entrar. Amaldiçoa-se por não ter carregado o cartão eletrônico que permitiria seu acesso direto. Mas é que o cartão vence a cada dois meses, e os horários nos quais se pode recarregá-lo coincidem com os horários em que trabalha para o senhor Chazarreta. E o senhor Chazarreta não tem um bom caráter. Ou pelo menos não tem uma boa cara, e Gladys se intimida diante dela, esta cara. Embora não saiba se o trejeito que ele faz ao olhar para ela se deva a ser rude, seco ou de poucas palavras. Mas, seja o que for, essa é a razão pela qual não se atreveu até agora a pedir para sair mais cedo ou dar um pulinho na segurança para recarregar seu cartão de ingresso. Pela cara com que olha para ela. Ou não olha, porque na verdade o senhor Chazarreta raramente faz isso. Olhá-la. Olhar direto para ela. Olha no geral, olha ao redor, olha para o jardim, ou olha para uma parede em branco. Sempre de cara feia, sério, como que com raiva. Também, por tudo que teve de passar, dá para entender. Por sorte, ela tem pelo menos a permissão de entrada assinada, isso tem; então terá de entrar na fila, como está fazendo, mas ninguém vai ligar para o senhor Chazarreta para autorizar sua entrada no bairro privado. O senhor Chazarreta não gosta de ser acordado e, de vez em quando, dorme até tarde. De vez em quando, ele dorme a qualquer hora. E bebe. Muito. Gladys acredita, ou suspeita. Porque ela, com frequência, encontra um copo e uma garrafa de uísque no lugar da casa onde o senhor Chazarreta dormiu na noite anterior. Às vezes é o quarto. Outras vezes, a sala ou o corredor ou esse cinema que eles têm no andar de cima. Eles têm não, ele tem, porque o senhor Chazarreta vive sozinho desde a morte da mulher. Mas disso, da morte de sua mulher, Gladys não pergunta, não sabe, nem quer saber. Com o que viu no noticiário da TV, já está bom. E não se interessa pelo que dizem alguns. Ela trabalha na casa há dois anos, e a morte da senhora foi há dois anos e meio ou três. Três. Acha, foi o que disseram, não se lembra da data exata. Ela faz seu trabalho direito. E ele paga bem, pontualmente, e não reclama se ela quebra um copo ou mancha alguma roupa com alvejante, ou se faz uma torta meio queimada. Só uma vez reclamou, e muito, quando faltou algo, uma foto, mas depois o senhor se deu conta de que não havia sido ela, até precisou reconhecer. Desculpas não pediu, mas reconheceu que não tinha sido ela. Então Gladys Varela, embora ele não tivesse pedido, o perdoou. E, além disso, tenta não se lembrar do episódio. Porque não serve perdoar se a gente não tira a coisa da cabeça, ela acha. Tem uma cara feia, Chazarreta, é isso, mas quem pode pedir que seu patrão não a tenha. É muita desgraça ao redor para não ter.

A fila avança. Uma mulher se queixa porque a patroa impediu seu acesso ao bairro. Por quê?, pergunta aos gritos. Que merda ela pensa que é?, continua gritando, tanta confusão por uma merda de queijo? Mas Gladys não consegue escutar o que responde o guarda, do outro lado da janelinha, às perguntas da mulher que grita. Ela agora passa furiosa ao lado de Gladys. Gladys se dá conta de que a conhece, do ônibus fretado, ou de caminharem juntas os primeiros quarteirões, não sabe, mas a conhece de vista. Ainda faltam três homens na frente dela, três que parecem amigos entre si, ou que se conhecem, ou que trabalham juntos. Para um dos três o trâmite é mais demorado porque não tem registro, então pedem seu documento e tiram uma foto e colocam um número de série na bicicleta, a fim de que saia depois com a mesma bicicleta com que entrou. E ligam para o proprietário para que autorize o ingresso. Antes de deixá-lo passar anotam a marca da bicicleta e a cor e o aro, então Gladys se pergunta por que, além disso, se apressam a lhe dar um número. Será porque pode entrar com a bicicleta, encontrar uma igualzinha, só que mais nova, em melhor estado, e sair com esta? Muita sorte, pensa. Mais que conseguir um bilhete premiado ou encher a cartela no bingo. Mas os homens não se queixam do número, nem sequer perguntam. É assim que funciona, regras do jogo. Aceitam. E por um lado é melhor, pensa Gladys, assim podemos mostrar quando saímos que não levamos nada que não seja nosso, que somos pessoas decentes. Melhor que anotem e depois não andem culpando à toa. Nisso está pensando Gladys, em que não andem culpando só por culpar, quando se aproxima a mulher que gritava uns minutos atrás na fila. Se souber de algum trabalho, me avisa?, diz. E ela responde que sim, que avisa. A outra mulher mostra o celular e pede: Anota. Gladys tira o dela do bolso do macacão e digita os números que a outra vai falando. A mulher pede que ligue para seu número, assim ela também fica com o de Gladys marcado. E pergunta seu nome. Gladys, responde. Anabella, diz a outra, anota aí: Anabella. E ela grava esse nome e esse número. A mulher não grita mais, a fúria deu lugar a alguma outra coisa. Uma mistura de rancor e resignação. Troca números de celulares com outras mulheres da fila; e depois vai embora, calada.

Chega sua vez, então Gladys Varela entrega o papel. O guarda insere seus dados no computador e ela vê, no ato, seu rosto na tela. Surpreende-se com a imagem, está mais jovem na foto, mais magra e com o cabelo mais loiro; havia descolorido no dia anterior de seu cadastro, lembra-se. Mas isso não foi há tanto tempo. O guarda olha a tela e depois se volta para ela, faz isso duas vezes, depois diz que pode passar. Uns metros adiante, outro guarda espera que abra a bolsa. Não é preciso que peça; Gladys, e todos os que estão na fila, conhecem os passos a seguir. Ela tenta, o fecho está ruim e trava, puxa com um pouco mais de força até que cede. O guarda remexe a bolsa de Gladys para ver o que tem dentro. Ela pede que anote no formulário de ingresso de objetos pessoais o celular que traz no bolso do macacão, o carregador do telefone e um par de sandálias que costuma levar na bolsa. Mostra tudo. O guarda anota. O resto não importa: lenços de papel; umas balas meio grudentas; a carteira onde carrega o documento, uma nota de cinco pesos e moedas para pagar o ônibus de volta; as chaves de casa; dois absorventes. Isso não é preciso anotar, mas o celular, o carregador e as sandálias, sim. Ela não quer ter problemas na saída, diz. O guarda entrega o formulário completo. Gladys guarda o papel na carteira, com o documento, cerra o fecho em sentido contrário e começa a caminhar.

Diante dela vão os três homens que estavam na fila. Vão se empurrando, fazendo piadas, rindo. O mais novo vai empurrando a bicicleta, para poder ir junto aos outros, conversando. Ela aperta o passo, a fila desta segunda a atrasou mais que das outras vezes. Passa por eles. Um dos homens diz Olá, como vai. Gladys não o conhece e ele sabe disso, mas ela responde ao cumprimento. Não é feio, pensa, e se está ali dentro é porque tem trabalho. Não pensa nisso por si mesma, porque já está casada, pensa por pensar. A gente se vê, diz o homem, que agora ficou para trás; a gente se vê, repete Gladys; anda mais depressa outra vez e se distancia deles.

Quando chega ao campo de golfe, dobra à direita e, uns metros mais adiante, vira no mesmo sentido outra vez. A casa de Chazarreta é a quinta ao fundo, à esquerda, depois do chorão. Sabe o caminho de cor. E também sabe qual porta Chazarreta deixa aberta para que ela entre sem tocar a campainha: a que dá para a cozinha do corredor interno. Antes de entrar recolhe os jornais que estão no hall de entrada, *La Nación* e *Ámbito Financiero*. Isso quer dizer que Chazarreta de fato ainda está dormindo. Se não estivesse dormindo, ele mesmo teria pegado os jornais para ler durante o café da manhã. Gladys olha a capa de *La Nación*, pula o título principal que fala da última declaração juramentada de bens do presidente e vai para uma foto grande, colorida, debaixo da qual lê: Dois ônibus bateram em uma esquina de Boedo, três mortos e quatro feridos graves. Faz o sinal da cruz, não sabe por quê, imagina que pelos mortos. Ou pelos feridos graves, para que eles não morram. Depois deposita os dois jornais sobre a mesa da cozinha. Entra no quarto de passar roupa, pendura suas coisas no armário e coloca o uniforme. Vai ter de pedir ao senhor Chazarreta que compre outro; agora que engordou, os botões do peito apertam e os punhos cortam a circulação dos braços quando os levanta para estender a roupa no varal. Se ele quiser que ela sempre use uniforme, como disse no dia em que a contratou, vai ter de se responsabilizar por ele. Gladys dá uma olhada no cesto e nota que há pouca roupa para passar. Chazarreta é cuidadoso e costuma recolher toda roupa que fica estendida no fim de semana, mas ela, por via das dúvidas, dirige-se mesmo assim ao quintal para conferir se falta tirar alguma coisa. Depois vai lavar os pratos sujos que viu de relance ao passar pela pia da cozinha. E vai continuar pelos banheiros, do que menos gosta, então os acaba logo de uma vez.

Tal como supunha, Chazarreta recolheu toda a roupa. Na pia da cozinha, os pratos sujos são poucos: ou ele lavou alguma coisa no fim de semana ou comeu fora. Apoia os pratos, o copo e os talheres sobre um pano para que escorram sem deslizarem pela pia de mármore negro. Vai ao tanque e volta com o rodo e com o balde onde já estão os produtos de limpeza, o pano de chão e as luvas de borracha. Quando avança pelo corredor junto à sala, percebe que Chazarreta está sentado na poltrona de veludo verde, uma poltrona com encosto alto que, ela suspeita, é a preferida dele. Uma poltrona virada para a janela que dá para o parque. Mas, esta manhã, as cortinas ainda estão fechadas, ou seja, Chazarreta não se sentou ali para olhar o parque, está na poltrona desde a noite anterior. Embora o encosto e a penumbra do ambiente não a deixem vê-lo, Gladys sabe que o senhor Chazarreta está aí porque sua mão esquerda está caída de um lado da poltrona e, debaixo dela, sobre o chão de madeira, o copo caído e o último uísque derramado.

Bom dia, diz Gladys quando passa por trás dele, indo para o andar de cima. Fala baixinho, para que escute se estiver acordado e não acorde se estiver dormindo. Chazarreta não responde. Curtindo a bebedeira, pensa Gladys, e continua. Mas antes de subir a escada se arrepende. Melhor secar o uísque porque, se o líquido umedece o chão encerado por muito tempo, vai se formar uma dessas manchas brancas tão difíceis de tirar que só passando cera em cima de cera. E Gladys não tem a mínima vontade de começar a semana encerando o chão. Recua, tira o pano de chão do balde, se agacha, levanta o copo, seca o uísque na lateral da poltrona de veludo e vai apalpando o chão com o pano mais à frente. Mas, em seguida, o pano submerge em outra mancha, uma poça escura, ela não sabe o que é; solta o pano com rapidez para que a umidade da qual se impregna não chegue até sua mão; toca o líquido só com a ponta do indicador: é pegajoso. Sangue?, se pergunta, sem querer acreditar. Então levanta a vista e olha para Chazarreta. Ele está ali, na frente dela, degolado. Um corte lhe atravessa de lado a lado o pescoço, que se abre como lábios quase perfeitos. Gladys não entende o que vê dentro desse corte porque a impressão que produzem a carne vermelha, o sangue e a massa de tecidos e tubos provoca um gesto de repulsa que a faz fechar os olhos, ao mesmo tempo em que tapa o rosto com as mãos, como se fechar os olhos não fosse suficiente para deixar de ver, enquanto a boca se abre debaixo delas só para deixar sair um gemido sufocado.

No entanto, o nojo dura pouco, é vencido pelo medo. Um medo que não a paralisa, mas que a coloca em ação. Por isso, Gladys Varela agora tira as mãos da cara e abre os olhos, se obriga a abri-los, levanta outra vez a cabeça, olha o pescoço rasgado, a roupa de Chazarreta manchada de sangue, a faca na mão direita sobre o colo e a garrafa de uísque vazia ao lado do corpo, junto ao braço da poltrona. E não pensa duas vezes, se levanta, corre em direção à rua e grita. Grita sem parar, disposta a continuar até que alguém a escute.

2

No mesmo momento em que Gladys Varela está gritando em uma rua sem saída do Clube de Campo La Maravillosa, Nurit Iscar tenta organizar sua casa. Ou, melhor dizendo, seu apartamento de dois dormitórios no Bairro Norte mais pobre, ou mais decadente, French e Larrea. Ainda não sabe que Pedro Chazarreta está morto. A notícia vai se espalhar rápido, mas nem tanto. Se soubesse, estaria com a televisão e o rádio ligados, atenta às últimas notícias. Ou entraria na internet, nos jornais online, para conseguir mais detalhes sobre o que aconteceu. Mas Nurit Iscar não sabe. Ainda. Vai ficar sabendo umas horas depois.

A casa está de pernas para o ar. Restos de vinhos em várias taças, os jornais do dia anterior desarrumados, algumas migalhas no chão, cigarros. Nurit Iscar não fuma, nunca fumou, odeia o cheiro de cigarro e espera que permitir que outros fumem em sua casa seja um ato de amor e não de submissão. Embora às vezes se questione sem chegar a uma conclusão definitiva: amor ou submissão? E não só em relação ao cigarro. No dia anterior vieram suas amigas Paula Sibona e Carmen Terrada — as duas fumam — para o encontro mensal de cada terceiro domingo do mês que, faz alguns anos, se tornou uma cerimônia indispensável. Não é que não se encontrem em outros momentos para tomar um café, para ir ao cinema, para comer juntas ou para as outras cerimônias que disfarçam o que está oculto por trás: deixar que o tempo passe, como irremediavelmente passa, mas acompanhada. No entanto, no terceiro domingo do mês é outra coisa. Às vezes, une-se a elas Viviana Mansini, mas nem sempre, algo que agradecem porque, embora Viviana Mansini se considere extremamente amiga, as outras três não acham o mesmo. Quando Viviana se une ao grupo, falam, mais do que tudo, dela; e sempre diz alguma frase cujo tom naïf encobre um chute nos ovários de algumas das presentes. Como quando Carmen se queixava de um pequeno volume em uma teta que a deixou preocupada até que seu médico comprovou que era só displasia, e Viviana Mansini, num tom de anjo caído, disse: Eu te entendo, eu me senti igual há uns dois meses quando tive de fazer aquela biópsia, não sei se você se lembra, não, não deve se lembrar porque foi a única que não me ligou para ver qual tinha sido o resultado. E, no meio do silêncio que se seguiu à sua frase, Carmen olhou para ela com cara de "outra vez me ferrou, filha da puta", mas não disse nada. Por outro lado, foi Paula Sibona que saiu em sua defesa e imitando com esforço o tom angelical da outra disse: É óbvio que deu tudo certo, Vivi, se sua teta está intacta. E reforçou a frase pousando as mãos em garra sobre o próprio peito, movendo-as levemente para cima e para baixo, a uma distância significativa, para mostrar a exuberância das tetas de Viviana Mansini. Mas, além de se livrar de suas ironias, o que permite a ausência de "Vivi" é criticá-la. Porque, como diz Paula Sibona, criticar Mansini me causa, nesta idade, quase tanta adrenalina quanto transar. E, nesse domingo anterior à segunda-feira em que Pedro Chazarreta aparece degolado, a reunião mensal foi só para o círculo íntimo, sem Viviana Mansini, na casa de Nurit Iscar. Vão revezando a casa todos os meses, mas a cerimônia é a mesma. Encontram-se antes do meio-dia, a dona da casa compra todos os jornais — e todos os jornais significa todos os jornais; então, enquanto ela cozinha sua especialidade — o que para Nurit Iscar nunca vai muito além de bifes com salada ou macarrão com creme —, as outras recortam os jornais e leem as notícias com o objetivo de selecionar aquelas que vão ler em voz alta para as outras. O intercâmbio se dá no cafezinho depois do almoço. Mas não se ocupam de qualquer notícia. Cada uma, como com a comida, tem sua especialidade. Nurit Iscar, as notícias policiais, não por acaso era considerada até alguns anos atrás "a dama negra da literatura argentina". Embora isso para ela seja um passado enterrado e prefira esquecê-lo, quando suas amigas reclamam "sangue e morte" — e desde que não precise escrever ficção —, ela não resiste. Se vier com sexo, melhor, costuma pedir Paula Sibona. A especialidade de Carmen são as notícias nacionais e seu maior prazer é encontrar incongruências, erros de sintaxe e, por que não, grosserias nas declarações dos políticos. Com quem mais se diverte é o prefeito. Alguém que não sabe falar não pode administrar uma cidade, repete incansavelmente. E seu comentário, longe de ser elitista, refere-se ao desprezo evidente de certa classe social acomodada — à qual o prefeito pertence — pela linguagem (palavra, significado, sintaxe, conjugação verbal, uso de preposições, barbarismos), que ela, professora de língua e literatura no ensino médio há mais de trinta anos, se nega a aceitar. A escolha de leitura de notícias de Paula Sibona — ao contrário de suas amigas e embora elas nem suspeitem — não tem tanto a ver com seus interesses pessoais como com um ato de amor por Nurit Iscar: críticas de teatro, cinema e outras áreas do espetáculo. É verdade que Paula é atriz — a gente continua sendo atriz mesmo que há quase dois anos ninguém nos ofereça um papel? —, uma atriz conhecida que com os anos passou de protagonista em telenovelas a fazer "a mãe de" e, depois, a um esquecimento injusto. Se há algo que não interessa nem um pouco a Paula Sibona é ler os jornais. Me fazem mal, diz.

Mas participa com igual entusiasmo da reunião, sustentada pela íntima esperança de que ler as notícias que ela escolhe ajudará sua amiga Nurit a exorcizar um mal que Paula acha que lhe fizeram. Uma dor. E, embora não saiba se conseguirá algum dia, não se rende. Porque Nurit Iscar, a dama negra da literatura argentina, até cinco anos atrás casada e com dois filhos homens terminando o ensino médio e entrando na universidade, se apaixonou por outro homem e então, além de se divorciar, escreveu pela primeira vez um romance de amor. Que, para piorar, não terminou bem. Não terminou bem nem em relação à trama, nem à crítica, nem em termos de aceitação entre aqueles que esperam com entusiasmo cada novo romance de Nurit Iscar. Como tampouco terminou bem sua própria história de amor, da qual também prefere se esquecer. Alguns de seus muitos leitores a seguiram, mas nem todos, decepcionados por um romance muito diferente dos anteriores, no qual não encontraram o que foram buscar: um morto. E então a crítica especializada, que até aquele momento, mais que se meter com ela, a ignorara, destroçou-a. "Tenta ser literária e se sai pior do que nunca." "Deveria ter continuado apostando nas tramas, o que supostamente Iscar domina, e deixar as metáforas, as pretensões líricas e a linguagem experimental para aqueles que entendem disso por formação, intuição ou talento, algo que, se ela tem, não demonstra." "Um romance que, esperamos, passe inadvertido, um romance esquecível." "É incompreensível que Iscar, que tinha encontrado a fórmula mágica do best-seller, se ponha a fazer o que não sabe: tentar escrever seriamente." E muitos outros exemplos semelhantes. Nurit tem uma caixa cheia de recortes jornalísticos relacionados a seu último romance: *Só se você me amar*. Uma caixa branca — muito grande, não como as caixas usadas para guardar cartas de amor, ou as que se usavam antigamente — cruzada por uma fita azul e amarrada com um nó que nunca mais desfez. Nem pensa desfazer. Conserva a caixa, quase, como a prova de um crime. Embora não saiba que crime foi esse que cometeu: ter escrito o que escreveu, ter lido as críticas ou ter-se deixado influenciar tanto por elas. As críticas, somadas ao fracasso da relação amorosa que a levou a escrever esse romance e ao assassinato de Gloria Echagüe, a mulher de Chazarreta — que Nurit não quis cobrir para o jornal *El Tribuno* porque estava absorta em *Só se você me amar* —, levaram-na a assumir a grande versão subdesenvolvida, feminina e policial de Salinger e a encerrar-se para sempre longe do mundo ao qual pertencia até aquele momento. No entanto, ao contrário de Salinger, ela não tinha nem tanta fama nem dinheiro guardado suficiente, nem direitos autorais a cobrar repetidamente, para que o exílio se autoabastecesse, por isso tivera de procurar um trabalho que permitisse pagar a luz, o gás, fazer as compras de supermercado e essas coisas para as quais precisamos ter um salário ou dinheiro na conta. Ou na carteira. E como a única coisa que sabe fazer é escrever — embora ela sinta que, depois das críticas, sua habilidade para a escrita também entrou em contradição —, é isso que faz. Mas em nome de outros, como escritora fantasma. Ou ghostwriter. Nurit prefere o termo em espanhol, algo aplaudido por sua amiga Carmen Terrada, que ainda hoje defende o uso do idioma próprio ante a invasão anglofalante, uma luta que sabe perdida, mas também romântica. Então, como Paula Sibona não se resigna a que sua amiga não volte a fazer o que gosta — escrever os próprios romances —, tenta sempre demonstrar o ridículo de algumas críticas que parecem feitas mais para bajulação e notoriedade de quem as escreve do que para qualquer outra coisa. Algo assim como a fama que conseguiram Lee Harvey Oswald ou Mark David Chapman. E Carmen Terrada recorre a outra comparação mais erudita: Que Jean Genet tenha deixado de escrever cinco anos devido ao prólogo/livro em que seu amigo Sartre "o desnudou", segundo suas próprias palavras, tudo bem, mas nem eles são Jean-Paul, nem você Genet, querida amiga.

Agora, depois de esvaziar os cinzeiros e ventilar para que saia o cheiro de cigarro, Nurit Iscar varre. E depois lava alguns pratos que ficaram da noite anterior, coloca a toalha de mesa na máquina de lavar que vai ligar mais tarde, quando juntar um pouco mais de roupa, e enfia os jornais de domingo esparramados em um saco de lixo que daqui a alguns minutos levará para o corredor com o resto do lixo. Faz tarefas idênticas àquelas que, pouco antes, Gladys Varela fazia para seu patrão, Pedro Chazarreta. Mas, neste momento, enquanto Nurit Iscar amarra o saco plástico negro com os jornais, Gladys Varela não está fazendo nada. Ou sim, está chorando sentada no carrinho movido a bateria de um dos guardas do La Maravillosa, que o encostara ali cinco minutos depois que um vizinho ligou para contar que uma mulher — uma doméstica, disse — estava gritando feito louca no meio da rua. Disseram para subir na caminhonete que chegara um pouco mais tarde, com o encarregado de Segurança e mais três guardas, para ser levada à enfermaria. Mas ela não quer nem saber de ir embora enquanto não vier a polícia de verdade. A Bonaerense. Não vai se mover nem meio milímetro, diz. E dessa vez os guardas também parecem mais precavidos. Quem se queimou com leite, quando vê uma vaca, chora, responde o encarregado de Segurança a um vizinho que acaba de perguntar por que ninguém está lá dentro com o morto. Ninguém que tenha boa memória vai cometer os mesmos erros que cometeram os guardas que vieram a esta casa no dia da morte de Gloria Echagüe, três anos atrás. Não vão se aproximar da cena do crime nem vão deixar que ninguém se aproxime, não vão mover nem um cabelo que encontrarem a metros de onde está o degolado, muito menos vão deixar que alguém limpe o sangue, nem acomode o cadáver sobre uma cama, nem vão dar ouvidos a nenhum pedido de seja quem for para não avisarem a polícia com o argumento de que tudo foi "só um acidente". Se necessário, não vão deixar que ninguém respire até a chegada do patrulheiro. Já cometeram esse erro antes. E, embora ninguém tenha dito, embora guardas, vizinhos, algum jardineiro, a empregada da casa em frente e Gladys Varela só fiquem se olhando em silêncio enquanto esperam que a Polícia Bonaerense e o promotor cheguem, todos têm a estranha sensação de que alguém está dando a oportunidade para que eles, desta vez, façam a coisa direito.

3

UMAS HORAS MAIS TARDE, QUANDO DEPOIS DO MEIO-DIA ELA coloca o saco com os jornais de domingo no corredor para que o zelador leve com o lixo, Nurit Iscar continua sem saber que Pedro Chazarreta está morto. Degolado. No entanto, em breve ficará sabendo. Daqui a algumas horas. No momento em que fizer uma parada para tomar o café da tarde. Porque, agora, a notícia começa a se espalhar. E um pouco depois de Nurit dar por terminada a limpeza de seu apartamento e começar a regar um pouco os vasinhos que decoram a varanda — nunca teve isso que chamam de "dedo verde", mas sabe que essas plantas são o único ser vivo além dela neste lar e não está disposta a deixar que sequem —, toca o ramal 3232 da redação do jornal *El Tribuno*, o telefone que está em cima da mesa de Jaime Brena. Ou só Brena, como chamam os que o conhecem do jornalismo policial, embora ele não esteja mais na seção de Polícia. Foi transferido para Sociedade. Não me transferiram, me exilaram, gosta de corrigir Brena. Por que fica se queixando?, disse em uma dessas oportunidades seu chefe e chefe de todos, Lorenzo Rinaldi; se trabalhasse em outro jornal, estaria em Sociedade, ou ainda não se deu conta de que quase nenhum jornal de primeira linha tem seção policial? As notícias policiais são enfiadas em Sociedade ou em Informação Geral. Por isso, porque o mudaram de seção, quando essa tarde, há poucos instantes, começa a tocar seu ramal, Brena não está escrevendo uma crônica policial, mas revisa uma pesquisa que assegura que sessenta e cinco por cento das mulheres de raça branca dormem de barriga para cima e, por outro lado, sessenta por cento dos homens da mesma raça dormem de barriga para baixo. O que, além de qualquer outra consideração, produz nele, como primeiro efeito, um incômodo de tipo matemático: por que não falar que sessenta e cinco por cento das mulheres dormem de barriga para cima e só quarenta por cento dos homens dormem na mesma posição? Ou sessenta por cento dos homens dormem de barriga para baixo enquanto só trinta e cinco por cento das mulheres dormem nessa posição. A pergunta que se faz sempre que o prognóstico adverte: trinta por cento de probabilidade de chuva. Se só é de trinta por cento, não seria mais adequado anunciar: setenta por cento de probabilidade de que não chova? O que se ressalta em cada um dos casos?, a diferença, a coincidência, a maioria, a minoria, o desejado, o indesejado? Mas o pior de tudo, acredita Jaime Brena, é que, pelo menos no caso da pesquisa de como dormem homens e mulheres de raça branca, ninguém se fez estas perguntas antes de redigir a notícia. Está convencido de que quem intitulou a notícia o fez porque assim chegou a informação. Já quase não há tempo nas agências nem nas redações para se pensar na sintaxe ou no vocabulário, apenas na ortografia. E olhe lá. A notícia da agência com as conclusões da pesquisa vem acompanhada de declarações de investigadores da Universidade de Massachusetts que dão possíveis razões sociológicas, culturais e até psicológicas que explicariam o fato. Isto é uma notícia?, a quem pode interessar qual a porcentagem de gente que dorme em qual posição?, pergunta-se Jaime Brena. As outras raças não foram incluídas na pesquisa porque quem investigou não conseguiu, não quis ou não se interessou?

Isso sim poderia ser notícia, saber por que se incluem algumas raças ou uma raça: a branca, e não as outras. Ou não se incluíram outras porque ninguém que não fosse de raça branca se prestou a semelhante estupidez?, conclui, enquanto levanta o telefone que até um instante continuava tocando, e diz Alô. Mas não há ninguém do outro lado, só um sinal de ocupado. Brena aproveita a interrupção para esticar os braços acima da cabeça, entrelaçar os dedos, girar as palmas para cima como se quisesse tocar o teto, fazer estalar os ossos e relaxar assim a cintura que, com seus sessenta e tantos anos, não aguenta mais tantas horas em uma cadeira. Vamos ver, por que sessenta e cinco por cento das mulheres dormem de barriga para cima e sessenta por cento dos homens de barriga para baixo?, pergunta a Karina Vives, a jornalista da seção de Cultura que ocupa a mesa a sua esquerda, perto de uma das poucas janelas da redação, aquela que dá para a praça. E Karina, que o conhece desde que começou a trabalhar no jornal há oito anos e que sabe o que significa para Jaime Brena ter sido obrigado a deixar Polícia para se ocupar de notas como esta, olha para ele com cara de tonta e arrisca: Porque esmagar as tetas dói mais que esmagar o pinto?, e mantém o olhar enquanto espera pela resposta. A pica, menina, a pica, diz Brena, e começa a digitar desgostosamente no teclado o título e a chamada que a nota levará: As mulheres barriga para cima, os homens barriga para baixo. Jaime Brena sabe que esse título vai confundir os leitores, mas pelo menos se diverte com isso, com a fantasia que o mal-entendido poderá provocar. Há quanto tempo foi transferido para Sociedade? Três semanas? Duas?, se pergunta enquanto coça a cabeça com um lápis preto sem sentir coceira. Não se lembra mais. Muito. E tudo por dizer em um programa de TV com cenário de duas poltronas e uma lâmpada: Trabalho no *El Tribuno*, mas leio a concorrência porque acredito mais nos outros jornais. Ainda se repreende. Não foi correto, Jaime Brena reconhece. Mas vinha do almoço com um colega, tinha tomado vinho, bastante vinho. Muito vinho. E, por outro lado, dizia a verdade. Isso ninguém discute. Vários amigos tinham mudado de jornal nos últimos meses. Alguns colegas de trabalho, também. Mas ninguém é tão idiota como ele para reconhecer, isso é verdade. E muito menos diante de uma câmera de televisão, seja de canal a cabo ou aberto. Tanta notícia acerca dos bens do presidente, das grosserias do presidente, dos dentes do presidente, das negociações do presidente, dos sapatos do presidente, acabou enchendo o saco. Para ele não importam os dentes e os sapatos do presidente; e o resto, a primeira vez é notícia, a segunda é repetição, e a terceira vez — se sai na capa em meia página e nesse mesmo dia acontece a morte do presidente de um país da União Europeia e sua comitiva oficial em um acidente aéreo, e isso não está na mesma capa ou está, mas ocupa um lugar mínimo — é alguma outra coisa que não se atreve a nomear. Mas não é notícia. Ou é o que ele suspeita. Ou é o que acredita. Ele gostava quando o *El Tribuno* publicava manchetes com notícias de Internacionais. Ou esportivas. Ou policiais, claro, porque então dessa manchete ele, Jaime Brena, participava. No entanto, Brena sabe, esse tempo ficou muito atrás e, o que é pior, intui que não voltará tão facilmente algum dia. Pelo menos, não por enquanto. Se voltar, acredita, ele não o verá.

Abre a gaveta e tira os papéis da aposentadoria voluntária. Talvez seja o momento. Talvez seja o que deve fazer de uma vez por todas: agarrar a grana e puxar o carro. Se fosse inteligente faria isso, diz a si mesmo, mas eu sempre fui meio banana. Ou banana inteiro. Brena trabalha no *El Tribuno* desde os dezoito anos. Aprendeu a trabalhar ali. Embora se imagine lendo outro jornal a cada manhã, de fato lê, não se vê trabalhando em outra redação. Apesar de que olhar para a cara de Lorenzo Rinaldi todos os dias faça seu estômago doer. Muito. Não sabe quanto tempo vai passar antes de mandá-lo à merda. Mas vai mandar, isso vai. É questão de tempo. E de espaço. Porque não se pode mandar à merda um cara em qualquer lugar. Em um elevador cheio de gente, por exemplo, não se pode. Brena, gostaria que você cobrisse a Festa Nacional do Cordeiro Patagônico, em Puerto Madryn. Você vai dois, três dias. Sai da cidade, já foi alguma vez à observação de baleias? Anda, você vai adorar. E Jaime Brena, que — Rinaldi sabe — detesta sair da cidade e que se importa muito pouco com as baleias e menos ainda com o cordeiro patagônico, teria respondido com toda a vontade, por que não lambe meu saco, Rinaldi, mas não havia espaço suficiente. Porque, depois de uma resposta desse tipo, há que se preparar para a porrada. Além disso, teria sido o final, isso teria sido o mesmo que esvaziar as gavetas e puxar o carro. E ele, se for embora, não vai com o pouco que tem nas gavetas de sua mesa. Gustavo Quiroz, de Internacional, ganhou uma bolada, e Ana Horozki, de Viagens, outra. Até Chela Guerti, que fazia três anos fora exilada na última página, dizem que ganhou uma fortuna. Eles se livram de empregados com salários que foram aumentando ao longo dos anos e substituem por jornalistas recém-formados que contratam pela metade. Por isso pagam, para irem embora. Não importa que os novos conjuguem mal os verbos, que não saibam quando devem escrever concílio e conselho, ou que confundam Tracy Austin com Jane Austen. Alguém vai corrigir no caminho. E, se não, azar. O importante é que os velhos e caros saiam, sem pressa, mas sem pausa. Embora Brena aposte tudo em que Rinaldi não vai aprovar o pagamento de uma bolada dessas para ele, nem sequer dará uma sombra do que aprovou para os outros. Vai dar sua aposentadoria, sim, mas com o justo, ou com menos do que o justo, com o que dite a lei. Jaime Brena pega o telefone e liga para o RH, até quando se pode assinar esta coisa de aposentadoria voluntária, menina? Pode ser até o fim do ano, Brena, responde a mulher. Não, eu me aposentar não me aposento, nem me deixo aposentar, minha religião não permite, mas quem sabe essa coisa de sair voluntariamente, isso sim, diz para ela que ri da piada do outro lado do telefone: Você sempre o mesmo, Brena. Quem dera, responde ele. E fala sério. Quem dera fosse sempre o mesmo, mas já faz algum tempo que sabe que está mais velho. Ou que não pode se fazer de bobo como até alguns anos atrás e fingir que tem dez a menos do que tem. Melhor que isso, fingir que não tem idade. Ele nunca teve idade. Estranho, então, mas começou a se sentir velho. Velho para tudo: para o trabalho, para viajar, até para as mulheres. Não é só um sentimento; seu corpo, no último ano, envelheceu. Nota isso na barriga, que começa logo debaixo do peito e afunda no baixo-ventre, por quê, se ele nunca foi gordo? E no cabelo que ainda não cai em quantidade, mas que parece mais ralo onde algum dia será, irremediavelmente, careca. E pelas nádegas, que, mesmo tentando se olhar pouco no espelho, sabe que estão caídas como duas peras. Ou duas lágrimas. O que está querendo, já tem mais de sessenta, diz a si mesmo para se consolar, mas imediatamente se dá conta de que o consolo leva ao oposto: não quer ter mais de sessenta anos. Guarda outra vez os formulários na gaveta e fica olhando, por cima da divisória que separa sua mesa da seguinte, o garoto que colocaram para substituí-lo nas notícias que sempre foram suas: crimes e assaltos violentos. Bom garoto, embora muito novinho, pensa. Muito suave. Geração Google: sem rua, todo teclado e tela, todo internet. Nem caneta usa. O garoto se esforça, é preciso reconhecer isso, chega primeiro, vai embora por último, e Rinaldi dá corda para demonstrar que a seção policial funciona bem sem ele, sem Jaime Brena. Essas coisas às vezes acontecem, alguém cai em um lugar para cumprir uma função que vai além do trabalho para o qual foi contratado, uma função cujo objetivo último desconhece. Alguém aparece para servir de marionete para outro e isso, acredita Brena, é o que está acontecendo com o garoto de Polícia: está sendo usado por Lorenzo Rinaldi para pisar nele. Mas, apesar do aval de quem manda e apesar de o garoto nem suspeitar das manobras que há por trás de sua indicação e do lugar que lhe deram, parece muito assustado, quase aturdido, deixa passar coisas importantes, e, embora não cometa os erros grosseiros de outros principiantes, na redação das notas é tomado por uma insegurança, um vacilo, que Brena consegue perceber. Pela primeira vez, na concorrência aparecem algumas notícias de crimes e assaltos importantes antes que no *El Tribuno*. Preferi não colocá-la, a fonte não era confiável, dizem que diz o garoto. Ou não achei que era relevante, ou tinha pouco espaço e muita nota, por isso tive de escolher. Mas ele não acredita nisso, Jaime Brena suspeita que o problema é que o garoto não tem bons contatos. E um bom jornalista de Polícia se apoia nisso, nos contatos que passam seus dados que, cedo ou tarde, vão se converter em notícia. E se esse dado é um furo, melhor. Porque, se você precisa esperar que se libere o segredo de justiça, está frito. Não importa se os contatos são policiais, promotores, ladrões, juízes ou presos, mas que deem a informação certa. De vez em quando, sente que teria que ajudar. O garoto. Mas logo se pergunta por quê, se não o colocaram sob sua responsabilidade. Que Rinaldi o treine, pois, sem dizer nem aparecer como editor de Polícia, é ele quem está funcionando como cabeça desta seção acéfala. Embora Rinaldi, mais que treiná-lo, Brena sabe, a qualquer momento vai dar-lhe um chute na bunda. Quando não servir mais. Um chute que vai doer. O pior de tudo é que, embora Jaime Brena não goste de reconhecer, o garoto gera nele uma grande contradição. Gosta dele. Faz com que se lembre quando dava os primeiros passos na redação há mais de quarenta anos. Quarenta e quatro anos, uma eternidade. Como não vai ser caro, como não vão lhe oferecer a aposentadoria voluntária. Mas a diferença é que ele então tinha professores, na redação e na rua, e, como só fez o ensino médio, se salvou da virgem petulância de alguns que hoje vêm direto da universidade. O garoto tem Google e universidade de sobra, mas lhe falta rua, pensa Brena. Trabalhou em Polícia em outro jornal, com Zippo, colega e amigo-inimigo íntimo de Jaime Brena. Trabalhar com Zippo é ser secretária, Brena sabe bem, não muito mais que isso, porque ele não confia nem na própria mãe. Nesse momento, quando Brena pensa, "não confia nem na própria mãe", o garoto levanta a vista e o vê olhando, cumprimenta de longe com um movimento de cabeça, e ele devolve o cumprimento com um gesto que imita quem tira um chapéu, embora Jaime Brena não tenha nada sobre a cabeça. De sua mesa, Brena diz: Tem algo para amanhã? Nada importante, responde o garoto. Nada importante, repete ele, verifique o que há no resto da redação, aconselha, sabe o que é o importante para definir se um fato policial pode ou não ser notícia? O garoto se surpreende com a pergunta e, embora Brena esteja perguntando de que cor é o cavalo branco de Napoleão, fica perdido e não sabe o que responder. E apesar de preferir não falar, como se o outro o estivesse submetendo a uma prova surpresa na qual tivesse medo de ser reprovado, o garoto de Polícia está a ponto de responder quando Brena adverte: E não recite "o lugar onde se comete um crime, quem está envolvido ou a gravidade do fato", que você não está mais na universidade. Jaime Brena espera. O garoto pensa. Ou tenta pensar. Brena não diz, mas sabe que, apesar da advertência, se ele se perder e para demonstrar que sabe terminar recitando "os cinco w: *who, what, when, where and how*" — que estritamente tem um w no final e não no princípio —, terá de se controlar para não dar um tapa nele, pelo erro e por falar em inglês. Por que alguns acrescentam um sexto "w", *why*, e outros não? Talvez porque essa seja a pergunta mais difícil de responder, a mais subjetiva, aquela que implica enfiar-se na cabeça de quem comete um crime: por quê? Então, insiste Brena. Não, não sei, não consigo pensar em nada mais, diz o garoto, rendido. Brena sorri e depois sentencia: As outras notícias que andam rondando a redação nesse dia. Nunca se esqueça, em épocas de calmaria pode sair um louco no último minuto para pedir qualquer coisa para colocar na capa, e você terá de dar. Parece que a capa de amanhã já está pronta, diz o garoto, as declarações juramentadas e o crescimento patrimonial de um funcionário importante da área de Finanças do Ministério da Economia. Brena o interrompe: Ah, que grande notícia, diz sem ocultar a ironia, não publicaram isso na semana passada? Sim, mas agora foram confirmados mais alguns dados. Ah, olha, e assim esperam conseguir mais leitores, depois jogam a culpa na internet e nos jornais online. Se neste país, com Banelco ou sem Banelco, todos roubaram, desde quando o aumento patrimonial de um alto funcionário é uma notícia tão destacada? E menos ainda notícia duas semanas seguidas. Jaime Brena meneia a cabeça e se cala, está cansado do tema, entediado, não sabe por que termina sempre falando do que se converteu o jornalismo hoje em dia. Por acaso ele não é um pouco responsável também, por ação ou por omissão?, se pergunta, embora não tenha uma resposta definitiva. Tenta mudar de assunto, mas não consegue pensar em nada. Ainda fica ali, olhando para o garoto de Polícia, mais uns instantes, como se quisesse falar algo, como se quisesse orientá-lo. Mas seu ataque de bonomia termina e Jaime Brena volta a sua pesquisa de como dormem homens e mulheres da raça branca.

O telefone toca outra vez e, agora, Brena atende a tempo. Jaime Brena, quem fala, diz. Delegado Venturini, respondem do outro lado. Delegado, repete Brena. Como vai, querido? Eu bem, mas pobre, meu delegado, e o senhor? Como você. Jaime gosta de escutar essa voz. Responde a algo semelhante a um reflexo de Pavlov e seu corpo fica alerta, tenso, mas excitado, quase feliz; alguma substância — adrenalina? — dispara dentro dele. Tenho algo para você, Brena, diz o delegado. Algo que vai me custar um churrasco com um bom vinho tinto? Um churrasco com champanhe, é o que vai custar. Estou ouvindo, diz Brena. Embora faça por gosto porque sabe que em Sociedade não vai entrar nenhuma informação que possa passar ao delegado Venturini, nem nenhum de seus contatos. Ainda não contou para eles, ainda não se atreve a desativá-los, são contatos de toda uma vida. Suas notas de Sociedade saem sem assinatura, portanto, tirando as pessoas da redação, por enquanto e para o restante ele continua sendo o jornalista mais destacado dentro de Polícia do jornal. Estou escutando, delegado, diz, e pega um papelzinho cor-de-rosa do bloco para anotar o que Venturini vai dizer. Apareceu morto alguém que você conhece muito bem, mas não se assuste que não é alguém que você goste, Brena. Quem? Chazarreta. Chazarreta? Degolado. Que coincidência. Exato. De fonte limpa? Estou de pé em frente ao cadáver, olhando o corte enquanto espero a polícia científica Onde? Na casa dele, no La Maravillosa. E o que o senhor está fazendo tão longe de sua jurisdição? Uma dessas casualidades da vida que depois conto, você conhece esta casa, não?, foi aqui que o entrevistou pela última vez. Sim, conheço a casa. Foi encontrado pela empregada, a mulher falou vinte minutos sem dizer nada importante e agora está em choque. Hipótese? Muitas, mas nada que valha a pena, muita carne podre, estava esperando que você me desse sua impressão, Brena. Você me pegou de surpresa, delegado, preciso digerir a notícia e volto a ligar. Certo, querido, vou continuar na cena do crime por mais algum tempo, qualquer coisa pode me ligar, não digo que venha porque o promotor está para chegar e aqui não deixam passar nada, depois do que aconteceu da outra vez... Entendo. Olha que te dei a exclusiva. Agradece. Me liga. Ligo, delegado, algo mais? Sim, Dom Pérignon, Brena, costela, peito de porco, moleja e Dom Pérignon. Combinado.

Jaime Brena desliga e fica olhando para o papel. Pergunta-se o que deve fazer. Sabe que tem nas mãos uma baita notícia. Em poucas horas, a informação vai correr todas as redações, mas nisto, como em tudo, quem bate primeiro bate mais forte. Embora alguns digam — como disse Rinaldi em uma das últimas reuniões de capa da qual Brena participou — que, a partir da explosão das notícias online na internet, o conceito de "furo" é mais efêmero que o tempo que demora para fazer um copy paste e reenviar. Para os da velha escola, e ele, Jaime Brena, é um deles, continua sendo importante o furo. A morte da mulher de Chazarreta, há três anos, deixou todo o país comovido. E, apesar de que não se encontraram provas suficientes para culpar o viúvo, 99,99% das pessoas acreditam que o assassino foi Pedro Chazarreta. E esses 99,99% incluem Jaime Brena, que não só esteve a cargo da investigação jornalística do caso para o *El Tribuno*, mas se converteu em uma referência no assunto para os outros meios, do assassinato até o fim do processo judicial. Quando amanhã aparecer a notícia nos jornais, as pessoas vão dizer: a justiça foi feita, Brena sabe, embora nunca se esteja seguro de que é o justo, nem de nada. Embora a verdadeira justiça para alguém que não deveria ter morrido seja a ressurreição e não que matem seu assassino. Mas Brena duvida que essa justiça seja concedida a alguém, nem sequer a Jesus Cristo. Aproxima-se da mesa do garoto com o papelzinho rosa na mão. Cara, tem um minuto?, pergunta. Então percebe que o garoto minimiza a tela na qual escreve para que ele não veja em que assunto está trabalhando, e embora diga: Sim, pode falar, Brena pensa: Que atitude feia, garoto; amassa o papel rosa, joga no cesto de lixo perto dos pés do aprendiz de jornalista policial e diz: Nada, deixa pra lá. E ali mesmo se vira para a mesa de Karina, mostra o maço de Marlboro que acaba de tirar do bolso da camisa e pergunta: Me acompanha? E a mulher se levanta e o acompanha.

Quando saem à rua, há pelo menos outros três colegas fumando. A proibição de fumar em lugares fechados em Buenos Aires gerou uma rotina de calçada de que Jaime Brena até gosta. Sentam-se na sarjeta. Como está?, pergunta Karina e, mesmo hesitante, a mulher pega o cigarro que Brena lhe oferece. Bem, diz ele enquanto acende o seu. O que vai fazer com a coisa da aposentadoria? Ainda não sei, há momentos em que estou decidido, e em outros não me vejo deixando de vir aqui todos os dias. Brena dá uma tragada profunda e depois solta a fumaça, lento. Além disso, tenho certeza de que Rinaldi não vai querer me dar a bolada que deu aos outros. Você merece receber o mesmo, mais que ninguém. E o que isso tem a ver, merecer é garantia de algo? Tem razão, diz a garota e coloca o cigarro na boca para que Brena o acenda. E de amores? Aí sim, olha, aceitei a aposentadoria voluntária, diz, e a garota ri. Ele gira o isqueiro até que saia a chama, e ela então se aproxima. Ninguém acredita nisso, Brena. É sério, quero viver tranquilo. Nunca mais com a Irina? Não, Deus me proteja. Os dois fumam um tempo em silêncio olhando a praça. Sabe?, diz Brena, outro dia à noite desci para comprar algo para comer e cruzei com um cara que andava com um cachorro, lindo, grande, devia ser um labrador. E quem era o cara? O cara não importa, o que importa é o cachorro, senti que seria legal ter um cachorro assim. Quem sabe eu compro um. Ai, Brena, você tá louco, não tem paciência para cachorros. Como você sabe? Eu te conheço, dois meses depois vai querer devolver. Bom, um cachorro não é para toda a vida como o casamento; se não der certo, não deu. Para mim, seria mais fácil terminar um casamento do que devolver um cachorro, diz ela, para quem se devolve um cachorro? Você não sabe o que é terminar um casamento, diz ele. Nem quero saber. Brena dá a última tragada e apaga a bituca em um fio de água que escorre pela sarjeta, por baixo das pernas dos dois. Ela, que hoje quase não fuma, ainda tem o cigarro aceso e brinca com as cinzas. Ele olha para ela e depois diz: Chazarreta acaba de aparecer morto, degolado. Pedro Chazarreta? Sim. Não acredito. Me ligaram agora para avisar. Amanhã é capa, diz Karina. Do *El Tribuno?*, se o garoto ficar sabendo a tempo, duvida Brena, e eu não teria tanta certeza. Sim, se o garoto ficar sabendo. Agora é a garota que apaga o cigarro fumado pela metade na água que corre. Você quase nem fumou, diz ele. Sim, duas ou três tragadas, nada mais, estou com um pouco de dor de garganta, vamos? Sabe por que acho que as mulheres dormem de barriga para cima?, pergunta Brena. Por quê? Ele olha para ela, respira fundo, sorri e depois diz: Nada, deixa pra lá, nada. Levanta-se e dá a mão para que ela faça o mesmo. Vai entrar? Sim, você não? Vou dar uma volta pelo quarteirão e volto, me faz um favor?, pede Brena. Sim, claro. Quando passar pela mesa do garoto, diga que em seu cesto de lixo tem um papelzinho cor-de-rosa amassado, para ele ler, de minha parte. Tá, eu aviso. Karina o segura pela mão e fica assim um instante como se fosse dizer mais alguma coisa. Mas só termina repetindo: Tudo bem, eu aviso. E vai embora.

Brena poderia caminhar em qualquer direção porque — ele sabe disso — não se dirige a lugar nenhum. Então escolhe ir para leste, para que o sol bata em suas costas e não nos olhos. Não faz muito calor, mas o reflexo da luz do sol nessa calçada clara há quarenta e quatro anos o faz franzir o rosto. E hoje não tem vontade de franzi-lo. Vira a cabeça de um lado para o outro para afrouxar as cervicais, enche os pulmões de ar, ajeita a calça na cintura. Depois olha para trás, por cima do ombro, e verifica que está sozinho, que ninguém caminha perto dele. Então leva a mão direita um pouco para frente, com o braço esticado e o punho fechado, e continua caminhando nessa posição, como se o levasse preso a uma coleira. O cachorro o levasse.

4

Nurit Iscar trabalha esta tarde no livro que está escrevendo por encomenda: *Desamarra os nós*. Detesta essa coisa. É a encomenda da ex-mulher de um empresário do transporte que durante e depois de seu divórcio viveu alternativas que considera "únicas" e encontrou "soluções da alma" que quer partilhar com os demais. Não sabe o livro que vai escrever quando eu contar minha vida, disse no dia da entrevista com Nurit, sem suspeitar quantas vezes sua escritora fantasma — e tantos outros escritores — já tinha escutado essa mesma frase ou similares de outras bocas. "Se eu te contar minha vida, você pode escrevê-la e vai ganhar o Prêmio Clarín", "Quando eu conto a meus amigos, todos me perguntam por que não escrevo um romance", "Vou lhe contar algo, você anota e já tem seu próximo livro, mais que seu próximo livro: três tomos, no mínimo!" Por que tanta gente acha que sua vida é única e eu acho que a minha é igual à de qualquer um?, perguntou-se então e se pergunta de vez em quando Nurit Iscar. Pelo menos terminou a etapa de entrevistas com a "autora" e agora só resta desgravar e escrever. Escrever. Por sorte, escrever. Isso sim. Brincar com as palavras, montar orações, conjugar verbos. Escrever. E a ex-mulher do empresário de transporte paga bem. Muito bem. Por isso Nurit tenta não pensar muito na "mensagem" que essa mulher quer transmitir, nos nós, no que significam essas palavras que ela escolhe, mas em como soam, como cantam, como uma empurra a outra até formar uma melodia que *Desamarra os nós* não merece. Continua escrevendo pelas palavras. Não pelo que "quer transmitir" a ex-mulher do empresário de transporte. Quanto antes entregar o rascunho terminado, mais cedo recebe. O problema é que depois de *Desamarra os nós* não tem nenhum trabalho na fila. Mas não quer se preocupar antecipadamente.

No meio da tarde, Nurit sente preguiça, ou chateação, ou o que seja que a leva a procurar uma desculpa para dar uma parada no trabalho. O lanche da tarde, diz. Olha para o relógio e se dá conta de que a hora é adequada, cinco e dez. Neste mesmo momento, o garoto de Polícia do *El Tribuno*, que há uns minutos terminou de desamassar o papel rosa que Jaime Brena tinha jogado em seu cesto de lixo, escreve no Google várias combinações de palavras-chave tiradas desse mesmo papel. Mas nada que sirva aparece, tudo é velho, relacionado à morte da mulher de Chazarreta e não com a sua. Confere seu Twitter, nenhuma das pessoas que segue escreveu nada sobre o assunto. Por um momento, pensa em postar ele mesmo o tuíte: "Alguém sabe algo sobre se mataram Pedro Chazarreta?", mas descarta, se dá conta de que seria alertar os demais sobre uma notícia que, no momento, parece ser só dele. E de Jaime Brena. O garoto pede a Karina o número de celular dele, o de Jaime Brena, e ela fica brava por ele pedir com contundência e segurança, como se ela não tivesse alternativa a não ser dar. Mas dá assim mesmo. Ele sempre o mantém desligado, diz, mas se quiser tentar. Desligado, sim, reclama o garoto. Deixa mensagem na secretária de Jaime Brena e tenta de novo com o Google. E com o Twitter. Quando Nurit Iscar tem as torradas já prontas e as coloca sobre a mesa com a marmelada de baixas calorias e o queijo cremoso, o garoto já percebeu que Jaime Brena não pensa em retornar a ligação tampouco, talvez, voltar à redação pelo resto do dia. E que, sem sua ajuda, ele não vai chegar muito mais longe do que consta nesse papel amassado. Também percebeu, e isso é o pior, que perdeu um tempo valioso tentando localizá-lo. Por isso, enquanto Nurit acrescenta um pouco mais de leite ao chá — não suspendeu o café pela insônia nem pela acidez, mas porque disseram, nunca saberá se é verdade, que causa celulite —, o garoto de Polícia caminha pelo corredor até o escritório de Rinaldi: melhor avisá-lo, pensa, e que ele veja para que contato ligar. Antes de entrar no escritório confere mais uma vez seu Twitter no BlackBerry e agora sim, ali está, um tuíte de um jornalista jovem que trabalha no rádio e na televisão, tuíte que, além disso, é retuitado várias vezes por outros. Só a frase: Degolaram Chazarreta, o viúvo de Gloria Echagüe. E nada mais. O garoto bate à porta de Rinaldi, espera que do outro lado digam "entre" e depois entra com pressa e agradecido por seu chefe não ser viciado nas novas tecnologias.

Sem que nenhum dos dois — nem Nurit Iscar nem o garoto de Polícia — saibam, o promotor acaba de chegar na casa de Chazarreta e a primeira coisa que ele faz é se queixar de como está concorrida a cena do crime. Ao redor de Chazarreta degolado circulam: um grupo de policiais da delegacia que corresponde à zona com o delegado incluído; o delegado Venturini que, segundo explica ao promotor enquanto se cumprimentam, estava numa reunião de trabalho quando ligaram para avisar sobre o fato a um colega e não quis perder a ocasião; dois delegados de delegacias vizinhas que ficaram sabendo do caso, não especificaram como; o pessoal da ambulância do serviço médico de emergências que foi contatado pela segurança do La Maravillosa seguindo o regulamento do country que exige avisar com urgência qualquer acidente verificado — o mesmo serviço médico para o qual ligaram quando Gloria Echagüe morreu —, os policiais de Homicídios que já estão preenchendo a instrução criminal; os policiais de Criminalística que chegaram poucos minutos antes que o fiscal; fotógrafo; planímetro; médicos; bioquímicos; técnicos de impressões digitais; balística, que está com o grupo embora um degolado não precise dele, mas vai que há algum tiro perdido; um vizinho do country, para servir de testemunha e assinar a ata. Embora o Código Processual da província de Buenos Aires não exija testemunha, melhor prevenir que remediar, disse um dos delegados, e os demais o apoiaram, este caso vai ter ainda mais repercussão que o da mulher e não podemos todos sair mal na fita outra vez. Gente, rapazes, não falta ligar para mais ninguém?, o promotor tira um sarro enquanto abre caminho até chegar perto do cadáver. Gira ao redor da poltrona, olha para o corpo morto de Chazarreta de diferentes ângulos, se aproxima do delegado encarregado — depois de questionar qual dos delegados é o encarregado — e pergunta sobre alguns detalhes enquanto observa como o vizinho convocado a título de testemunha, nervoso e evitando olhar para onde está o morto, deixa cair no chão o papel da bala que está a ponto de comer. O promotor aponta o papel a um dos técnicos e diz: Pega essa evidência, talvez nos conduza ao assassino. Imediatamente, o vizinho se agacha para pegar o papel e no movimento quase se engasga com a bala.

Nurit Iscar unta outra torrada com queijo e marmelada de baixas calorias, deixa-a sobre o prato, agarra o controle remoto do televisor e procura um canal de notícias. Vai de um a outro tentando encontrar algo que a interesse. Os números que saíram na Loteria Nacional: não interessam; o assalto a uma casa de produtos esportivos: pouco; a regata Buenos Aires-Montevidéu: nada. Mas, na Crónica TV, uma manchete sobre um fundo vermelho que ocupa toda a tela a deixa gelada: Últimas notícias, Pedro Chazarreta degolado. Nurit precisa ler duas vezes. Pedro Chazarreta degolado. Degolado. E a voz do locutor que diz: O viúvo de Gloria Echagüe termina sua vida como ela, com um corte de lado a lado no pescoço. Nurit liga para Paula Sibona para compartilhar a notícia com alguém, mas não a encontra e não deixa recado. Tampouco Carmen Terrada está disponível. Espera mais informação, muda de canal, volta ao primeiro, sobe e desce a grade de canais, nada de novo. Alguns minutos depois, em seu escritório, de costas para o garoto de Polícia que confere outra vez seu BlackBerry, Rinaldi faz o mesmo que Nurit, mas com resultado diferente: esses poucos minutos depois e a notícia já está em todos os canais. Embora ninguém consiga entrar no bairro de Chazarreta. A única estação de TV que já chegou fica do lado de fora do La Maravillosa e transmite a pouca informação que obtém da portaria. São as normas do lugar, responde várias vezes o encarregado de Segurança ao repórter que insiste em solicitar o ingresso. Rinaldi sintoniza o canal de notícias que pertence ao mesmo grupo empresarial do *El Tribuno* enquanto diz ao garoto: Peça que me comuniquem urgente com o chefe de notícias do canal. Na tela, o encarregado do noticiário pergunta: Podemos assegurar que Pedro Chazarreta morreu degolado? Sim, responde o especialista em notícias policiais enquanto aparece na tela a imagem do cartaz do La Maravillosa que diz "Acesso exclusivo para sócios"; não há informação oficial, mas fontes confiáveis nos asseguraram que Pedro Chazarreta, o viúvo e até há pouco acusado pelo assassinato de sua mulher, Gloria Echagüe, apareceu morto esta manhã com um corte no pescoço, na poltrona da casa que até três anos atrás dividia com a ex-esposa, a metros de onde apareceu o cadáver de sua mulher. Então, o canal de notícias que vê Rinaldi, o mesmo que agora Nurit Iscar acaba de sintonizar, à falta de imagens da morte de Chazarreta, coloca no ar um informe sobre a morte de Gloria Echagüe. Não têm nada ainda, diz para si Lorenzo Rinaldi enquanto o garoto de Polícia continua tentando conseguir fazer a ligação que ele pediu. Para aqueles telespectadores que não se lembram deste crime que foi tão importante em 2007, diz o locutor e com um meio sorriso fica esperando as imagens de arquivo.

Gloria Echagüe apareceu morta há três anos, com um corte no pescoço, como agora seu marido. Foi encontrada por sua prima, Carla Donatto, vizinha também do Country La Maravillosa, que tinha ficado de passar por sua casa para tomar um café. Venha às seis, teria dito Gloria que todos os domingos às três da tarde ia à academia e depois de sua rotina de cinquenta minutos tomava um banho finlandês de meia hora. Sua prima, casada com Lucio Berraiz, ex-sócio e amigo de Pedro Chazarreta, a encontrou caída de barriga para baixo, rodeada de vidros de diferentes tamanhos e formas, com metade do corpo dentro da casa e a outra metade para fora, atravessando a porta-balcão que separa a parte exterior da sala dos Chazarreta. Estava com a roupa de ginástica com a qual tinha saído da academia, tênis e um boné Nike preto com viseira que ainda trazia na cabeça.

Por que naquele domingo Gloria Echagüe quis entrar pela porta-balcão da sala, quando sempre usava a porta lateral que dá para a cozinha? Por que debaixo dela não estava a poça típica dos degolados? O que fazia uma pedra em forma de bola, idêntica às que adornam o canteiro de entrada, na sala da casa? Como Gloria Echagüe, que segundo testemunhos de suas amigas cuidava tanto do parquete de madeira, supôs que a porta-balcão de vidro estaria aberta em um dia no qual garoou quase todo o tempo e com noventa por cento de umidade? Com que parte do corpo Gloria rompeu o vidro?, com o joelho?, com a testa? Por que não havia então outros cortes em seu corpo? O que eram aqueles pequenos cortes nas palmas das mãos? Qual dos pedaços de vidro que a rodeavam provocou de lado a lado em seu pescoço um corte tão certo, tão limpo, tão paralelo à linha hipotética que os ombros da morta descrevem? Por que a galeria estava molhada, mas não havia manchas de barro ou pegadas em um dia no qual tudo estava coberto de barro?

Ninguém se fez essas perguntas aquele domingo. Ou parecia que ninguém tinha feito. Carla Donatto ligou imediatamente para o celular de Chazarreta, que estava comprando uns vinhos no mercado do country. "Venha agora, Pedro... para casa, venha, é a Gloria", dissera ela aos gritos segundo a declaração que tempos depois integraria o processo. E Chazarreta demorou sete minutos para chegar. A ligação o encontrou na caixa do mercado a ponto de pagar, então pagou, com cartão — às 18h15, ficou marcado em seu tíquete na caixa registradora —, entrou no carro e foi direto para casa. Sete minutos exatos, segundo consta no expediente. Dois minutos na caixa, um minuto de caminhada até o carro que tinha ficado na outra ponta do estacionamento, um minuto até acomodar os vinhos, um minuto para passar pela frente do clube em um horário no qual é preciso dar passagem às crianças que saem das atividades infantis, e dois minutos para percorrer os cinco quarteirões que separam o mercado de sua casa a uma velocidade máxima permitida de vinte quilômetros por hora. Sete minutos.

O marido de Carla Donatto se ocupou do enterro, inclusive de conseguir uma certidão de óbito falsa em que se dizia que Gloria Echagüe tinha morrido de morte natural. Tudo foi feito com a velocidade de um raio, e a mulher de Pedro Chazarreta foi enterrada em menos de quarenta e oito horas. Mas uma semana depois sua mãe, que vivia no exterior e com a qual Echagüe mantinha uma relação distante desde seu casamento com Chazarreta, permitiu-se duvidar. Veio ao país, foi visitar o túmulo da filha, fez perguntas. As respostas não a convenceram. Duvidou mais ainda. E com ela, por fim, começaram a duvidar todos. O promotor pediu a exumação do cadáver e, depois de perícias e outras diligências judiciais, a verdade veio à tona: Gloria Echagüe fora degolada fora de casa e arrastada até onde a encontraram, depois que alguém quebrou com uma pedra redonda a porta-balcão de vidro. O assassino e seus eventuais cúmplices limparam meticulosamente o sangue que tinha manchado o caminho, apagaram suas impressões digitais, ajeitaram a cena do crime e, só depois, foram embora sem que ninguém os visse. A arma nunca foi encontrada.

Fotos de Gloria Echagüe, fotos de Pedro Chazarreta, fotos dos dois juntos. Fotos de quando eram jovens, fotos atuais. Fotos de Gloria Echagüe com umas amigas. Fotos de Chazarreta com uns amigos. Fotos do casal no dia do casamento. Fotos de viagens. Fotos de Chazarreta no dia do enterro de sua mulher. Fotos de Chazarreta no dia do início de seu julgamento. Fotos de Chazarreta quando o levaram para cumprir pena preventiva. Fotos de Chazarreta livre. Um breve comentário sobre aquele momento de Jaime Brena, o único jornalista que conseguira entrevistar Chazarreta. Mas ninguém tem ainda, claro, a foto de Chazarreta morto. Corte.

Então Lorenzo Rinaldi diz ao garoto de Polícia: Não vamos ser os primeiros, mas temos que ser os melhores, e tira o telefone da mão dele.

Nurit Iscar vai até o computador e digita, uma a uma, as URLs dos primeiros jornais online e agências de notícias de que se lembra: *La Nación, Clarín, El Tribuno, Página/12*, Télam, *Tiempo Argentino, Perfil, Crónica, La Gaceta, La Voz del Interior, La Primera de la Mañana*. E enquanto faz isso, pensa quantos, à medida que mais gente vai ficar sabendo da notícia, dirão: Foi feita justiça. O mesmo que concluía Jaime Brena umas horas antes, quando escrevia os dados passados pelo delegado Venturini no papelzinho rosa que depois jogou no cesto de lixo do garoto de Polícia, e que agora está sobre a mesa de Rinaldi. Porque, apesar de a Justiça propriamente dita, a dos juízes e a dos tribunais, ter deixado Chazarreta livre por falta de mérito, a grande maioria dos habitantes do país, equivocados ou não, ainda hoje acredita que foi Chazarreta quem degolou a mulher. Ou mandou degolá-la. No entanto, ela, Nurit Iscar, se permite duvidar, só por causa da falta de provas. Embora entenda o argumento dos outros: por que fazer passar por acidente algo que mesmo para o mais tonto não era?, por que não chamar imediatamente a polícia?, por que conseguir uma certidão de óbito falsa?, gente educada nos melhores colégios e universidades pode ser tão ignorante? Mas continuam sem aparecer a prova contundente, a arma com suas impressões digitais, uma testemunha, o DNA tirado de um fio de cabelo, do suor, de outro sangue, o que seja, para condená-lo irrefutavelmente; e então ela, mesmo equivocada, prefere duvidar. Deve duvidar. Não importa o que sinta, o que intua. Não há provas. Não importa o que ache de Chazarreta. Todo mundo é inocente até que se prove o contrário. E ela não sabe se Pedro Chazarreta é inocente, mas que não foi possível demonstrar que não seja. Não é o caso de Jaime Brena nem de 99,99% da população: eles não têm dúvidas de que esse homem é o assassino de sua mulher. Ou que mandou matá-la. Ou que sabe quem matou e por quê, e se cala. Dá no mesmo: culpado. No entanto, a Justiça não é democrática, não se vota em quem é culpado ou não, como se faz para escolher um presidente ou um governador. Se fosse assim, se a Justiça fosse uma contagem de votos emitidos pela opinião pública, certamente vários erros teriam sido cometidos. Não sendo assim, também são cometidos. Enquanto Nurit lê as últimas notícias para ver se encontra alguma informação mais próxima da morte de Chazarreta, evoca uma a uma as expressões possíveis que imagina venham a ser pronunciadas à medida que cada pessoa saiba dessa notícia. "Justiça foi feita", "A justiça tarda, mas não falha", "Deus é justo", "Quem anda mal, acaba mal". No mesmo momento em que ela ficou sabendo, ou no noticiário noturno, ou com o jornal de amanhã de manhã, no apartamento em frente ao seu, no de baixo, no do outro quarteirão, no café da esquina. Clica duas vezes na página inicial do jornal *La Primera*, vê que há um breve informe de Zippo.

Mas, assim que começa a ler, o som do telefone a distrai e, embora não atenda — nunca atende sem antes deixar passar pela secretária eletrônica e a voz se identificar de maneira que ela possa decidir se quer atender ou não —, tampouco continua lendo à espera de que o som deixe de tirar sua concentração na leitura e certa de que, depois que a voz se identificar, vai recusar a ligação. Mas a voz, essa voz, e a forma como é chamada, deixam-na tão gelada quanto estivera um pouco antes, ao ler a chamada que dizia: Pedro Chazarreta degolado. Mais gelada. Olá, Betibu, escuta dizerem, e depois: Me liga, mataram Chazarreta e gostaria que dessa vez você se ocupasse do assunto. E depois desligam. Ou desliga. Som de ocupado. A secretária para. Quem ligou se esqueceu de dizer quem era ou não se esqueceu, só tem certeza de que Nurit Iscar saberá quem fez a ligação. E é verdade, ela sabe. Não é preciso falar. Só há um homem no mundo que ainda hoje pode chamar Nurit por esse nome, Betibu, um homem que só de ouvir a voz faz estremecer lugares quase esquecidos dentro dela: Lorenzo Rinaldi. E Nurit Iscar, Betibu, deve a ele — e em menor medida ao próprio Chazarreta, ou ao crime que a maioria da população está convencida de que Chazarreta cometeu — que depois de uma bem-sucedida carreira literária — medida segundo alguns dos parâmetros que na literatura podem medir sucesso para uns e fracasso para outros — nunca mais tenha voltado a escrever nada de seu e tenha decidido ganhar a vida como escritora fantasma de gente que quer contar coisas que a Nurit muito pouco importam, como *Desamarra os nós*. Olá, Betibu, Nurit volta e escuta a fita pelo menos cinco vezes, Olá, Betibu, como se quisesse confirmar quem está ligando, mas sem duvidar um só instante.

Não retorna a ligação, sabe que Lorenzo Rinaldi vai chamar de volta, daqui a pouco, daqui a algumas horas. Sabe que Rinaldi não se conforma facilmente se não consegue o que quer. E sabe também que ela, Nurit Iscar ou Betibu, não terá outra solução a não ser atendê-lo.

5

Nurit e Lorenzo Rinaldi se conheceram no ano de 2005 em um programa de televisão no qual coincidiram como convidados. Ela acabava de publicar *Morrer aos poucos*, seu terceiro livro, que mais uma vez subia ao ranking dos mais vendidos nem bem tinha chegado às livrarias. Ele tinha acabado de receber um prêmio na Espanha por sua trajetória jornalística e nesses dias aparecia como novidade editorial seu livro de não ficção *Quem manda? Poder real da mídia na Argentina do século XXI*. O primeiro encontro não foi no cenário de gravação, mas na sala de maquiagem. Quando Nurit entrou, ele já estava sentado em um banco alto — semelhante aos que usam os cabeleireiros masculinos — com uma capa de plástico sobre os ombros para que os cosméticos não manchassem seu terno. Ela foi colocada na cadeira ao lado. Nem bem se sentou, Nurit avisou ao maquiador que gostava de aparecer simples, natural. Pode me cobrir as rugas, tudo bem, mas que não se note muito, pediu. Rinaldi sorriu a seu lado. Que rugas?, perguntou, e ela, que se sentiu ruborizada até mesmo uns segundos antes que a cor vermelha dominasse seu rosto, se desculpou apontando as bochechas: Eu tenho rosácea. Ah, disse ele, e sorriu outra vez. Depois ficaram em silêncio enquanto os maquiadores faziam seu trabalho, mas duas ou três vezes cruzaram o olhar através do espelho. Antes de ir embora, Rinaldi se aproximou, desta vez olhando abertamente para ela, mas falando com o maquiador: Lindos cachos, não? Divinos, respondeu o homem, que sacudiu o cabelo negro de Nurit para que esses lindos cachos se armassem mais. Ela se sentiu incomodada. Perguntou-se se a falta de comodidade seria por se sentir observada, ou por receber uma cantada, ou pela entrevista, ou pela maquiagem, ou pela rosácea. Com cada reportagem, como com cada voo de avião, em lugar de ficar mais tranquila, sentia mais próxima a possibilidade do desastre. E era indefectível que antes e durante a entrevista — assim como quando se ajustava o cinto no momento de decolar — se perguntasse: por que estou aqui. Mas ali estava, outra vez. Para se distrair, começou a contar as escovas de diferentes tamanhos que o maquiador tinha colocado sobre o balcão: catorze; e depois contou as cores da paleta de sombras: sessenta e quatro. Deite a cabeça no apoio da cadeira e olhe para baixo, querida, disse o maquiador porque Nurit não conseguia parar de pestanejar enquanto ele tentava passar o rímel. Não viu como se comportou bem seu colega, que já está pronto?, apontou o homem enquanto Lorenzo Rinaldi tirava a capa. A gente se vê no estúdio, disse Rinaldi a Nurit e saiu. De alguma maneira, o fato de que já não houvesse testemunhas a deixou aliviada, e o maquiador conseguiu terminar seu trabalho decentemente. Quem é?, perguntou ela enquanto o homem dava por concluída a maquiagem espalhando um pouco de pó solto nas maçãs do rosto. Lorenzo Rinaldi, o diretor do jornal *El Tribuno*, não o conhece? Sim, claro, de nome e de leitura, sim, mas não conhecia seu rosto, respondeu Nurit. Um dos homens mais inteligentes do país, continuou o maquiador, e um dos piores, concluiu. E Nurit muitas vezes depois daquele dia se perguntou por que dera tanta importância à inteligência de Lorenzo Rinaldi e descartara a segunda parte da frase do maquiador que a teria protegido de umas quantas noites acordada e de choros descontrolados.

O programa transcorreu como transcorrem a maioria dos programas culturais: boas intenções em uma decoração de baixo orçamento com duas poltronas e uma mesa, e cada bloco dedicado a um convidado. O primeiro foi ocupado por um dramaturgo que voltava de um festival de teatro em Berlim, onde havia levado uma versão da *Eva Perón* de Copi, onde havia sido muito elogiado. Nurit chegou ao cenário quando esse bloco terminava e, enquanto abria a porta, o olhar dos técnicos e assistentes se cravou nela como se dissessem: Se fizer ruído, vamos te matar. Rinaldi, atento ao telefone celular em modo silencioso, nem sequer a olhou, e ela se sentou em uma cadeira localizada bem atrás dele como se viajassem em um ônibus. Cheirava perfume, ele, Rinaldi, ou loção pós-barba, cara, certamente francesa, pensou Nurit. Depois do primeiro corte foi a vez dele. Sua presença naquele lugar ocupava todo o espaço, sua segurança parecia tão natural que se poderiam confundir quem dirigia o programa e quem era o convidado. Nurit o observava de sua cadeira nas sombras do estúdio, rodeada de cabos e de outras coisas — madeiras, tabiques, um jogo de talheres, um ovo frito e um bife, tudo cenográfico — que pertenciam a cenários descartados de programas que provavelmente já não estavam mais no ar. Rinaldi falou de seu prêmio, de jornalismo, do novo livro e de política, mas nesse momento não estava confrontando tanto o presidente como anos depois, por isso a entrevista acabou sendo cordial e sem a exaltação que se nota hoje em Rinaldi quando fala do "senhor presidente", e o nomeia com esse tom rouco de raiva que ela conhece tão bem. Nurit se sentiu atraída por suas mãos, largas, duras, que ele movia no ar quando se entusiasmava com alguma parte do relato. E os cabelos brancos, que começavam a aparecer sobre as orelhas. E a voz, grossa, firme, mas pausada. Pensou em seu marido, não lembra o que pensou, mas apareceu seu marido no meio da voz de Rinaldi, de suas mãos e da lembrança de seu perfume.

Um assistente pediu permissão para passar por baixo da roupa dela o cabo do microfone e isso a distraiu. No momento em que Nurit voltou a olhar para diante a entrevista tinha terminado e Lorenzo Rinaldi cumprimentava a apresentadora, segurando as mãos da mulher entre as suas e olhando diretamente para ela. Se a mulher não fosse quase dez anos mais velha que ele, Nurit teria acreditado que Rinaldi estava tentando seduzi-la. Quando, mais adiante, o conheceu, soube que ele olha assim com frequência, que Lorenzo Rinaldi é alguém que tenta seduzir quem lhe passe pela frente, seja homem, mulher, jovem, velho, alto, baixo, gordo, magro. Quando Rinaldi passou perto de Nurit, ela se confundiu, tropeçou em um cabo que atravessava o corredor e teve que se agarrar no braço dele para não cair. Cuidado, Betty Boop, Lorenzo Rinaldi lhe disse com um sorriso. Como?, perguntou ela. Nunca disseram que você se parece com a Betty Boop?, perguntou. E, em vez de responder, Nurit Iscar ficou pensando se o que tinha acabado de ouvir seria ou não outra cantada. Não sei se você usa cinta-liga, digo pelos cachos negros e pela figura, sobretudo pelos cachos, esclareceu olhando-a nos olhos, e ela quase que num gesto automático tocou neles, como se quisesse verificar que estavam ali. A próxima vez peça que pintem seus lábios mais vermelhos e vai ser a autêntica Betty Boop, disse marcando no ar o contorno dos lábios dela, e depois tirou do bolso interno do paletó um cartão pessoal e o entregou. Se precisar de alguma coisa, disse. Nurit pediu um minuto para tirar o próprio cartão da bolsa, mas o movimento não foi tão simples como o que tinha feito Rinaldi para tirar o dele do bolso. Se havia um lugar na vida de Nurit onde a desordem reinava era em sua bolsa: tíquetes de supermercado, três pacotes de lenços de papel abertos mais alguns lenços soltos, absorventes — porque, embora sua menstruação tivesse começado a ficar irregular desde que fizera quarenta e oito anos, nunca decidia realmente abandoná-la —, dois batons, três canetas das quais só uma funcionava, as chaves do apartamento, uma escova de dentes, uma pinça, um cortador de unhas, a conta de luz que vencia na semana seguinte, um livro, sua agenda, o celular, um par de meias de seda caso rasgassem as que estava usando. Por um momento pensou que Rinaldi poderia ter visto os absorventes ou as meias de seda e ficou outra vez corada, mas naquela oportunidade sabia que não precisava se desculpar: nesse lugar do estúdio e com a base que tinham passado, ninguém poderia notar. Pelo alto-falante, o diretor disse de mau humor: O que está acontecendo que Nurit Iscar não subiu ao palco, gente? Nurit levantou o olhar ao ouvir seu nome e se deu conta de que enquanto continuava mexendo na bolsa não só Lorenzo Rinaldi estava ali esperando por seu cartão, mas também dois assistentes, um produtor e até a apresentadora, que tinha se aproximado para ver o que estava acontecendo. Não se preocupe, disse Lorenzo, no jornal temos seus dados. Rinaldi a cumprimentou e foi embora; o assistente a acompanhou à poltrona que lhe correspondia, sentou-se. A apresentadora a cumprimentou mantendo o mesmo sorriso com que tinha se despedido de Rinaldi. Como está linda, disse, perdeu peso, não? Não sei, disse Nurit, quem sabe. Sim, sim, está linda, disse a mulher e acomodou uns livros que estavam sobre a mesa para que a câmera pudesse filmá-los. Parecia que tudo estava por começar, mas a apresentadora fez um sinal ao cameraman e ficou olhando para Nurit como se estivesse acontecendo algo. Os lábios, sabe?, pintaram demais, estão muito brilhantes, e tanto brilho não sai bem na tela, disse. Um lenço, por favor, gritou como se falasse com alguém que estava no teto e depois perguntou a Nurit: Posso tirar um pouquinho? Sim, claro, se você acha, disse ela e apertou entre os lábios o lenço que a mulher lhe aproximava da boca. Agora sim, disse a apresentadora. Depois, a mulher arrumou o terninho que usava puxando por baixo, arejou um pouco o cabelo com os dedos, olhou sua imagem em um monitor para controlar que estivesse tudo bem e por fim acrescentou: Podem me trazer um segundo meu batom e um espelho por favor. E o assistente o fez no ato, trazendo o que sua chefe pedia, então ela retocou os lábios até ficar tão pintada quanto estava Nurit antes que a fizesse retirar a maquiagem com o lenço. Está pronta?, perguntou a apresentadora quando terminou seu retoque. E, sem esperar que Nurit respondesse, voltou ao programa: Estamos neste último bloco com a escritora Nurit Iscar, que acaba de publicar seu novo romance, *Morrer aos poucos*, um livro que devorei e que vocês também vão devorar. Nurit ficou pensando no verbo "devorar", o que quer dizer quando alguém devora um livro? Que o mastiga, que o engole, que o digere e depois expulsa? Lembrou-se do conto de Fontanarrosa, "Una velada literaria", em que os protagonistas, dois estudiosos da literatura, assam no forno com batatas diferentes livros clássicos que depois comem. Imaginou a apresentadora de lábios brilhantes com *Morrer aos poucos* entre os dentes, destroçando a capa e as primeiras páginas com mordiscadelas, e perdeu por completo a breve biografia dela que mostraram na tela. A apresentadora lançou sua primeira pergunta e Nurit já não conseguiu pensar nela devorando seu livro. Incomoda ser best-seller?, disse. Não precisou pensar na resposta, mais uma vez e quase automaticamente iniciou uma série de frases feitas com as quais costuma responder essa pergunta — também uma frase feita — que já fizeram muitas vezes: que para começar ela não é best-seller, mas alguns dos livros que escreveu são; que não, não a incomoda, que Saramago, Cortázar, Piglia, Murakami e Bolaño também publicaram livros que terminaram sendo best-sellers e representam literaturas e leitores muito diferentes; que sempre é um elogio que o leitor nos escolha; que na escrita ninguém pensa nesses termos ou pelo menos ela não, que esses são conceitos de mercado alheios à própria escrita; etc. etc. etc. Mas no final de sua resposta, de alguma maneira, sentiu que, mais uma vez, pedia desculpas por ser, e porque seus livros são lidos muito rápido, e porque gente que não costuma ler lê seus romances. E, a pedido da apresentadora, teve de perder um tempo para pensar se um livro que é lido rápido é ou não melhor que um que tem muitas horas de leitura, como se qualquer livro que se lê rápido fosse comparável a qualquer livro de leitura lenta. Ao que terminou respondendo: A verdade é que não sei. Só mentiu para a pergunta: Incomoda o que diz de você certa crítica especializada? Não, não me incomoda. Mais para o fim da entrevista, quando levantou a mão direita para acompanhar com o gesto uma frase que não terminara de arredondar, foi que se deu conta de que ainda tinha o cartão de Lorenzo Rinaldi na mão. E outra vez Nurit Iscar se lembrou do marido.

Depois, aquela noite, enquanto comia em sua casa com ele e seus filhos, sentiu-se estranha, culpada, como se tivesse percebido que, por trás dos movimentos desengonçados daquela tarde, se escondia dentro dela algo que não era apropriado, dadas suas circunstâncias. As circunstâncias não são um tanque blindado, disse um tempo depois Lorenzo Rinaldi, antes de beijá-la. E não foram. Pouco depois daquele beijo Nurit Iscar disse ao marido que queria se separar. Demorou um tempo, ele não estava preparado. Mas àquela altura do casamento tampouco estava apaixonado. E hoje, ela acredita, deve estar agradecido. A entrada de Rinaldi na vida de Nurit não fez mais do que colocar em evidência que seu casamento estava acabado havia mais tempo do que ela acreditava. Juan, seu filho mais velho, já vivia com um amigo desde que tinha começado a faculdade, e Rodrigo, o mais novo, que naquele ano começava o ciclo básico, acelerou sua mudança com eles, algo que permitiu que não tivesse de optar com qual dos pais viver. Ambos os filhos mantiveram uma boa relação com Nurit, mas com uma frequência de encontros muito menor do que ela gostaria, alimentada sobretudo pelas ligações de Nurit e por seus convites para comer nos fins de semana que, por causa da vida cada vez mais independente de seus filhos, foram se tornando pouco a pouco menos regulares, com ausências de último momento apoiadas em desculpas de diversos tipos.

A relação com Lorenzo Rinaldi durou dois anos. O primeiro se sustentou com o desejo de Nurit — e a promessa dele — de que se separaria, assim que pudesse, de sua mulher. O segundo ano foi o tempo que ela levou para deixá-lo, apesar de ter se convencido de que ele nunca se separaria. E o fim coincidiu com a morte de Gloria Echagüe. E com a publicação de *Só se você me amar*. A partir da morte de Echagüe, Rinaldi pediu que fizesse uma série de matérias para o jornal. Mas que tipo de matéria?, eu não sou jornalista. *Non fiction*, respondeu ele, como Truman Capote. Truman Capote entrevistou os condenados por um assassinato, e aqui não só não há condenação como não se sabe de nada, está tudo muito confuso, disse Nurit. Por isso, Betibu, tem que ser feito por um escritor, é o que sempre acontece, nas primeiras etapas de um caso policial não há dados concretos ou não aparecem e não resta alternativa senão inventar, imaginar, ficcionalizar. Me parece algo pouco sério, disse ela. Pouco sério seria se um jornalista inventasse, e você não faz isso. Mas de todo modo me parece pouco sério que saia em um jornal algo inventado por mim sobre um caso real, as pessoas podem se confundir. As pessoas sempre se confundem. Não quero me sentir responsável por isso. Betibu, não defenda a moral onde ela não existe. Não é moral, é ética. Não é o mesmo? Não, eu sou agnóstica. Não complique mais, a única coisa que quero é que você se sente no clube do La Maravillosa e escute o que dizem os vizinhos, que compre no mercado onde eles compram, que corra pelas ruas onde eles correm, que jogue tênis. Eu não sei jogar tênis! Pode fazer umas aulas. Chega, Lorenzo, não, tenho muito trabalho com a publicação do meu novo livro, esse é o meu projeto hoje, me comprometi a ir a apresentações, feiras, entrevistas, não tenho tempo, peça a algum escritor que esteja interessado, com certeza vai encontrar. Mas eu quero que seja a "dama negra da literatura argentina". Não. Quero que minha Betibu escreva, disse, aproximando-se, e a beijou. E ela sentiu que aquele era o beijo de Judas. Poucos dias depois, Nurit Iscar deixou Lorenzo Rinaldi definitivamente. No mesmo dia em que no *El Tribuno* aparecia um extenso informe de Jaime Brena sobre o crime de Gloria Echagüe no La Maravillosa, acompanhado da opinião de um jovem escritor que falava sobre qual poderia ser a história que se escondia por trás dessa morte ainda não resolvida. Nunca resolvida.

Um mês depois saiu no suplemento cultural do jornal *El Tribuno* a primeira crítica do romance de Iscar, *Só se você me amar*. A primeira crítica e a pior de todas, que abriu caminho para as que se seguiram. Apesar de já não estarem juntos, Lorenzo Rinaldi ligou para avisá-la: Parece que quem fez a resenha não gostou do seu livro, Betibu, mas se eu interferir vai ser pior. Não interfira, disse ela e esperou que chegasse o domingo seguinte, no dia em que o *El Tribuno* publica seu suplemento cultural, com inquietude. A crítica trazia o título: "*Só se você me amar*, o último e fracassado livro de Nurit Iscar". Era assinada por Karina Vives, um nome que ela nunca tinha ouvido antes. Um nome que provavelmente Nurit não esqueça nunca mais. A jornalista que hoje está a cargo da seção de Cultura do *El Tribuno*, a que se senta à esquerda de Jaime Brena. Essa que costuma ir até a calçada para fumar com ele.

6

Durante os dois anos que durou a relação com Lorenzo Rinaldi, Nurit Iscar, Betibu, passou investigando, pensando e tirando conclusões acerca de Betty Boop e o que sua imagem significa. E, embora não tenha contado a seus amigos todas as dúvidas, alguns de seus encontros terminaram em árduas discussões sobre esse personagem. Nurit queria decidir, apesar de o apelido dado pelo namorado casado com outra — nunca gostou da palavra amante — ser carinhoso, se gostava ou não de ser chamada dessa maneira. Claro que Nurit conhecia o desenho, estático no papel e animado na TV, e podia reconhecer que a imagem dessa mulher de cara redonda, cachos negros e olhos grandes tinha algo de parecido com ela. Mas, além disso, estava interessada em saber o que representava ou o que representou Betty Boop em diferentes épocas. E se isso a representava, porque todo signo representa algo, e essa representação não é ingênua. Não seja tão complicada, dizia Rinaldi, você se parece com o desenho e ponto final. Mas Nurit Iscar era e é complicada, ela não tem problema em reconhecer isso. Se não fosse complicada, não continuaria saindo com você, foi sua resposta a Lorenzo Rinaldi. Complicada e ácida, disse ele. Isso também, confirmou ela. O apelido Betibu tinha se espalhado, entre seus conhecidos, aliados e detratores. Seus filhos gostavam, mas claro que não sabiam de onde tinha saído. Suas amigas votavam a favor ou contra segundo não só seus critérios, mas a simpatia ou antipatia que provocavam nelas Lorenzo Rinaldi e sua falta de definição sobre sua vida amorosa, que tinham colocado em suspenso a vida, não só amorosa, de sua amiga. Nurit não conseguia se comprometer com nada porque Rinaldi, no último momento, poderia se livrar de sua mulher e fazer algum plano com ela: de programar férias ou uma viagem de fim de semana a ir ao cinema. Carmen dizia que o cara era um crápula e que rebatizar Nurit era a forma não só de marcar seu gado, mas de não deixar rastros do verdadeiro nome de sua amante que pudessem ser descobertos por sua mulher. Minha mulher é você, respondia Rinaldi às objeções de Nurit, e ela gostava de acreditar nisso. Paula Sibona concordava com Carmen, embora com vocabulário próprio: um tremendo filho da puta. Ela não se importava com o gado nem com os rastros, mas que sua amiga estivesse se sentindo tão mal esperando que Rinaldi tomasse decisões que àquela altura já era óbvio que não tomaria. No entanto, concordava em chamá-la de Betibu, porque é verdade que você se parece, gosto desse seu modelo de mulher sexy e submissa, e sem sombra de dúvida é melhor te chamar de Betibu que de Margarida, Minnie, Barbie ou La Chacha. E porque, se um tremendo filho da puta de vez em quando tem uma ideia que vale a pena, por que não usá-la, concluiu Paula. Viviana Mansini, por outro lado, não opinava sobre o uso do apelido, mas se limitava a dizer de vez em quando: Pobre Nurit, e coitada da mulher do Rinaldi também, não?, não podemos nos esquecer dela. Ao que Carmen Terrada respondia: Quem não deveria ter se esquecido dela é Rinaldi.

Tanto foi o interesse por Betty Boop que, em uma das reuniões do terceiro domingo do mês para leitura de jornais, as amigas suspenderam as notícias e se dedicaram exclusivamente a trocar a informação que cada uma trazia sobre o desenho. A mais cuidadosa, como sempre, foi Carmen, que não só tinha os textos organizados e sublinhados mas que, cada vez que lia, citava a fonte: a maioria das vezes, a Wikipédia. Mas não é que dizem aos alunos para pesquisar em vez de extrair tudo da Wikipédia? Eu não, respondeu Carmen, falam mal da Wikipédia porque é o site mais democrático que existe: feito entre todos, para todos, sem linha editorial. Esse é o verdadeiro problema, o que realmente incomoda: quem é o dono do saber, da informação, disse. E, sem esperar, começou a ler o material sobre Betty Boop: Nasceu — ou a palavra que se utilize para quando quem nasce é um desenho animado — em 1930. Apareceu pela primeira vez em agosto no desenho *Dizzy Dishes*, na série *Talkartoon*, produzida por Max Fleischer. Foi criada por Grim Natwick, um reconhecido animador da época, tomando como modelo a cantora Helen Kane, a do sucesso "I Wanna Be Loved by You", que morreu aos sessenta e dois anos de um câncer de mama contra o qual lutou por mais de dez anos, acompanhada até o último minuto por seu marido há vinte e sete. Olhem para Helen, disse Paula Sibona. Kane naquele momento trabalhava para a Paramount Pictures, distribuidora da série, continuou Carmen. O desenho de Natwick começou sendo um poodle francês e aos poucos foi tomando forma humana. Só em 1932 Betty Boop — que ainda não tinha sido batizada — foi evidentemente uma mulher, quando as orelhas longas se converteram nos característicos brincos de argola e o focinho preto em um nariz pequeno e arrebitado. Naquele mesmo ano, os produtores se deram conta de que ela era muito mais popular que seu namorado Bimbo, e deixou o lugar de personagem de apoio em *Talkartoon* para ser protagonista e receber o nome que depois herdaria nossa amiga em sua versão fonética: Betty Boop. Betibu.

O desenho de Natwick foi a primeira mulher flapper que apareceu em um cartoon. Nos anos 20 começaram a chamar de "garota flapper" todas as mulheres jovens que desenterraram ou adaptaram a outros usos o tradicional corpete, reduziram o tamanho das saias e cortaram o cabelo de maneira não convencional. Mulheres que gostavam de escutar jazz e dançar em clubes privados, um ritmo que ainda não era tão escutado, e muito menos dançado, pela maioria das pessoas. Uma flapper desafiava o tempo todo o estereótipo de mulher imposto até aquela época e transgredia a maneira como se supunha que uma mulher deveria se comportar: fumava, dirigia automóveis ou motocicletas em alta velocidade, tomava bebidas fortes e se maquiava pouco. Ou, no outro extremo, se maquiava como só até então o faziam as atrizes ou as prostitutas. Precisam nos colocar sempre no mesmo saco?, queixou-se Paula Sibona. A cara com pó branco e as sobrancelhas e as pestanas bem negras para ressaltar o vermelho dos lábios delineados com batom "à prova de beijos". E muitas pulseiras e colares de contas. Sapatos de salto alto para sair e cômodos para trabalhar. Além das discussões acerca de sua origem, a palavra flapper apareceu nos Estados Unidos com o filme protagonizado por Olive Thomas chamado *The Flapper*, em 1920, que retratava o modo de vida deste estilo de mulheres. Thomas era considerada a autêntica flapper e foi lembrada, mais que como atriz muda, por sua trágica morte: aos vinte e seis anos, em um hotel de Paris, depois de ter saído para beber em bares de Montparnasse com o marido, Jack Pickford, Olive Thomas tomou uma garrafa de cloreto de mercúrio — uma substância que Pickford usava como solução tópica externa para a sífilis —, o que causou sua morte uns dias depois no Hospital Americano de Neuilly, nas cercanias de Paris. Estava acompanhada por Pickford e o cunhado quando morreu. Por falta de provas, a Justiça acreditou na versão de acidente, embora existissem suspeitas de que se tratou de suicídio ou de assassinato.

Só muito tempo depois daquele domingo de Wikipédia, desenhos, flappers e mulheres que as inspiraram, Nurit Iscar notaria quantas coincidências havia entre esta morte, a de Olive Thomas, e a morte de Gloria Echagüe. E a morte de tantas outras mulheres. É mais frequente que um marido mate a mulher ou uma mulher ao marido? Quando uma mulher morre de forma duvidosa, sempre o suspeito é o marido?, essas suspeitas sempre têm fundamento?, nunca há provas? Quando uma mulher mata o marido, acontece o mesmo ou é mais provável que termine presa? Qual das duas mortes — ou assassinatos — foi ou é mais justificada socialmente? Alguma mulher matou o marido em um country ou bairro privado? Por que não esquecemos, depois de tantos anos, quem eram Norma Mirta Penjerek, Oriel Briant, a doutora Giubileo, María Soledad Morales ou María Marta García Belsunce? Quantos casos de homens assassinados não resolvidos ou resolvidos em parte nossa memória coletiva poderia incluir em uma lista como essa?

A aparição desse novo estilo de mulher, continuou Carmen depois da sobremesa, coincidiu historicamente com a Primeira Guerra Mundial e algumas de suas consequências: a escassez de homens — Esta é para mim, apontaria Paula Sibona —, a necessidade de a mulher se incorporar ao mundo do trabalho, a moda ditada pelo que usavam as atrizes, bailarinas e cantoras da época. Por que escritores como Scott Fitzgerald ou Anita Loos popularizaram a imagem das flappers como mulheres atraentes, sedutoras e independentes e, por outro lado, Dorothy Parker dedicou a elas um texto chamado *Flappers: uma canção de ódio*? E enquanto Carmen lia esse texto, Nurit se perguntava se ela, que gostava de Dorothy Parker, poderia ser Betibu. Gostava realmente de Dorothy Parker? Dorothy Parker morreu aos setenta e três anos, tinha alguns anos a mais que Helen Kane e trinta e nove a mais que Olive Thomas na hora da morte, mas, ao contrário da cantora que inspirou a imagem de Betty Boop e da atriz ícone das flappers, Parker morreu em um hotel de Nova York acompanhada de seu cachorro e de um copo de uísque. Outra vez as perguntas de Nurit: Quem estava mais bem acompanhada ao morrer? Quem é mais fiel e amorosa companhia: um marido quase quarenta anos mais jovem, um marido sifilítico e suspeito de assassinato ou um cachorro e um copo de uísque? Como morrerá ela, Nurit Iscar, quando chegar sua hora? Com que idade? Onde? Quem a acompanhará? Ela poderá escolher a resposta a alguma destas perguntas? Por que se pergunta tanto sobre a própria morte se está apenas com cinquenta e poucos anos? Por isso, porque já tenho mais de cinquenta anos, respondeu Nurit à única de suas perguntas para a qual tinha resposta. Mais da metade da vida, uma idade que está do outro lado da colina, onde ela começa a cair até o vale seguinte.

O petting, ou jogo sexual sem coito ou preliminar ao coito, se converteu em algo comum na vida das mulheres flappers. Ah, deve ser como as boqueteiras, disse Rodrigo, que coincidira com as amigas de sua mãe aquele domingo na casa da família. O que é isso?, perguntou Nurit. Boqueteiras, mãe, as que fazem boquete. Não entendo. As que chupam seu pau. Não seja grosso que minhas amigas estão aqui. Você perguntou, mãe. Olha, garoto, interveio Paula Sibona, desta casa você pode sair como quiser: de esquerda ou de direita, heterossexual ou homossexual, universitário ou analfabeto, pode ser da tribo urbana que mais gostar, o que quiser, só uma coisa nem sua mãe nem nós vamos permitir: que seja machista. E o que foi que eu disse? Nada, nada, digo por via das dúvidas, me pareceu que quando se referia ao sexo oral você foi um pouco depreciativo com o papel da mulher no assunto. Não, eu gosto que me chupem. Chega!, interveio Nurit. Vocês que começaram o assunto do petting, não fui eu, queixou-se Rodrigo. Porque estamos investigando um tema relacionado com as flappers. Com quê? Flappers, um estilo de mulher que apareceu nos anos 20... Certo, certo, deixa pra lá, interrompeu o garoto e começou a ver TV.

As flappers eram populares, mas sucumbiram — como tantos — a uma crise econômica: a Quebra e a Grande Depressão de 1930. A década trouxe um ressurgimento das ideias conservadoras e dos mandatos religiosos, que viam com maus olhos a vida liberal dessas mulheres, não só do ponto de vista sexual. Até mesmo o desenho Betty Boop suavizou alguns de seus traços durante esta época: primeiro aumentaram a saia da coitada, depois fecharam seu decote e por fim tiraram a liga. Mas a verdadeira Betty Boop sobreviveu à censura, e vários símbolos flappers ficaram como um modelo de gênero para as gerações futuras. Pelo menos para as gerações futuras no mundo ocidental, que não é o mundo inteiro.

Betty Boop foi, é e será definitivamente uma mulher sensual e sexual. Isso é o que importa. Usa vestido curto e cintas-ligas, mostra os peitos com bons decotes — peitos grandes, mas não desaforados como os de Viviana Mansini a partir da menopausa, esclareceu Carmen —, os personagens com os quais divide a série tentam espiá-la quando toma banho, gosta de dançar a hula-hula rebolando as cadeiras e repetir sua frase *Boop boop a doop* enquanto dança — frase que Helen Kane tentou impedir que fosse usada processando a produtora, mas, no fim, a atriz perdeu. Betty Boop foi uma das primeiras a fazer uma participação em *Popeye, o marinheiro*. Nos anos 60 colocaram cor na tela, e nos 80 explodiu o boom de seu merchandising; hoje existem de calcinhas a cartões de crédito Visa do Bank of America com a imagem de Betty Boop. Em 1988, fez outra aparição em um filme que terminou ganhando um Oscar: *Uma cilada para Roger Rabbit*. Em 1994, um de seus filmes de 1933, *Branca de Neve*, foi selecionado pela Biblioteca do Congresso dos Estados Unidos para fazer parte de sua videoteca e ser preservado no arquivo nacional de filmes. Isso é bom?, perguntou Paula Sibona. Não sei se gostaria que preservassem minha imagem em um arquivo para a eternidade, essa coisa de minha imagem sobreviver tanto tempo ao meu corpo em movimento me dá uma sensação estranha. Mas o corpo de um desenho animado não envelhece como o nosso, respondeu Carmen. Era preciso explicar isso?, perguntou Paula.

As garotas do secundário que usam a imagem dela estampada em pastas, estojos, mochilas ou camisetas sabem o que representa Betty Boop? Sabem que foi preciso pedir calma nos anos 30? Por que essa mulher cartoon reaparece com tanta força no século XXI? Betty Boop é só mais um produto de marketing que consumimos sem pensar? Nurit Iscar não acredita. Nurit Iscar, Betibu resiste a pensar que hoje Betty Boop está em todas as partes só porque é negócio. Ela continua acreditando na força que o ícone transmite, embora seja ao inconsciente de quem a escolhe oitenta anos depois.

7

Às seis e meia, Lorenzo Rinaldi volta a ligar para Nurit Iscar, e ela, desta vez, depois de ouvir sua voz, atende. Está nervosa, mas preparada. Depois daquela primeira ligação, às cinco e pouco dessa mesma tarde, Nurit falou duas vezes com Paula Sibona, uma com Carmen Terrada e recebeu vários e-mails das duas. Não me tratem como se estivesse a ponto de fazer a cagada da minha vida, que não temos mais vinte anos, escreveu com cópia para as duas depois do quinto e-mail de Carmen insistindo sobre o perigo de relacionar-se outra vez com Rinaldi. Pelo menos pergunte antes se já se separou da mulher, passou tanto tempo que de repente está livre e não sabemos, sugeriu Paula, sempre a mais esperançosa das três. É uma ligação de trabalho, nada mais, respondeu ela e desligou o computador para não ler nenhum outro conselho, advertência ou desafio de suas amigas até depois da ligação de Lorenzo Rinaldi.

Dessa vez você tem que fazer, Betibu, faz muito tempo que ninguém sabe nada sobre você, que ninguém a lê, quanto faz que não aparece um novo livro seu nas livrarias? Mais de três anos, o mesmo tempo que não nos vemos, pensa ela, mas não responde à pergunta. Uma crônica com essas características em um jornal como o *El Tribuno* pode trazê-la de volta. É que não tenho certeza de querer voltar a nenhum lugar; se tivesse que escolher, talvez preferisse ser toureira a me enfiar de novo na garganta da literatura e seus derivados nesta cidade. Vai devolvê-la a seus leitores, isso soa melhor? Nurit Iscar não responde, por um instante fica pensando no som de sua voz, da voz de Lorenzo Rinaldi e não no que ele diz. Essa voz é a mesma, não mudou nestes três anos. A voz demora mais para envelhecer, pensa. E suas mãos? Continuará tendo acima das orelhas esses cabelos brancos que ela acariciava ou seu cabelo escuro estará agora mais branco? Tenta se concentrar outra vez no que essa voz está dizendo: Quanto quer?, uma coluna?, meia página? Ela continua sem responder. Conhece algum escritor que dispõe hoje de meia página em um jornal lido por milhões de argentinos? Ela suspira e tenta uma pergunta direta: Por que quer que seja eu?, você tem Jaime Brena na redação, quem melhor que ele, que deve ser o jornalista que mais investigou e sabe mais sobre o assassinato da mulher de Chazarreta. Jaime Brena está fora. O que você quer dizer com está fora? Mudou de seção dentro do jornal. Ah, não sabia, ela diz, por quê? Decisão editorial, acrescenta Rinaldi. Decisão editorial, linda frase para não dizer nada; insisto: por que eu? A mesma coisa, decisão editorial. Não, você não me engana com uma frase feita. Certo, quase tinha esquecido como você é teimosa. Vamos ver, Betibu, tem que ser você porque nestes casos, sobretudo no princípio, ninguém sabe nada de nada pelo segredo de Justiça; no ponto em que está a coisa hoje, não se trata de investigar e repetir o pouco que todos dizem, é preciso pensar, ter imaginação e sobretudo escrever bem. No início a gente prende o leitor com a escrita e não com a informação. Você é a dama negra da literatura argentina, e a dama negra pode redigir o que o *El Tribuno* precisa neste momento; eu entendo tudo que é preciso entender do mundo da notícia e sou o editor deste jornal, por isso sei que você é outra vez a melhor opção, como era há três anos, embora não tenha aceitado aquele trabalho; isso quer dizer "decisão editorial", gostou mais agora? Um pouco mais. Aceita, então? Se aceitasse, o que eu poderia fazer não seria jornalismo. Já sei, quero você porque é escritora, os jornalistas jovens cada vez mais chegam mal preparados, parece que escrevem com os pés, eu quero alguém que escreva bem, simples assim. Brena escreve bem, diz ela. Mas tem outros problemas. Quem não tem? Olha, Betibu, consegui um lugar para você no La Maravillosa, um diretor do jornal comprou, faz algum tempo, uma casa com a ideia de usá-la aos fins de semana, mas não vai nunca. Você se instala ali a partir de amanhã com quem quiser, tente não me deixar com ciúmes, e escreve. Escute, olhe, pense, invente e escreva. Não me interessa que esteja procurando a verdade, me interessa que escreva algo que conquiste as pessoas, que conte este mundo, que descreva os personagens que vai vendo passar, isso que você sabe fazer tão bem. Pense nisso, ligo em duas horas para uma resposta afirmativa ou negativa. Ela fica em silêncio por um instante e depois diz: Certo, ligue daqui a duas horas.

"Tente não me deixar com ciúmes", o sacana disse?, pergunta Paula Sibona sem acreditar no que sua amiga acaba de contar. Sim, responde Nurit, que convocou suas amigas para uma reunião de emergência em sua casa. Sabe o quê?, dá para notar que você quer aceitar e isso me preocupa, diz Carmen Terrada. Mas juro que não é pelo Rinaldi. Sim, sim, claro, ironiza Paula. É por mim, insiste Nurit, porque é trabalho, porque mais duas semanas e termino de desamarrar os nós da ex-mulher desse empresário de transporte e fico sem nenhuma previsão de dinheiro, porque seria a oportunidade de mudar aquilo que aconteceu há três anos. Rinaldi continua casado?, pergunta Carmen. Não sei, responde ela. Se continua casado não vai mudar nada, sentencia Paula. Não me refiro a mudar minha relação com ele, me refiro a mudar uma decisão de minha carreira que talvez tenha sido equivocada; acho que se tivesse aceitado fazer aquele trabalho talvez hoje ainda estivesse escrevendo meus próprios livros. Olhando por esse ponto de vista, gosto mais da situação, diz Carmen. Mas só desse ponto de vista. Alguma das duas seria capaz de vir regar minhas plantas? Ferrou, você vai aceitar, conclui Paula. Não sei, sinto que isto me aproximaria de um trabalho muito mais gratificante do que escrever livros para os outros. Nisso você tem razão, diz Paula. Mas cuidado com Rinaldi, pede Carmen. Vou me cuidar. Não só por você, também por nós, com que grua iremos levantá-la se cair outra vez nas redes desse cara?

Tal como tinham combinado, duas horas depois de Nurit ter escutado sua primeira proposta, Lorenzo Rinaldi liga pela terceira vez. Suas amigas ainda estão ali com ela. Cuide-se, repete Carmen antes de Nurit levantar o fone. E pergunte se a casa que vão te dar no country tem piscina, diz Paula.

Uma hora depois, Rinaldi organiza com seu colega, diretor administrativo do *El Tribuno*, os detalhes para que no dia seguinte Nurit Iscar possa se estabelecer em sua casa de fim de semana no La Maravillosa. Ela faz uma mala pequena, dessas que em um avião poderia levar como bagagem de mão, parece pouco para um mês, mas Nurit não acha que vai aguentar tanto tempo nessa casa. Antes de se instalar no country dos Chazarreta, segundo o combinado com Lorenzo Rinaldi, Nurit Iscar precisa passar pela redação do jornal para pegar as chaves, mais algumas instruções sobre o uso da casa, e para conversar com Rinaldi e com o jornalista encarregado de Polícia sobre os detalhes do caso. Dali, quando terminarem, um carro vai levá-la do jornal direto para o La Maravillosa para que possa começar a trabalhar imediatamente.

No mesmo momento em que Nurit Iscar fecha a mala e a deposita ao lado da cama, o garoto de Polícia, em casa, abre o buscador do Google mais uma vez no dia e combina diferentes palavras-chave com o objetivo de encontrar algum dado relevante para levar a Rinaldi no dia seguinte: "Chazarreta + degolado + La Maravillosa". Merda, nada importante. Confere a longa lista de tuítes que se acumularam, mas os relacionados com a morte de Chazarreta não fazem mais que anunciá-la. Depois tenta duas ou três ligações com resultados também pouco satisfatórios. Ligaria para seu antigo chefe, Zippo, que sempre tem bons dados, os melhores. Mas Zippo agora é da concorrência, por isso o garoto não acha que será tão falante com ele como era na redação, pois desde que mudou de jornal o considera não só traidor mas um idiota. Também ligaria para Jaime Brena, mas já tentou três vezes e o cara não respondeu as ligações. Além disso, sua namorada está esperando enfiada na cama para ver um capítulo inédito de *Grey's Anatomy*, então o melhor é suspender a tarefa por hoje enquanto o garoto de Polícia está encerrando programas para desligar o computador. Paula Sibona e Carmen Terrada falam no táxi que dividem de volta a suas casas sobre quanto estão preocupadas com que Nurit caia outra vez sob o demolidor efeito Rinaldi. Embora não possam assegurar que elas, no lugar da amiga, não fariam o mesmo. Melhor dito, estão seguras de que fariam o mesmo. E coisas mais humilhantes também. Exemplos sobram, melhor não lembrá-los, diz Paula. E Carmen Terrada completa: Eu me esqueci de tudo, juro. Mas não se trata delas, trata-se de Nurit Iscar, e sua obrigação de amigas, além de compreendê-la, é ajudá-la para que Lorenzo Rinaldi não arrase com Nurit outra vez. Enquanto isso, Gladys Varela, desde que chegou do La Maravillosa, não para de contar em seu bairro os detalhes do que viu. É meia-noite e os vizinhos continuam na casa dela falando da morte do patrão. Ela é hoje uma celebrity. Se a morte de Chazarreta não tivesse sido dentro de um country, eu teria aparecido mais na televisão, se queixa. Mas nos countries, Gladys Varela sabe, não entram câmeras sem autorização, quase nem a polícia sem ordem de busca, até que se modifiquem os procedimentos como prometeu o governador, por isso se alguém quiser fazer uma reportagem vai ter de ser na casa dela ou na fila antes de entrar no La Maravillosa. Embora só nesse momento Gladys Varela se dê conta de que não vai precisar fazer fila na frente da portaria, pelo menos por um tempo. Ela não tem mais emprego nem patrão no La Maravillosa. Teria que começar a procurar outro; vai fazer isso logo, mas não agora. Disseram que na porta do country o pessoal de um jornal da TV pergunta por ela, querem levá-la ao estúdio, embora ainda não tenham vindo até sua casa. Disseram que por essas participações dá para pedir um bom dinheiro. Disseram, dizem outra vez neste momento. Talvez dê uma passada pela porta do La Maravillosa amanhã, para ver se continuam ali as câmeras e se apresenta ao jornalista. Sim, vai fazer isso, pensa Gladys Varela, no momento em que Karina Vives coloca música clássica no computador de sua casa e pensa em tomar uma ducha. Lembra o que Brena contou sobre a morte de Chazarreta e se pergunta se a notícia já terá aterrissado nos canais de televisão, mas seu interesse não chega a tanto, a ponto de romper a paz de seu lar ligando a TV e procurando um canal de notícias. Sim, definitivamente, para ela Chazarreta e sua morte pouco importam neste momento, amanhã vai ouvir falar bastante do assunto na redação. Pergunta-se também se o garoto de Polícia soube o que fazer com o papel rosa que ela indicou da parte de Brena em seu lixo. E receia que não tenha sabido o que fazer. Ou não receia, tem certeza; além disso, ela definitivamente não se importa nem um pouco com o que faz o garoto de Polícia. Sob a ducha, com *Carmina Burana* de Carl Orff a todo volume e a água quente escorrendo pelas costas, Karina Vives não pensa mais nem em Chazarreta, nem no garoto de Polícia, nem em Jaime Brena, mas em se já é hora de se decidir e anunciar na redação que está grávida. Espera que ninguém pergunte de quem é. Porque se existe algo que ela não gosta é de dar explicações. E que não façam piadas estúpidas nem perguntas idiotas como qual sobrenome pensa em colocar. Karina Vives mete a cabeça embaixo da ducha e deixa que a água quente a ajude a relaxar, enquanto a mais de trinta quadras dali Jaime Brena entra em sua casa. São quase onze da noite, e traz com ele um pacote com três empanadas de carne que comprou na padaria da esquina. Antes disso andou um pouco, entrou em um cinema para ver um filme, mas dormiu, ligou para Irina para ver quando pode passar para buscar os livros que ficaram na casa que dividiam — livros que pede desde que se separaram, há quase dois anos —, mas Irina não atendeu a ligação. Ela, Irina, acredita que os livros que a gente compra a partir de gostos, preferências, percursos e erros, a biblioteca pessoal que a gente monta ao longo da vida, são também um bem?, se pergunta. E são? Não, não são, que ela pense o que quiser. Embora o Código Civil diga o contrário, ele está convencido de que poderia defender na frente de qualquer juiz que a biblioteca própria não é um bem. Não é. Como poderia ser. Jaime Brena sente que se sua ex-mulher, ou qualquer outra mulher das que teve na vida, ficasse com seus livros, seria o mesmo que se não quisesse devolver sua roupa, seus sapatos, os cadernos onde tomou notas todos estes anos ou as fotos de sua mãe. Na verdade, não são cadernos, mas blocos de notas Congreso, esses blocos de folhas pequenas nos quais a capa e as folhas se movem para cima em vez de da direita para a esquerda. Ali, ele anota dia a dia o que falou e com quem. Por via das dúvidas, se alguém se queixa, se perguntam de onde tirou alguma informação. Para se proteger. E debaixo do dia traça uma linha dupla larga. Os sapatos e as cuecas ele trouxe na mala com a qual foi embora da casa que dividiam. Fotos de sua mãe, nunca teve. Os blocos Congreso estão com ele, Irina mandou em uma caixa no mesmo dia em que ele conseguiu esse apartamento e deixou o hotel duas estrelas onde passou os primeiros dias de homem separado. Mas não os livros. Às vezes, ele sabe, as mulheres querem cobrar o que acham que é devido de maneiras muito peculiares. Passou pela frente dessa casa, a que dividiu durante quase vinte anos com Irina, mas não se atreveu a tocar a campainha. O porteiro o reconheceu e o cumprimentou com um gesto duro, apertando a boca como se fosse estalar a língua e meneando a cabeça várias vezes, gesto que Brena entendeu como de queixa contra as mulheres e solidariedade de gênero. Voltou a pensar no cachorro. Pensou nele, em Jaime Brena levando um cachorro. Gosta da ideia. Definitivamente vai tentar, um dia desses vai comprar um cachorro. Se já tivesse decidido, se já tivesse um com ele, agora que entra em seu apartamento com as empanadas de carne, o cachorro o receberia movendo o rabo, faria graça ao seu redor, estaria cheirando o pacote que traz nas mãos, e ele sentiria que esse cachorro está contente por seu dono, Jaime Brena, ter voltado para casa. E que é sincero. Um cachorro não mente. Não pode mover o rabo falsamente. Além disso, um cachorro não fica com a biblioteca completa que se construiu ao longo da vida e, quando a gente reclama que a devolva, não responde às ligações. Um cachorro jamais faria algo assim, nem equivalente. Jaime Brena apoia primeiro as empanadas em cima da mesa e depois acende a luz. Quando vai deixar as chaves sobre a mesinha de entrada, se dá conta de que ao lado da porta há um envelope de papel-cartão sobre o qual, certamente, sem perceber, passou por cima uns segundos antes. Para: Jaime Brena, De: Delegado Venturini. Abre, há uma folha tamanho ofício com frases rabiscadas e sobre ela, preso por um clipe, um papel de notas menor que diz: Brena querido, vai ter que me banhar em Dom Pérignon. Te mando os comentários *in situ* da polícia científica. Anotei para você e estou mandando por um policial da Bonaerense que vai para esses lados. Claro, não têm o valor de uma autópsia, para isso teremos que esperar, mas aqui você tem os dados vários dias antes e, pelo que me disse gente que sabe, a autópsia vai dizer mais ou menos a mesma coisa. Há muitos tontos já dizendo o que não é. Abraço. Delegado Venturini. Jaime Brena não sabe se começa pelo conteúdo do envelope ou pelas empanadas, mas o micro-ondas não andou funcionando bem nos últimos dias, portanto decide que é melhor comer as empanadas antes que esfriem. Não se lembra mais de como se esquenta algo em banho-maria. E forno comum é algo que não liga nem pensa em ligar nos anos de vida que lhe restam pela frente. Serve-se do final de uma garrafa de cabernet sauvignon que abriu há duas noites e liga a televisão. Procura um jornal. Como imagina, a morte de Chazarreta está entre as manchetes, mas é evidente que continuam sem ter muito o que dizer porque enchem o espaço com notas velhas do assassinato de Gloria Echagüe, e até vê a si mesmo em algum canal, com um pouco mais de cabelo que hoje e muito menos barriga, falando daquele caso. Nada novo, nada importante. Quando termina de ver a própria notícia, enfia o pouco que sujou na pia e lava. Pega o envelope que o delegado Venturini mandou e vai para o quarto. Está cansado e quer dormir logo. Tira os sapatos e a roupa. A cueca que está usando já está nas últimas, foi preta uma vez, mas já não se pode dizer nem sequer que é cinza. Terá de comprar umas cuecas novas. Antes era Irina quem comprava. Mas não pode ser tão difícil comprar um par de cuecas. Coloca um travesseiro alto aos pés da cama para levantar as pernas e melhorar a circulação. Pega o relatório do delegado Venturini e lê. O corpo se apresenta em uma poltrona de veludo verde, na mão direita tem uma faca de churrasco e a seus pés um copo de uísque. A garrafa de uísque praticamente vazia, entre o corpo de Chazarreta e o braço direito da poltrona. A ferida no pescoço mede aproximadamente dezesseis centímetros. Com marca de entrada na mastoide esquerda e saída na região laterocervical direita. O ponto de saída é mais largo que o de entrada. E mais superficial. A ferida é reta e paralela ao chão, exceto na saída, onde se eleva. O corte secciona a membrana cricotireoidea e deixa ver o vestíbulo da laringe. Tem lábios bem separados e ângulos agudos. As bordas e paredes estão limpas, sem pontes de conexão entre um e outro lado. Não se observam cortes de confrontação nem feridas que permitam supor defesa de um ataque. A mancha de sangue ao pé da poltrona não é, à hora da inspeção, vermelho brilhante, de onde se deduz que passou algum tempo desde a degolação de Chazarreta. Mas não muitas horas, já que começa a coagular. É provável que a morte tenha sido por embolia gasosa e não só pela hemorragia devido à qual, pela profundidade do corte, é muito possível que tenha entrado sangue nos condutos respiratórios. Brena deixa as notas que acaba de ler aos pés da cama. Não tira conclusões, está cansado. Nem sequer sabe se amanhã pela manhã se lembrará do que leu. Mas o que importa, se ele não precisa se ocupar disto. Ele tem de informar a população que sessenta e cinco por cento das mulheres da raça branca dormem de barriga para cima e sessenta por cento dos homens de barriga para baixo, amanhã; hoje já mandou uma nota sobre churrascos. Essa é hoje sua missão como jornalista depois de quarenta e tantos anos de trabalho. Sente desprezo. Não sabe se desprezo por si próprio, ou por Rinaldi, ou por esta coisa estranha na qual se converteu a profissão. Sua profissão. Amanhã vai voltar a estudar aquele assunto de aposentadoria voluntária. Acolher, que verbo. Senta-se na beira da cama e abre a gaveta do criado-mudo. Antes de dormir deveria retornar a ligação do garoto de Polícia, ver o que ele quer e passar a informação que acaba de ler e já não se lembra, pensa. Não sabe se merece, o garoto, mas a gente nunca sabe quem merece o quê. E o delegado Venturini teve tanto trabalho que não seria justo com ele. Sim, precisa ligar para o garoto de Polícia. Com a gaveta do criado-mudo ainda aberta, Jaime Brena apalpa e pega a lata onde guarda a maconha picada, uma lata pequena que alguma vez conteve, no lugar, balas de limão, e deixa a ligação para depois. Abre a lata, a maconha picada é pouca, para dois ou três baseados, quatro com sorte. Revista a gaveta para ver se sobrou algo da última pedra que comprou, passa a mão várias vezes pela madeira, mas não encontra nada. Terá que encontrar o seu fornecedor antes de sexta se não quiser ficar sem fumar o fim de semana todo. E dessa vez, quando ligar, vai se queixar da qualidade: muito broto e semente. Agarra o maço de cigarros Virginia Super Slims, pega um e esvazia o tabaco no cinzeiro. Gostaria de saber enrolar, mas sempre foi incapaz com as mãos e a esta altura já não vai aprender. Virginia Super Slims cheios não é mau. Apoia em diagonal o cigarro vazio sobre o fundo da lata e o desloca para frente como se fosse uma pá, tentando fazer com que a maconha entre. Levanta o cigarro e o sacode levemente para que a erva desça e deixe espaço para um pouco mais. Depois repete o movimento várias vezes até que o baseado esteja pronto. Aperta na ponta. Acende, dá uma tragada, retém a fumaça e depois solta devagar. Liga para o garoto de Polícia, que, como neste exato momento está transando com a namorada, não atende. Brena deixa o telefone de lado, sobre a cama e fuma mais uma vez. Acomoda-se entre os lençóis. Está disposto a relaxar. Nota como o corpo vai ficando mais mole, sobretudo a cintura. Sorri. Dá uma última tragada e depois apaga o baseado, com cuidado, para poder continuar fumando, em outro momento, o que resta desse falso Virginia Super Slim. As folhas manuscritas pelo delegado Venturini caem da cama e deslizam pelo chão de madeira. O garoto de Polícia permanece ao lado da namorada por um instante, depois dá um beijo na testa dela e vai ao banheiro. Só quando volta vê a ligação perdida de Brena iluminando a tela de seu celular. Você não escutou que o telefone estava tocando?, pergunta para a namorada com voz brava, como se não escutar tivesse sido culpa dela. O garoto de Polícia liga para Jaime Brena. O telefone toca em meio aos lençóis enrugados da cama de Brena, que já está dormindo. Atende a secretária. O garoto desliga sem deixar mensagem e volta a ligar, toca e outra vez aparece a secretária. Xinga. Fica de costas para a namorada e se cobre com o lençol. Fecha os olhos, mas fica com o telefone na mão, caso volte a tocar. A garota vira para o lado contrário. Jaime Brena dorme relaxado, profundo, não existem para ele neste momento nem Chazarreta, nem a aposentadoria voluntária, nem os homens e mulheres de raça branca. Se sonha, não é com eles. Se sonhasse com alguns deles, seu rosto não teria a paz que tem. Junto dele a tela do telefone se ilumina com as ligações perdidas do garoto de Polícia. Duas ligações perdidas, número desconhecido.

8

Calça preta e uma blusa vaporosa, que não é transparente, apenas sugestiva. Essa foi a indicação de Paula Sibona a respeito da roupa que Nurit Iscar deveria usar para a reunião com Rinaldi no dia seguinte. Não importa que não exista mais nada entre eles. Não importa que Nurit tenha aceitado este compromisso só por questões profissionais. E de subsistência. E de reparação histórica. Ninguém enfrentaria um antigo amor, anos depois, em uma idade tão ingrata para a mulher como os cinquenta e pouco, sem se produzir minimamente, dissera a amiga. E Nurit Iscar sabe que sua amiga tem razão. Ele, Lorenzo Rinaldi, estará como sempre, supõe. Tem a absurda sensação de que estes três anos passaram só para ela. Na foto que acompanha os editoriais de Rinaldi, ele parece igual. Mas não sabe se deve acreditar, os jornalistas a partir de determinada idade não atualizam as pequenas fotografias que ilustram suas notas nos jornais. Os escritores tampouco atualizam as que aparecem nas orelhas de seus livros. Quando uma delas sai bem, permanece eternamente. No entanto, apesar de ter claro que as fotos enganam, Nurit não consegue evitar essa absurda sensação: ele deve estar igual. Lorenzo Rinaldi, sim. A debacle dos homens não é aos cinquenta: ou a vida já os arruinou antes, ou arruína depois. Ela, se não é a mesma de antes, precisa dissimular. Ou compensar. Ou procurar a roupa adequada que realce o que precisa realçar e esconda o que precisa esconder. Por exemplo, perdeu a cintura. Não tem barriga, e agradece por isso, mas perdeu a cintura. A bunda caiu, não muito, mas o suficiente para que um jeans faça duas ou três dobras debaixo das nádegas. As coxas caíram mais, se esparramaram para os lados e se enrugaram. A pele das pernas começou a ficar transparente e não transparente bebê, mas transparente velho. Além de varizes que odeia e a acompanham há muito tempo — quis operar, mas quando descreveram que tinham que puxá-la com algo parecido a uma agulha de crochê porque é uma veia que percorre toda a perna e entra no tronco através da vagina, quase desmaia e descartou no mesmo momento qualquer cirurgia —, nas panturrilhas apareceram mais marcas. Mas para compensar quase não crescem mais pelos, o que é uma das poucas vantagens do envelhecimento. Já tem algumas manchas no rosto que promete que algum dia vai tirar com pontas de diamante ou luz pulsada como fez Viviana Mansini. Fará no ano em que escrever vários livros como *Desamarra os nós*, que a deixem de cabeça destroçada, mas com uma margem de poupança. Por outro lado, nas mãos não têm manchas. Tampouco tem muitas rugas na cara. Nem no pescoço em que, embora não tenha crescido nenhuma papada, perdeu tonicidade. Ninguém em sua família se enrugou muito, nem sua mãe, nem sua avó, então ela supõe que continuará com a tradição familiar de mulheres tensas. Tensas em vários sentidos. Os peitos não caíram, se expandiram com equidistância, para os lados, para cima, para baixo. Sente que nascem mais perto das clavículas, e sabe, além disso, que a fenda entre os peitos fica marcada, algo que nunca tinha acontecido antes. Nurit se conforma dizendo que para seus cinquenta e quatro anos está muito bem. Nesse sentido, não se parece com Betty Boop, ela não é um cartoon; enquanto o desenho animado conserva intactos os cachos, a boca e as pernas, seu corpo, o de Nurit Iscar, Betibu, vai mudando a cada ano. Como seria uma Betty Boop de cinquenta e poucos anos?, pergunta-se. Seria desenhada preocupada — como ela está hoje, a minutos de ver o último homem por quem esteve apaixonada — pela forma como está seu corpo? Não se lembra de ter pensado nas manchas, nem na cintura que perdeu, nem nas coxas nos últimos tempos. Na verdade, nunca se preocupou muito com estas coisas. Mas hoje, quando Lorenzo Rinaldi olhar para ela, gostaria de estar — precisa reconhecer — pelo menos digna. Um corpo digno. Até quando uma mulher sentirá que tem a obrigação de estar "linda"? Cinquenta e quatro anos. Ela gostaria de ter um pouco menos. Não pede vinte, nem trinta. Quarenta e quatro ou quarenta e cinco, apenas uma década de diferença. Deveria ter se separado naquele momento, embora seus filhos fossem um pouco pequenos, de toda forma teria criado bem os dois, tem certeza. Essa foi sua melhor idade. Mas então não soube e agora não se importa mais. Não se pode voltar atrás. Só se pode realçar o que se deve realçar e esconder o que se deve esconder.

Por isso aceita a calça preta que propôs sua amiga, embora, se se vestisse pensando que dali vai direto a um country, colocaria um jeans. Country combina com jeans, shorts ou bermuda, e ela não usa shorts ou bermuda há muito tempo, por causa das malditas varizes. Calça preta não será mau. Mas troca a blusa vaporosa sugerida por Sibona por uma camiseta branca, de mangas três quartos e decote redondo e generoso que ressalta seus peitos, a parte do corpo de Nurit Iscar que ela considera com melhores possibilidades, apesar de sua expansão.

Desce do táxi com a mala e vai para a recepção do jornal. Entabula uma pequena discussão com a recepcionista sobre se pode ou não entrar na redação com a mala que está levando, mas finalmente a secretária de Rinaldi vem buscá-la e isso lhe abre caminho.

Como está, senhora Iscar? Fazia muito tempo que não a via por aqui, diz a mulher enquanto vão caminhando para o elevador, e Nurit não consegue definir se no modo como pronuncia a frase "fazia muito tempo que não a via por aqui" há um tom de ironia ou não. Talvez apenas ela se sinta perseguida pelo passado. Sim, há muito que não venho, responde. Essa secretária que a acompanha é a mesma que ajudava Rinaldi quando eles estavam juntos e mais de uma vez ligou para ela em nome do chefe para passar mensagens, a maioria das vezes humilhantes para Nurit, por exemplo: O senhor Rinaldi diz que não o espere, que não poderá ir. Ou mandou coisas de parte dele: entradas para algum espetáculo ao qual iam juntos e depois Rinaldi cancelou no último momento, passagens, flores, bombons. Nurit Iscar percebe que o fato de aquela relação ter sido clandestina para Lorenzo Rinaldi a faz sentir-se, ainda hoje, incomodada. Como se o olhar dessa mulher, de alguma maneira, a julgasse. Ou como se ela voltasse a se julgar através dos olhos dessa mulher. Embora Nurit tenha se separado, embora ela não tenha enganado ninguém nem precisasse de clandestinidade, sente-se incomodada da mesma forma. Ou será que o que realmente a incomoda, a inquieta, a humilha, é que essa mulher saiba que Rinaldi não a escolheu, que ao contrário de Nurit ele preferiu continuar casado e prolongar a relação de forma clandestina até onde durasse e nada mais? A escolhida. Não é fácil aceitar que não somos a escolhida, pensa, a gente sempre sonha ser. A secretária a faz sentar-se na recepção do escritório de Rinaldi e oferece um café. Não, obrigada, diz Nurit. Se já sentia dor de estômago, um café requentado de cafeteira de escritório ligada na tomada vinte e quatro horas não ia lhe fazer nada bem. Uns minutos depois entra no corredor um homem jovem que diz: Rinaldi está me esperando, e avança até a porta de seu escritório sem esperar a autorização da secretária, sem nem sequer supor que precisa de algum tipo de autorização. Mas a mulher o impede secamente: A senhora também está esperando o senhor Rinaldi; sente-se, em seguida poderão entrar. Juntos?, pergunta ele sem entender. Nurit não pergunta. Juntos, repete a secretária e se levanta para fazer umas fotocópias. O homem se vira para onde está sentada Nurit, olha, faz um movimento com a cabeça que não chega a ser uma saudação e diz: Teremos que esperar, então. Ela sorri e repete o mesmo: Teremos que esperar. Mas o garoto de Polícia não se senta a seu lado para dividir a espera, prefere se instalar diante da janela e olhar para fora sem ver nada.

Uns minutos depois, estão os dois, o garoto de Polícia e Nurit Iscar, dentro do escritório de Lorenzo Rinaldi. Já devem ter se apresentado, diz ele, e, embora os dois não tenham feito isso, Rinaldi continua a conversa como se cada um soubesse quem é o outro. Nurit Iscar vai se ocupar de dar a este caso um toque de *non fiction*, diz Lorenzo Rinaldi, e de boa escrita. *Non fiction*, repete o garoto de Polícia. E você vai fazer o trabalho mais de investigação, mais policial, de pura técnica jornalística, está entendendo? Mais ou menos. Ela vai se instalar no La Maravillosa, aluguei uma casa para ela, vai se misturar com as pessoas, vai escutar, observar e escrever. Esse trabalho de campo também seria bom para mim, diz o garoto de Polícia em tom tranquilo, tentando não evidenciar que é uma queixa. Embora seja. Você compensa com bons contatos, e claro se Nurit ficar sabendo de algo relevante vai te avisar; você, por seu lado, faz o mesmo, qualquer dado concreto e importante que tenha vai ligar ou mandar um e-mail para ela. Lá tem um computador instalado com wi-fi e todo o necessário para que possam estar em contato permanente. Você passa suas notas diretamente para mim, diz ao garoto, sem passar pelo pró-secretário, vou revisá-las eu mesmo. Os informes de Nurit vão sair a partir de amanhã ou depois se não tiver nada hoje no fechamento, diz Rinaldi, e depois acrescenta: Reserve meia página. Meia página?, repete o garoto, Sim, parece pouco ou muito?, pergunta por sua vez Rinaldi, embora saiba a resposta. Não, não digo que seja pouco nem muito em relação ao que ela tenha para contar, mas, se ocuparmos meia página com a notícia dela, não vai sobrar nada para outras matérias, dessa vez o garoto está realmente se queixando. Se você tiver tanta coisa boa para publicar e faltar espaço, damos a ela uma página especial, fora de sua seção, não se preocupe, diz Rinaldi e fica olhando direto para os olhos do garoto, que sustenta o olhar como pode. Nurit assiste incomodada essa briga tácita, mas não intervém, não corresponde que intervenha, diz para si mesma. Não gostaria de começar a tarefa colocando-se contra o garoto de Polícia, e menos ainda quando não sabe se será ele ou o próprio Rinaldi quem vai editá-la, cortar a nota se for necessário, ilustrá-la, fazer a chamada e até mudar o título. Nada vai ser mais importante para nossos leitores que um informe escrito por Nurit Iscar, conclui Rinaldi e dá por terminada a discussão. Nurit, você me mande as coisas com cópia para ele, mas... diz, e agora se dirige ao garoto, o dela vai sem edição nem corte. Certo, responde o garoto de Polícia, que àquela altura a única coisa que quer é ir embora. E com a seguinte pergunta Lorenzo Rinaldi lhe dá essa oportunidade: Você já tem algo para o fechamento de hoje? Estou nisso, mente o garoto, depois diz: Se é tudo, vou indo, assim corro para fazer umas ligações.

Você está igual, Betibu, diz Rinaldi quando ficam sozinhos em seu escritório. E, embora saiba que está mentindo, Nurit sorri: Você também, devolve ela. Não, não acredite nisso, o presidente que temos neste país me fez envelhecer dois ou três anos a cada um dos que passaram desde que assumiu. O presidente também leva a culpa disso? De quê? De seus cabelos brancos e de suas rugas? Sim, claro, ninguém me irritou e decepcionou tanto nestes últimos anos quanto o presidente. Ah, já imagino a manchete qualquer dia destes: "Diretor do jornal *El Tribuno* com problemas de envelhecimento prematuro por culpa do presidente da nação, que não concorda em pagar os prejuízos causados". Que engraçadinha, não me diga que ainda acredita nele. Nem nele, nem em ninguém, tampouco em vocês. Sério? Sim, muito. E como faz para pensar no que acontece no país em que vive?, ou não se importa? Claro que me importo, muito, leio todos os jornais, todos, o seu também, e depois procuro fazer uma média com base em meu próprio critério. Quanto trabalho. São os tempos que correm, vocês nos obrigam a isso. Você sempre foi uma mulher desconfiada, Betibu. Não o suficiente, diz ela e se interrompe, melhor, vou embora, que o caminho até esse bendito country é longo. Acha que terá algo para hoje? Não me pressione tanto, Rinaldi. Teve uma época em que você gostava que te pressionassem. Era outra época, diz ela, agora estamos velhos. Só se passaram três anos. É que eu os meço como você mede os do presidente, diz ela e sorri. Ele também. Lorenzo Rinaldi a acompanha até a porta do escritório e, antes que ela saia, diz: Senti sua falta, Betibu. E embora ela, Nurit Iscar, sinta essas palavras como um punhal cravado no meio das costas, tenta seguir seu caminho fingindo não ter ouvido. Quando tiver algo que valha a pena, eu te mando, diz e sai.

Nurit Iscar percorre o corredor que passa pela redação fazendo mais barulho do que desejava com as rodinhas da mala. Existe alinhamento e balanceamento de malas?, se pergunta. O garoto de Polícia, que a vê se aproximando, vira de costas de propósito, para evitar cumprimentá-la de novo. Karina Vives, de frente para a fotocopiadora, a reconhece, mas Nurit só olha para ela, não sabe que sabe quem é, não conhece seu rosto, embora se alguém a chamasse, se alguém dissesse Karina Vives, em seguida saberia que essa mulher foi quem assinou a crítica que a destruiu no *El Tribuno* quando lançou seu último romance, *Só se você me amar*. Jaime Brena, que acaba de sair do elevador, também cruza com ela. Bom dia, diz.

Bom dia, responde Nurit Iscar. Não se conhecem, ou melhor, ninguém os apresentou antes, mas cada um sabe quem é o outro. Ambos têm cara conhecida e os dois se interessaram em algum momento, com maior ou menor intensidade, pelo trabalho do outro. Jaime Brena fica de lado, de modo a lhe dar lugar para que passe com a mala. Ela agradece. Mas as rodas não se deixam governar como deveriam, e a mala termina passando por cima do pé direito de Brena. Ai, desculpa, que boba. Não se preocupe, ele diz, faz tempo que estou precisando ir à pedicura. Brena sorri, ela devolve o sorriso embora continue um pouco envergonhada por sua falta de jeito. Boa viagem, diz ele quando já seguem em sentido oposto, de costas um para o outro. Nurit Iscar responde: Obrigada, e entra no elevador. Brena se instala em sua mesa. No mesmo instante se aproxima o garoto de Polícia. Você me ligou à noite, diz. Sim, ninguém atendeu e depois dormi. Que Betibu fazia aqui? Quem? Nurit Iscar. Ah, foi contratada por Rinaldi para escrever *non fiction* sobre o assassinato de Chazarreta, diz o garoto, e pronuncia *non fiction* com certa ironia. Não é má ideia, pode fazer muito bem, diz Brena. Por quê, quem é? Rapaz, você saiu de uma caverna? Não a conheço. Deveria, é uma das poucas escritoras de livros policiais que há na Argentina, não leu *Morrer aos poucos*? Não. Precisa ler, isso e tudo o que puder, tem de ler, para abrir um pouco essa cabeça. Não tenho tempo, às vezes nas férias leio um pouco de não ficção. Encontre, o tempo, encontre, e leia ficção. Se quiser ser um bom jornalista, precisa ler ficção, rapaz, não houve nem há nenhum grande jornalista que não tenha sido um bom leitor, isso posso lhe assegurar. Jaime Brena tira da mochila o envelope que recebera na noite anterior do delegado Venturini. Toma, dê uma olhada nisto que me chegou de uma fonte confiável, tem informação que pode servir para você, diz. O garoto pega o envelope e relanceia o olhar por sobre o conteúdo na frente dele. Sabe, apesar de sua inexperiência, que aquilo que Brena acabou de entregar é muito importante. Obrigado, diz. Bom proveito, responde Brena e começa a trabalhar em seu próximo informe: Os bebês homens choram mais, antes e com voz mais forte que os bebês mulheres. Bichinhas, resmunga, e começa a escrever. O garoto de Polícia volta e pergunta: Como disse que se chamava? Quem? A mina que escreve policiais. Nurit Iscar. Sim, mas antes disse outro nome. Ah, sim, Betibu. Pelos cachos?, se parece um pouco, sim, confirma o garoto de Polícia. Há uns anos era idêntica a Betty Boop, e a gente a chamava assim: Betibu. Você e quem mais? Isso sim é um segredo profissional, rapaz. Brena dá por terminada a conversa com o garoto de Polícia, volta-se para a mesa de Karina Vives e lhe diz: Sabia que os bebês meninos choram mais que as bebês meninas? E ela diz: Não, não sabia, e seus olhos se enchem de lágrimas. Aconteceu algo?, pergunta ele. Alergia, diz ela, nesta época do ano meus olhos sempre se enchem de água. Jaime Brena não acredita, mas respeita o fato de, por enquanto, sua colega de redação não querer contar o que a faz chorar. Terão tempo depois, quando saírem para fumar um cigarro na calçada.

O carro que leva Nurit Iscar, pouco depois de sua saída ruidosa do *El Tribuno*, está entrando na Panamericana. É um dia fresco, mas com sol do melhor outono. Faz algum tempo que ela não percorre aquela estrada, anos. Nurit Iscar é do sul da Grande Buenos Aires, uma região muito diferente dessa onde está entrando agora. Ao lado sul, ela volta a cada tanto para ver seus amigos do Colégio Comercial nº 2. Mas o que vê agora de um lado e do outro da Panamericana, e o que vê quando vai para o sul pelo Caminho de Cintura, é bem diferente. Às margens do Caminho de Cintura há borracharias, oficinas mecânicas, piscinas de obras sociais ou sindicatos, uma universidade e, desde alguns anos, um hipermercado e até um driving de golfe, lembra-se. Também lembra que na Panamericana havia muitos motéis. Já não há tantos, ou não aparecem tanto em meio ao progresso que invadiu os dois lados da estrada. Os carros que a rodeiam também são diferentes dos que a rodeariam se fosse para o lado sul da periferia. Quando se afasta para o sul, o parque automotor envelhece, aparecem carros caindo aos pedaços, com uma ou outra luz que não acende e placas com as primeiras letras do abecedário. Ao contrário, os carros que a rodeiam agora, à medida que se afasta da capital, são cada vez mais luxuosos, mais novos, com placas que começam com H ou I. Shoppings, cinema, restaurantes, fábricas, bancos, empresas de todos os tipos, clínicas. E já no ramal Pilar fica surpresa com o verde dos acostamentos, a grama recém-cortada, o cuidado de um lado e do outro da estrada. Na via local, em muitos trechos ainda com rua de terra às quais o asfalto não chegou, há casas de decoração, casas de antiguidades, cemitérios privados, agências de carros de todas as marcas, pequenos complexos de escritórios, malls — esse invento ianque de negócios de primeira necessidade, farmácia, minimercado, quiosques etc., para abastecer populações distantes da cidade —, um restaurante de sushi da rede que tem uma filial em Puerto Madero perto do escritório onde trabalha seu ex-marido. Pensar no sushi a levou a seu ex-marido e seu ex-marido a seus filhos, e então Nurit Iscar se dá conta de que nem Rodrigo nem Juan responderam à mensagem na qual ela avisava que se ausentaria por uns dias e onde poderiam encontrá-la. Já estão grandes, pensa. Mas isso não a consolou.

Pouco antes do pedágio, detecta os primeiros countries. Não dá para ver da estrada o country ao qual a senhora vai, diz o motorista, é preciso entrar. É preciso entrar, ela repete mais para si mesma que para o homem. Em algum quilômetro deste ramal Pilar, o carro pega uma saída à direita e deixa a estrada para transitar por uma rua lateral, perpendicular à Panamericana. Percorre alguns quarteirões, mais de dez, depois vira à esquerda, cruza uma via que parece morta e depois avança outros quarteirões até chegar, enfim, na frente da entrada do La Maravillosa. Ainda há dois carros de canais de notícias montando guarda. E então Nurit Iscar precisa se defrontar com o primeiro problema. "Primeiro teste de resistência" foi como o chamou mais tarde quando contou tudo a Carmen Terrada. Não há ninguém na casa que autorize a entrada, diz o guarda. Não, claro, na casa não há ninguém porque eu vou ocupar a casa, ela responde. Mas é que ninguém me deu autorização para deixá-la passar. Olhe aqui as chaves, como vou ter as chaves sem autorização. Não seria a primeira vez, senhora. Ligue para o dono, por favor, pede Nurit. Estamos ligando, mas não tem ninguém na casa. Claro que não tem ninguém, ligue em outro lugar, um celular. Não temos os dados pessoais dele, só o telefone da casa. Certo, eu vou localizá-lo, diz ela. Sim, como não, diz o guarda, mas por favor libere a entrada até conseguir a autorização. Libero, libero, diz Nurit Iscar, e enquanto o motorista estaciona ao lado, ela liga para o *El Tribuno*, explica à secretária de Rinaldi seu problema e a mulher assegura que vai resolver tudo, que não se preocupe. Nurit Iscar abaixa o vidro da janela e deixa que o sol lhe bata na cara. Suspira. Calma, senhora, diz o motorista, daqui a pouco nos deixam entrar, é preciso ter paciência, sempre é assim nestes lugares. Mas ela não tem muita paciência e, embora se esforce, fica impaciente. Uns minutos depois um guarda se aproxima do carro. O motorista põe o motor em funcionamento, ali estão vindo para nos dar a autorização, diz. Mas está enganado. Senhor, não pode estacionar aqui. Ah, estou saindo, diz o motorista. Por quê?, pergunta Nurit, indicando ao homem que a leva, com uma batidinha no ombro, que não se mova de onde está. Porque não se pode estacionar na frente da entrada do country responde o guarda. Não vejo nenhum cartaz que diga proibido estacionar. É uma disposição do country, senhora. O motorista suspira. O country não pode regular o que não é seu, a rua é pública, senhor. São ordens de cima, insiste o guarda. De cima de onde?, pergunta ela. De cima, repete o guarda. Ela olha para o céu. Acima só há nuvens, diz. Das autoridades do country, esclarece o homem. Explique às autoridades que o country não tem jurisdição sobre a rua, nem sobre minha vida, nem sobre onde decido estacionar enquanto não for proibido pelas autoridades rodoviárias nacionais ou provinciais, ela insiste. É que é proibido, senhora, a senhora não escuta o que estou dizendo. Me parece que é o senhor que não escuta. Não fique brava, diz o motorista, corro com o carro e pronto. Não, ela o impede, eu não me movo daqui. Senhora, não se dá conta de que um carro estacionado na frente da porta de um lugar como este coloca em perigo a segurança dos sócios? Não, não me dou conta, e quem está em perigo sou eu diante dessa gente com armas, que nem sei se tem permissão para portá-las. Eles têm permissão para portá-las? O homem não responde. Outro guarda se aproxima. O motorista insiste, corro com o carro e tudo bem, não precisa ficar brava. A rua é de todos, repete ela. Eu cumpro ordens, diz o guarda que se aproximou primeiro. A senhora está autorizada a ingressar, diz o guarda que acaba de chegar. O motorista suspira aliviado e avança em primeira. Menos mal que estes não vão fazer um churrasco para a senhora no domingo, diz. Nurit não entende. Se fazem o churrasco, vão cuspir. É importante saber se defender dos abusos, ela diz. Há causas perdidas, responde o motorista. Isso é verdade, reconhece Nurit. Quando chegam à portaria, outro guarda pede o documento para ela e ele. E do motorista também a carteira de habilitação e os documentos do carro. Tiram uma foto dela com a câmara. Para que já fique registrada e não voltemos a incomodá-la, diz o homem que controla a portaria. Me permite o porta-malas?, diz o mesmo guarda para o motorista, e este aciona o botão que abre sem se mover de seu assento. Nurit Iscar se pergunta onde ficou o resto da oração, onde estão as palavras que faltam, a sintaxe completa. Por que alguém diz, Me permite o porta-malas?, e omite o verbo.

Qual é esse verbo? Ver ou abrir ou olhar? Por que o outro entende e aceita? Não há verbos tácitos. Me permite o porta-malas podia ser, me permite levar o porta-malas, tirar o porta-malas, queimar o porta-malas, mijar no porta-malas. Quem roubou esses verbos do guarda, do motorista, dos que ficaram sem verbos e nem sequer sabem? Por que esse roubo não importa a ninguém? Roubar palavras não é delito? Rouba-se só a palavra ou também aquilo que ela nomeia? Certo, diz o guarda finalmente, e passa um cartão magnético por um leitor que faz com que a portaria se abra diante deles. Podem seguir.

O carro avança pela rua principal. Uma fileira de árvores altas de um lado e do outro ocupa uma calçada que não existe. Alguns ramos se tocam em cima, na copa. Está vendo?, disso eu gosto, se diz Nurit. Mas o prazer dura pouco, porque, à medida que avança, a coroa de árvores vai se transformando em um túnel fechado no qual ela sente que entra e do qual não está certa de poder sair. Como essas crianças que nos contos infantis abrem uma porta e submergem em outro mundo, ou caem em um poço que as levará a outro reino, ou se metem no guarda-roupa que desaparece para dar lugar a um bosque encantado. Ou enfeitiçado.

O motorista chega ao destino. A casa não é das mais importantes do La Maravillosa, no entanto é muito maior, imponente e chamativa que qualquer outra em que Nurit Iscar já tenha morado. O homem abre o porta-malas, tira a mala, deposita-a ao lado de Nurit e depois entrega um comprovante de viagem para que ela assine. Bom, qualquer coisa que precisar, é só me ligar, aqui deixo meu número, diz e entrega um cartão da agência para a qual o homem trabalha. Me disseram que todas as viagens que tiver que fazer serão pagas pelo jornal, sempre trabalhamos com o *El Tribuno*, têm conta conosco, então a senhora pode ficar tranquila, é só ligar e pronto. Ah, perfeito, ligo, então. Só ligue com tempo, porque eu moro em Lanús e chegar até aqui deve demorar umas duas horas, duas horas e meia em horário de pico. Lanús?, repete ela. Lanús Oeste, ele esclarece. E o que faço se me der dor de cabeça e precisar ir até uma farmácia comprar aspirinas? Eu recomendo que para essas emergências peça o telefone de uma empresa de táxis na Segurança e que quando for comprar algo faça um estoque, vai sair mais barato do que ficar pedindo um carro cada vez que faltar alguma coisa. Claro, diz ela, vou fazer um estoque. O carro vai embora, Nurit Iscar permanece um instante ali, sobre o cascalho cinza, com a mala em uma das mãos, as chaves da casa que não é dela na outra, pensando em quantas coisas teria de estocar para não se sentir a qualquer momento refém de uma dessas emergências que, ela sabe, são insuperáveis.

9

No fim da tarde, o garoto recebe o primeiro informe que Nurit Iscar envia do La Maravillosa a Rinaldi, com cópia para ele. Lê. Sente ódio. Vontade de chutar algo. Levanta a vista e procura Jaime Brena em sua mesa, mas ele não está ali, está parado na frente de Karina Vives, falando com a garota. O garoto de Polícia vai até lá. É sério, não está acontecendo nada, diz ela. Mas é estranho que não queira ir fumar, responde Brena. É a alergia que não me deixa enfiar mais nicotina para dentro, está dizendo Karina quando o garoto se aproxima. Jaime Brena, de costas para ele, responde à mulher: Não fume se não quiser, mas me acompanhe. Ela nega, sabe que se for até a calçada para fumar com Brena vai contar de sua gravidez e hoje não se levantou com ânimo de contar a ninguém, nem mesmo a ele, seu melhor amigo dentro da redação do *El Tribuno*, a notícia. Por que ontem quando tomava banho tinha certeza do que queria fazer e hoje duvida outra vez? Sem querer, o garoto a salva: Você tem um minuto?, pergunta a Brena. Tenho, diz ele, guarda o maço de Marlboro no bolso da camisa com resignação e faz um gesto com a cabeça que indica que o acompanhe até sua mesa. A mina já mandou o informe, conta o garoto. Que mina?, pergunta Brena. A escritora que Rinaldi colocou no La Maravillosa.

Nurit Iscar. Sim, Nurit Iscar, confirma o garoto. Guarde o nome, diz Brena. Eu sei, mas estou bravo. O que foi? A mina inventa uma teoria que vai na contramão da minha e não podemos publicar minha nota ao lado da dela porque vai parecer que somos esquizofrênicos. E somos um pouco mesmo. É sério, não posso publicar o que ela mandou. No que não estão de acordo?, pergunta Jaime Brena. Ela diz, baseando-se em besteiras que escutou em um supermercado, que a morte de Chazarreta foi um assassinato e para mim está claro que o cara se suicidou. Por quê? Tinha a arma na mão. Isso pode ser plantado, não é prova suficiente. Não há sinais de violência na casa. Nem sempre há sinais de violência em um homicídio, sobretudo quando está bem planejado. E não há cortes de defesa nas mãos de Chazarreta. Podem ter degolado o cara enquanto ele dormia na poltrona, com muito álcool na cabeça; até agora você não me disse nada contundente. O relatório diz se a mão direita estava cheia de sangue?, pergunta Brena. O garoto se surpreende com a pergunta: Não, não diz nada, por quê? Se não diz, com certeza é porque não havia sangue: é assassinato, rapaz. Vários sites de notícias na internet se inclinam pela hipótese de suicídio e há um montão de tuítes e retuítes..., insiste o garoto de Polícia. *Tuítes e retuítes*, repete Brena. E depois: Sabe qual é o seu problema, rapaz?, muita internet e pouca rua. Um jornalista policial é feito na rua. Quantas vezes você se escondeu atrás de uma árvore?, quantas vezes ligou para uma testemunha de um crime ou um parente do morto fazendo-se passar pelo delegado Fulano de Tal?, quantas vezes se disfarçou para entrar em algum lugar onde não te deixavam entrar? O garoto não responde, mas é evidente que não fez nada do que Brena pergunta. Lembre-se, rapaz, muita rua, entrar e se mimetizar com a situação: você tem que ser o ladrão, o assassino, o morto, o cúmplice, o que for preciso para entender a cabeça deles. E saia um pouco do computador, tanto Google está te fazendo mal. Você se dá conta de por que os chineses proíbem a internet? Ela vai ser o novo ópio dos povos, a nova religião. Vem aqui, sente-se, diz Brena, e oferece a própria cadeira. Abre a gaveta da mesa, agarra uma velha régua de madeira de uns vinte centímetros, coloca-se atrás dele e apoia a régua sobre o pescoço do garoto como se fosse degolá-lo, mas sem fazer ainda o movimento. O garoto estremece quando a régua o toca. Brena pergunta: Como era o corte?, paralelo ao chão?, para cima?, ou para baixo? Paralelo ao chão e no final levemente para cima. Ele foi assassinado. Por quê? Brena entrega a régua. Degole-se, diz. O garoto olha para ele sem fazer nada. Degole-se, rapaz, diz outra vez. Sem estar muito convencido, o garoto move a régua da esquerda para a direita. Onde terminou sua mão? Levemente para baixo. Se você estivesse sangrando seria notoriamente para baixo, é impossível cortar o próprio pescoço para cima, é um movimento antinatural, rapaz. Averigue se a mão direita estava cheia de sangue, o primeiro jorro de sangue sempre vai parar ali, na mão que está cortando as artérias. Mas não havia cortes de defesa nas mãos, insiste o garoto. Não importa, o corte para cima e a mão sem sangue são evidências mais contundentes, não devem ter ocorrido cortes de defesa porque Chazarreta não teve tempo de acordar e reagir. Vai ver quando chegar a autópsia definitiva, ela vai dizer que havia muito álcool no sangue, com certeza estava dormindo, bêbado e até podem ter colocado algo no uísque, um tranquilizante, por exemplo, ou vários, ou um purê de tranquilizantes. Então, a mina pode ter razão. A mina, não, Nurit Iscar. Nurit Iscar ou Betibu. Ou Betibu, sim, ela deve ter razão; ela tem os dados da autópsia preliminar que eu te mandei? Não, não dei para ela, pensava em guardar essa informação para minha matéria. Está bem, é preciso ser tacanho com a informação, aprova Brena. Ela se baseia em comentários muito estúpidos, diz o garoto, já te disse, coisas que escutou enquanto comprava um iogurte no supermercado, por exemplo. Viu, rua, ela encontra na rua, embora não pareça, o supermercado do La Maravillosa, neste assunto, é a rua. Posso ler o que escreveu? Mando para seu mail, diz o garoto. Não, rapaz, imprima, eu sou da geração paper.

Alguns minutos depois, o garoto chega com o informe de Nurit Iscar impresso e o entrega a Jaime Brena, que de imediato começa a ler:

> Tudo é calma no La Maravillosa. A gente caminha por este lugar, pela sombra de suas árvores, cheirando o perfume das flores e da grama recém-cortada, e pode sonhar que nada ruim poderia acontecer aqui, detrás do muro. As crianças andam sozinhas pela rua, em bicicletas, carros a bateria e até em triciclos. As pessoas ainda deixam as chaves nos carros e as casas abertas. Não há ruído de freadas nem de ônibus, não há escapamentos de carros contaminando o ambiente, é muito difícil escutar uma buzina que toque se não for porque um vizinho cumprimentou o outro. No entanto, assim como no filme *Carrie, a estranha*, de Brian De Palma (baseado no livro de Stephen King), quando a serenidade ganha a cena e o espectador desprevenido por fim começa a relaxar, a mão de Carrie atravessa a terra e sai da tumba para agarrar sua amiga que leva flores, assim também, no meio de uma cena bucólica, a morte irrompe, inesperada, e desta vez termina com a vida de Pedro Chazarreta em sua casa no La Maravillosa. O cenário diz uma coisa, e a realidade, outra. A realidade já falou há três anos quando Gloria Echagüe apareceu morta. Embora por um tempo quiseram que acreditássemos que foi só um lamentável acidente, a morte da mulher de Chazarreta foi nada menos que um assassinato. Como qualquer outro. Um assassino, um motivo e um morto. Simples assim. Incrível assim. Só que em um lugar onde não podia acontecer. Ali não. Ali, no mesmo lugar onde três anos depois, ainda sem que a Justiça tenha encontrado o culpado daquele crime, outro é cometido. Também uma

pessoa morre degolada. E, para aumentar coincidências e detalhes que chamam a atenção, digamos que essas duas pessoas fossem marido e mulher. E que esse homem foi acusado de matar sua esposa. E que esse homem foi inocentado por falta de provas. Talvez devido a isso e à surpresa, e ao choque, a primeira coisa que se escutou no La Maravillosa, logo que se descobriu o cadáver de Pedro Chazarreta ontem pela manhã, foi que o viúvo de Gloria Echagüe tinha se suicidado. O rumor tomava como indício uma prova absolutamente débil: a faca utilizada para degolá-lo estava em sua mão direita, como se ele a estivesse empunhando. Como se. Mas esse rumor só podia correr de boca em boca até se deparar com algumas pessoas que o conheciam bem. Amigos e relações asseguram que se a faca estava em sua mão é porque alguém a colocou aí. No mercado do La Maravillosa, eu mesma escutei dois vizinhos que, enquanto escolhiam iogurtes na frente da gôndola de produtos frescos, diziam um ao outro com total convicção que a morte de Pedro Chazarreta não foi suicídio. E davam seus motivos. As mesmas razões que ouvi depois no quiosque e no bar do clube. Que não pode, de maneira nenhuma, ter sido suicídio. Que só quem não conhecia Chazarreta suficientemente pode acreditar nessa versão. Eles, aqueles que o conheciam, não precisam esperar os resultados da autópsia nem que se suspenda o segredo de Justiça para confirmar. Por quê? Sabem, simplesmente porque Pedro Chazarreta jamais teria deixado a copa do clube na metade do caminho, um torneio four ball de golfe que se realiza em dois fins de semana consecutivos. Menos ainda se, no primeiro fim de semana, tal como aconteceu, ele e seu parceiro tivessem feito a melhor pontuação registrada no La Maravillosa nos dez anos de existência do campo de golfe. Ninguém neste lugar repleto de árvores e com cheiro de flores e grama recém-cortada se importa se havia uma faca na mão de Chazarreta. Importa apenas a certeza de que ele jamais teria abandonado um four ball. Menos ainda o mais importante do clube. Menos ainda se estava jogando como nunca. Ninguém faria isso. E ele, Pedro Chazarreta, menos ainda. Há três anos o four ball do clube coincidiu com o enterro de Gloria Echagüe. Foi suspenso por uma semana, e Chazarreta participou na semana seguinte.

Eu também, como os vizinhos, descarto a hipótese de suicídio. Não sei nada de golfe, mas conheço o perfil de personagens. Se Pedro Chazarreta tivesse sido personagem de um de meus livros, não teria pensado em se suicidar, porque seu orgulho e o anseio de competir e de ganhar não o teriam levado a abandonar um torneio do clube no qual se apresentava como evidente vencedor. Mas, além disso, porque do ponto de vista psicológico não demonstrava nenhum dos sentimentos básicos que levariam alguém a essa determinação: culpa, depressão, arrependimento. Nem sequer dor. Ele sempre se mostrou alguém forte, calmo, absolutamente convencido de que tem razão, ou porque não matou a esposa, ou porque, se fez isso, foi para preservar um bem maior: sua reputação, a dela, a honra da família, ou simplesmente seus bens. Pedro Chazarreta sempre pareceu saber mais que todos nós, inclusive mais que o promotor e que o juiz. E deixou muito claro, com suas atitudes, que tampouco acreditava que alguém merecesse suas explicações. Se era assim, então, por que se suicidar? Muito menos agora que a Justiça o inocentou definitivamente, no processo, por falta de provas. Muito menos agora que iria ganhar outra vez o torneio de golfe do clube. Não, definitivamente, se Pedro Chazarreta fosse personagem de um de meus livros, não teria se suicidado. Mas então qual o motivo de querer que acreditemos que sim, por que deixar a arma homicida em sua mão? Uma piada? Um erro? Subestimação de todos nós?

Duas são as hipóteses que correm no La Maravillosa quanto ao motivo do crime: vingança ou o próprio motivo, ainda desconhecido, que levou Echagüe. Então:

1. Quem o matou quis que Chazarreta passasse pelo mesmo que passou sua mulher, ou seja, o assassino o considerou culpado ou responsável ou encobridor do assassinato de Gloria Echagüe e, portanto, quis fazer justiça com as próprias mãos.
2. O assassino é o mesmo que matou sua mulher e por isso usou o mesmo *modus operandi*.

A faca na mão? Só para distrair um pouco mais os distraídos.

Ainda é muito cedo para se inclinar por alguma dessas duas alternativas. Pior, atrevo-me a suspeitar de que, quando tivermos os dados da autópsia e a investigação avançar, aparecerão outras hipóteses. Enquanto caminhamos sob as árvores do La Maravillosa, respiramos o ar puro e desfrutamos de seu silêncio, essas hipóteses aparecerão, inevitavelmente.

Como a mão de Carrie que sai de sua tumba.

É questão de sermos pacientes e esperar.

Você está numa fria, rapaz. Por quê? Porque Iscar sabe mais que você. Mude sua nota, mexa um pouco e diga algo do tipo: alguns continuam apostando na hipótese de suicídio, mas "fontes oficiosas" e diferentes versões que circulam pelo La Maravillosa descartam isso. E aí mande uma referência cruzada ao informe de Iscar e todos ficam contentes. Certo? Certo. Acorda, vai ter que ficar amigo dela, precisa ser metido, lembre-se, e atirar para o mesmo lado, ou Rinaldi vai te dar um pé na bunda. O garoto fica um momento em silêncio. Quer dizer algo, mas não se atreve. Anda, vai trabalhar, senão vai se atrasar para o fechamento, diz Brena. Obrigado, diz o garoto, com dificuldade. Jaime Brena só repete: Anda. Você o adotou, conclui Karina Vives quando no final do dia passa perto de sua mesa, pronta para ir embora. Órfão e meio estúpido, que outra coisa podia fazer. É sua natureza, Brena, você é generoso e gosta que as pessoas trabalhem bem. E sou meio estúpido, eu também. Sim, isso também, diz Karina e riem. Lembre-se, diz ele, quero que verifique entre suas amigas com filhos se é verdade que os meninos quando são bebês choram mais que as mulheres, nós dois não temos experiência no assunto, diz Brena. É verdade, nós dois não temos experiência, ela diz, e Brena não chega a notar que o tema a deixa comovida porque Karina Vives faz um esforço para dissimular. Será por isso, para compensar, que quando adultas as mulheres choram mais que nós?, pergunta ele. Você não chora?, pergunta ela, o que fazem os homens quando estão mal? Zapping, a gente se joga na cama e fazemos zapping. Karina se aproxima e o abraça mais forte que de costume. Brena se surpreende, mas se deixa abraçar. Até amanhã, Brena. Até amanhã, linda.

Jaime Brena arruma sua mesa, junta os papéis, desliga o computador e quando está saindo percebe que a régua que dera ao garoto de Polícia para que simulasse o próprio degolamento está no chão, debaixo da cadeira. Jaime Brena conserva essa régua desde que entrou para trabalhar no *El Tribuno*. Ele é assim, pega carinho pelas coisas e tem algo de fetichista. Ele a recolhe e guarda na gaveta. Levanta a vista e vê que o garoto de Polícia continua escrevendo em sua mesa. Aproxima-se. E, como vamos? Bem, diz o garoto, já estou terminando. Certo, a gente se vê amanhã. A gente se vê amanhã. Jaime Brena vai embora, mas depois de alguns passos no corredor, volta. Posso te perguntar algo? Sim, claro, responde o garoto. Você, com quem quer se parecer? Como?, pergunta o garoto. Com quem quer se parecer, qual é seu modelo, de que jornalista gosta. Ah, daqui ou de fora? Daqui, rapaz, daqui, e de Polícia, se vai se dedicar às notícias policiais precisa procurar aí seu modelo. Não, não sei, nunca pensei muito nisso, cheguei ao jornalismo policial meio por acaso, meus modelos vêm de outra parte. Isso se nota, rapaz, não é para encher seu saco, mas dá para notar. Sabe quem foi

GGG, do *Crítica*?, pergunta Brena. Não, responde o garoto. Pesquise, Gustavo Germán González, investigue quem era, como trabalhava, talvez encontre na internet como fez para entrar no necrotério quando teve de investigar o assassinato do vereador radical Carlos Rey, indica Jaime Brena. E continua: "Não há cianureto", foi o título da matéria que escreveu no dia seguinte, sugiro que a leia. Que bom título, rapaz. E leia também o livro de Osvaldo Aguirre, *Los indeseables*, uma ficção na qual GGG é o protagonista. Preste atenção no que eu digo, só com a internet não vai muito longe, não é suficiente. Então, lição número 1: leia tudo que encontrar sobre Gustavo Germán González, é uma ordem, ok? Ok, responde o garoto de Polícia. Jaime Brena faz o gesto de saudação de que gosta, mover a mão sobre a cabeça como se tivesse um chapéu que levanta e volta a pôr no lugar. E vai embora.

O garoto de Polícia fica olhando-o ir embora. Termina a matéria e envia bem na hora do fechamento. Antes de desligar o computador escreve "GGG + jornal critica" no buscador do Google e espera as respostas. Suspeita que o que Jaime Brena acaba de dizer deve ser um bom conselho. Mais que suspeitar, tem certeza. O que não sabe é como averiguar quem foi Gustavo Germán González senão através da internet.

10

Nos dias que se seguiram, ficou claro que a morte de Chazarreta, tal como Nurit tinha escutado dizer pela primeira vez de dois vizinhos do La Maravillosa na frente da gôndola de produtos frescos, não fora suicídio. O resultado da autópsia estabeleceu — com palavras mais técnicas — o mesmo que o delegado Venturini tinha adiantado a Jaime Brena, escrito com seu punho e letra: secção do músculo esternocelidomastoideo, secção da artéria carótida primitiva a uns dois centímetros de sua bifurcação, secção de veia jugular e secção completa da laringe em nível de membrana cricotireoidea, com abertura de vestíbulo laríngeo, ficando a haste inferior das tiroides também seccionada. Não havia cortes de defesa nas mãos, mas um pequeno corte no queixo, de pouca profundidade, certamente produto da reação instintiva de Chazarreta de abaixar a cabeça ao sentir que uma faca tentava degolá-lo. E, realmente, havia alto grau de álcool no sangue. Também se apontava, e isso era o mais importante, que o corte havia sido levemente para cima e que a mão que empunhava a faca quando foi descoberto o cadáver estava limpa de sangue. Eu te disse, diz Jaime Brena quando o garoto de Polícia confirma isso. Que hipóteses andam por aí? Ajuste de contas ou vingança pela morte da esposa, responde o garoto. O ajuste de contas já foi dado como motivo da morte da mulher. Quando vendeu o banco, Chazarreta se meteu no negócio de cobranças, conta Brena. Isso o deve ter levado a ganhar muitos inimigos, diz o garoto. Sim, sobretudo pela forma como trabalhava, esclarece Brena e continua, cobrava de quem fosse, mas com métodos muito pouco elegantes. Tinha um grupo de cobradores muito treinados, densos, perseguidores, cães de caça que caíam em cima de um devedor; por exemplo, na festa de quinze anos da filha, agarravam o microfone e contavam a todos os convidados que o senhor que pagava a festa, se é que tinha pagado, devia dinheiro. Os convidados ficavam nervosos, os garçons começavam a roubar o vinho, o DJ exigia o pagamento em dinheiro ou não continuaria dando som, e a menina que fazia quinze anos terminava o aniversário chorando. Alguns dizem que até apertavam duro se fosse necessário, mas ninguém o denunciou. O que quer dizer com "apertar duro"? Quebrar um joelho, fazer um corte no rosto, quebrar uns ossos, os dedos, por exemplo. Chazarreta não podia processar seus devedores porque emprestava para gente que estava metida em negócios nada santos, até ilegais: compra de imóveis com problemas de papelada, pornografia, turismo sexual, lavagem de dinheiro. Perguntei a ele na entrevista, e me respondeu que seu negócio era emprestar e cobrar dinheiro, que o que o outro fazia com a grana não interessava. Mas não era verdade, podia não interessar do ponto de vista ético, mas interessava sem dúvida do ponto de vista econômico, para avaliar se o negócio podia ou não pagar o crédito que estavam pedindo. Eu teria procurado mais por esse lado. Se essa questão tivesse sido esclarecida, talvez tivessem começado a desemaranhar o fio da meada e teriam conseguido uma pista para chegar ao assassino de Gloria Echagüe. Se não foi ele. Corria uma versão de que o cara precisava calá-la, de que a mulher não estava de acordo com algumas dessas atividades e que tinha ficado muito perigosa, que tinha ameaçado deixá-lo e até denunciá-lo. Mas não sei, às vezes acho que tudo era muito podre. Enfim, conclui Brena, o ajuste de contas é figurinha repetida, e se tivermos que ir por aí, em poucos dias tudo vai ficar atolado de novo. E a outra hipótese, a vingança da morte da mulher por alguém que quis fazer justiça pelas próprias mãos soa muito heroico para o elenco deste filme que estamos vendo, não? Então?, pergunta o garoto. É preciso continuar pensando, às vezes ficamos aferrados a hipóteses que não nos permitem avançar, responde Brena quase no mesmo momento em que Rinaldi entra na redação furioso e joga o *La Primera de la Mañana* sobre a mesa do garoto de Polícia. Jaime Brena sai de lado, sabe que a raiva não é dirigida contra ele, mas já faz algum tempo que ver Rinaldi furioso com seja quem for lhe faz ter uma contração nos músculos das costas. Por que Zippo tem informação do caso que nós não temos, quer me explicar? O garoto olha o jornal que Rinaldi acaba de jogar sobre a mesa, pega-o e lê a toda velocidade a matéria de Zippo. Não sei, eu coloquei tudo que me deram na delegacia e na promotoria. Deram mais para ele, evidentemente; ainda bem que temos os informes de Nurit Iscar, diz Rinaldi, e vai embora tão furioso quanto veio. O garoto espuma pela boca. Só quando Lorenzo Rinaldi desaparece por trás da porta de seu escritório, Jaime Brena volta a se aproximar, pega o exemplar do *La Primera* que o chefe jogou sobre a mesa do garoto e procura a matéria. Lição número 2, rapaz: De onde Zippo tirou a informação confidencial? Não sei, juro que faço o melhor que posso. Olhe a matéria e me diga de onde ele tirou a informação. Já li agora e não sei. Eu não disse "leia a matéria e me diga", eu disse "olhe a matéria e me diga". Olhe, rapaz. Nada chama sua atenção? Não. Desconfie, mimetize-se, coloque-se na pele do outro, coloque-se na pele do Zippo. Juro que não sei. Foto do promotor do mesmo tamanho que o texto, com importante epígrafe, assinala Brena. E depois aproxima o jornal da cara e lê por baixo dos óculos que levanta sobre as sobrancelhas: O promotor Atilio Pueyrredón avança no caso graças a seu meticuloso trabalho e ao de sua equipe. Repito, rapaz: Quem deu a informação a Zippo? O promotor Pueyrredón. Exato, Zippo está fazendo um press release para ele, está vendo? Sim. Estranho, Zippo não é disso. Os tempos estão duros para todos, até para os melhores, diz Brena, é preciso devolver os favores, eu sempre preferi pagar em churrasco. Não gosto de ficar bajulando a polícia, os juízes e os promotores, rapaz. Para os presos é outra coisa, porque não têm voz. Mas esses outros, se quiserem fama, que trabalhem com seriedade.

Jaime Brena volta para sua mesa, hoje precisa escrever sobre a inauguração de uma escola maternal de última geração em Mataderos. Rinaldi pediu e seguramente o prefeito pediu a Rinaldi. Não é que Rinaldi e o prefeito sejam tão amigos, mas hoje os dois detestam o presidente da nação e isso os une. Se há algo de bom em escrever sobre a inauguração do maternal, reconhece Jaime Brena, é que, para completar a matéria, pensa em ir a Mataderos no meio da tarde. E saber que vai passar parte de sua jornada de trabalho na rua, andando por algum bairro de Buenos Aires, o deixa de bom humor. Com quão pouco você se conforma ultimamente, Jaime Brena, diz para si mesmo e começa a digitar. Eu pago o chá em Mataderos, propõe a Karina Vives, que acaba de chegar. Chá em Mataderos?, mas como você está cool, Brena, Mataderos Soho ou Mataderos Hollywood?, diz a garota e se instala em sua mesa. Você ri, garota, mas uma destas noites vou levá-la para dançar na Avenida de los Corrales e Lisandro de la Torre e aí vai ver o que é bom, adverte Brena e a faz sorrir outra vez.

No momento em que Jaime Brena cria o título para a matéria do prefeito, a uns metros dele, o garoto de Polícia procura na internet dados sobre todas as pessoas que trabalham com o promotor Pueyrredón para ver se tem sorte de conhecer alguém, enquanto no La Maravillosa Nurit Iscar tenta escrever um novo informe para o *El Tribuno*. O garoto não conhece nenhum nome, e ela não gosta de nada do que escreve. Olha pela janela: tudo é verde. Fecha a cortina e acende a luz artificial para sentir que está em casa, no quarto das crianças que converteu em estúdio para ela desde que eles foram viver sozinhos, sentada em sua cadeira e recostada no travesseiro com fronha tecida em ponto arroz que fora de sua mãe. Devia ter trazido pelo menos o travesseiro, para se sentir mais perto de casa. E algum dos vasos da varanda; embora suas plantas sejam menos chamativas que as que a rodeiam, são suas. No entanto, em lugar de olhar a lua como o ET e dizer com voz trêmula: "minha casa", ela, Nurit Iscar, Betibu, escolhe uma frase mais clara e contundente: E se eu mandar tudo à merda? Uma ligação de Carmen Terrada interrompe seus pensamentos e divagações. Está com a voz ruim hoje, diz sua amiga. Estou passando pelo segundo teste de resistência no La Maravillosa. O primeiro foi atravessar a portaria, lembra?, pergunta Nurit. Sim, lembro, e agora com quem você brigou?, quer saber Carmen. Ainda com ninguém, responde ela. Conte, insiste a amiga. Síndrome de abstinência de cidade: fico estressada com as árvores, o verde, me enche muito o saco o canto dos pássaros às seis da manhã, o barulho dos grilos, as rãs que ficam coaxando a noite toda, sabe o que eu preciso, Carmen? Um homem, amiga. Não, cimento, muito cimento e um café na esquina da minha casa, responde Nurit. E continua: Imagine o que é sair para caminhar pela rua e sentir que neste lugar não se pode chegar a cruzar com ninguém que mexa com você, que tudo o que te rodeia é natureza, esporte, vida supostamente saudável e casas vazias. Porque, embora haja gente, não se vê ninguém a não ser quando estão fazendo alguma atividade esportiva. Mesmo que seja correndo. Imagine o que é sentir que não pode acontecer nada que te surpreenda, que não pode acontecer nada fora do previsto, diz Nurit. Bom, podem cortar seu pescoço de lado a lado, devo recordar ou se esqueceu por que está aí?, pergunta Carmen. Certo, também podem te degolar, mas digo que mais uns dias de solidão e canto de pássaros e vou sair na rua pedindo que alguém, por favor, me degole, confessa Nurit. Calma, sábado cedo vou aí com a Paula e nos instalamos em sua casa todo o fim de semana, promete a amiga. Obrigada, diz ela, isso vai me fazer bem. Afinal, pergunta Carmen Terrada, a casa tem piscina?

O garoto digita sua nota sob o efeito do susto deixado pela entrada de Rinaldi na redação, há pouco, para deixar claro que está fazendo mal seu trabalho. Jaime Brena descreve as instalações do maternal de Mataderos que ainda não viu, a não ser através do press release que recebeu do Departamento de Imprensa da cidade. E eu tenho a desfaçatez de dizer a este garoto que não faço propaganda para qualquer um, pensa, e bate nas teclas com raiva. Rinaldi escreve seu editorial de amanhã, começa pelo título: Outra mentira do presidente. Karina Vives desgrava a entrevista que acaba de fazer com o egípcio-italiano-mexicano Fabio Morabito. Nurit Iscar digita seu segundo informe.

> Este lugar, dia a dia, é tomado pelo silêncio. Duas mortes tão estranhas e, ao mesmo tempo, tão semelhantes, na mesma casa, dentro do mesmo clube de campo (assim se autodenominam este e outro lugares parecidos que formam a associação que os agrupa), desconcertam e aterrorizam os vizinhos. Mas eles não dizem mais nada, não falam mais como nos primeiros dias. Tentam pensar em outra coisa, continuar com a vida de sempre. Muitos, não todos, mas quase, se conformam pensando: É com eles, com os Chazarreta, não conosco. Como se quem entrou para matar pela segunda vez tivesse vindo completar um assunto que só afeta Pedro Chazarreta e Gloria Echagüe. Ou, em todo caso, eles e sua família. Ou eles, sua família e seus parentes.

Ou eles, sua família, seus parentes próximos e seus sócios nos negócios. Então, o universo se amplia. Mas nem tanto. Não afetou a "nós". A "nós", não. E quem é esse "nós"? Todos os demais que têm uma casa no La Maravillosa e continuam vivos. No entanto, há perguntas que são incômodas e, portanto, não querem que ninguém as faça, nem querem fazê-las a si mesmos. Porque todos que vivem neste lugar, embora queiram ignorar, sabem que as opções não são tantas: o assassino ou é alguém de dentro do La Maravillosa, ou alguém que passou pela Segurança e saiu com autorização de algum sócio, ou (e isto é, obviamente, o que deixa os vizinhos mais nervosos) os controles de segurança de ingresso ao country falharam. Hoje, para quem quer entrar em um lugar como este se pedem: autorização de um sócio maior de idade (um rapaz de dezessete anos não pode permitir o ingresso de um amigo, nem a empregada doméstica pode deixar entrar ninguém se não estiver autorizada por escrito pelos donos da casa), documento de identidade (antes se pedia só o número, sem necessidade de mostrar o documento propriamente dito, já que as pessoas que ingressam com certa regularidade no country têm sua fotografia no computador e é possível verificar se o rosto e a foto coincidem, mas desde o último roubo que houve em um bairro fechado vizinho, por mais que rosto e foto sejam idênticas, pede-se o documento), seguro contra terceiros em nome do motorista do carro que ingressa (se alguém quiser entrar com o carro do cônjuge, terá problemas), foto (se é a primeira vez que a pessoa entra, embora agora não sirva para nada já que pedem o documento; "O que abunda não prejudica", é um dos tantos lemas do chefe de segurança deste lugar; outros: "Melhor prevenir que remediar", "Melhor curar na saúde", "Todo mundo é suspeito até que se prove o contrário"), inspeção do porta-malas do carro na entrada e na saída, e agora também inspeção do capô na saída, vai que uma visita leva algo escondido entre o radiador e o motor? Vai saber. Se o veículo ingressa à noite, acrescentaram, há algumas semanas, a obrigação de apagar as luzes externas e acender as internas até que o guarda se aproxime e verifique quem está dentro, exatamente como era o procedimento na época da ditadura militar, quando se revistava um carro. Mas com tudo isso, com autorização, seguro, foto, documento, porta-malas em ordem e luzes apagadas, ou sem isso, o assassino de Chazarreta entrou. Ou já estava dentro, ou um vizinho o autorizou a passar, ou passou sem que os guardas notassem nada de estranho. E isso, a "nós", é o que realmente nos deixa mal.

Nurit arquiva o texto. Envia-o a Rinaldi, mas dessa vez não vai com cópia para o garoto de Polícia. Ao garoto envia em outro e-mail, dirigido só para ele. Tenta um corpo de mensagem cordial; não sabe por quê, mas não começa com Estimado, nem com Sr., nem nada do estilo, mas simplesmente com Olá! Depois: Envio o informe para amanhã. Gostei muito de sua matéria de ontem. Um abraço. Nurit Iscar. E decide acrescentar no fim do texto o seguinte *post scriptum*: PS: Se estiver interessado em conhecer o lugar onde se cometeu o crime acerca do qual estamos escrevendo, pode vir em algum momento do fim de semana, ou quando for melhor para você. E para que não fique nenhuma suspeita de que o convite esconde alguma intenção de cantar um garoto que deve ter quase trinta anos menos que ela, Nurit Iscar acrescenta em uma segunda linha do *post scriptum*: Venha com quem quiser.

O garoto de Polícia abre o e-mail de Nurit Iscar que acaba de entrar em sua caixa de mensagens. Surpreende-se com o convite para ir ao La Maravillosa. Sem ainda ler o novo informe, levanta-se e vai até a mesa de Jaime Brena: O que é que essa mina está querendo? pergunta-lhe. Betibu? Betibu. Me mandou o informe sem passar por Rinaldi e me convidou para ir ao La Maravillosa. Nada, talvez seja uma boa colega, também existem, de vez em quando você encontra alguém que não está pensando só em te ferrar para subir mais rápido na carreira ou ocupar seu lugar. Está dizendo isso por mim? Não, rapaz, você não tem nada a ver com o fato de eu estar onde estou hoje, ou, melhor dizendo, que eu não esteja onde deveria estar; você vai?, pergunta. É uma grande oportunidade, não posso desperdiçá-la, mas não sei. Lembre-se da primeira lição, rapaz, rua, tem que ir e ficar ali, mesmo que as ruas deste lugar sejam muito diferentes das de Mataderos. O que tem a ver Mataderos com tudo isto? Nada, tenho que ir daqui a pouco a Mataderos cobrir a inauguração de um maternal, quer ir comigo? Se você me acompanhar no fim de semana ao La Maravillosa. Não posso ir de penetra na casa da mina. A mina não, Brena, Nurit Iscar, precisa aplicar suas próprias lições. Você tem razão, Nurit Iscar. Betibu. E sim, pode, insiste o garoto, porque ela me disse no e-mail que se quiser posso ir acompanhado. Mas, tonto, ela está falando da sua garota. Não explica nada, então posso ir com quem quiser. Eu já conheço o lugar, diz Jaime Brena, estive lá entrevistando o Chazarreta, me odiou depois dessa entrevista. Por quê? Porque não disse o que ele queria que eu dissesse, porque não conseguiu me manipular. Era um bom manipulador, o filho da puta, e esses são os que mais me dão medo. Eu, de um soco sei me defender, de um manipulador é mais complicado. Você me acompanha, então?, insiste mais uma vez o garoto de Polícia, se conhece o lugar é muito melhor, um luxo ir com alguém que conhece o terreno. Jaime Brena fica olhando para ele. Este garoto não se parece em nada comigo quando comecei a trabalhar no *El Tribuno*, pensa, mas há algo nele que me incita a ajudá-lo, será por isso que ninguém nega uma mão a um cego que está por cruzar uma rua, diz a si mesmo e depois sorri e confirma: Certo, você também está me manipulando, rapaz, mas eu te acho simpático. Obrigado, é todo um avanço em nossa relação, brinca o garoto de Polícia. E, por último, se Nurit Iscar espera que você vá com uma garota, eu pego na sua mão e te dou um beijinho. Você é muito velho pra mim, Brena. José de Zer teria feito isso se fosse necessário, conclui ele, viu?, essa vai ser a sua terceira lição, rapaz, verificar que cidade da periferia, muito próxima à capital, onde nasceu um de nossos melhores jogadores de futebol, foi batizada graças a José de Zer e por que se tornou famosa sua frase: Siga-me, Chango, siga-me. Eu verifico, diz o garoto, e parece entusiasmado, vou terminar minha matéria de hoje assim posso te acompanhar a Mataderos depois. Certo. O garoto se afasta. Brena olha para Karina, viu?, tenho um colega aqui que vai me acompanhar a Mataderos embora não seja um lugar cool, garota. Como você me substitui rápido, Jaime Brena. Você é insubstituível, linda, embora tenha me abandonado. Ela sorri, mas não diz nada, sabe que Brena tem um pouco de razão, mas não o abandonou porque ele não é importante, é que estar perto dele a obriga a tomar uma decisão e contar. Por que para ela é tão forte o olhar de Jaime Brena? Se ela tem pai e irmãos mais velhos. Por que se pudesse escolher um pai ficaria com Brena e não com o seu? Olha para ele e volta a sorrir. Ele também sorri e não diz nada, não tem dúvidas de que acontece algo com a garota, algo que ela ainda não pode contar. O garoto de Polícia se levanta e volta à mesa de Brena. O que foi, rapaz?, pergunta Brena. Te devo algo, responde. Brena não entende. O que você me deve? A resposta a uma pergunta que você me fez na primeira lição deste curso acelerado de ajuda ao jornalista deficiente. Ah, pare com isso, não é para tanto. O garoto continua: Gustavo Germán González, o do *Crítica*, se disfarçou de encanador para entrar no necrotério e ver o que diziam os médicos forenses sobre o cadáver do vereador radical, e depois escreveu: "Não há cianureto". Não havia cianureto no cadáver, ele foi o primeiro a publicar. Jaime Brena sorri com certa satisfação. Aprovado?, pergunta o garoto. Sim, rapaz, aprovado, você vai aprender, diz Brena, vai ver que vai aprender.

11

Nurit Iscar supõe que seria bom contar com um pouco de ajuda para o fim de semana. Suas amigas colaboram e são como da família, mas a casa é grande, entra muita poeira, muito pólen das árvores. Além disso, se vier o garoto de Polícia gostaria que tudo estivesse bem organizado e não precisasse se ocupar da comida, da bebida, dos pratos, do papel higiênico no banheiro e demais tarefas caseiras, para poder atendê-lo, levá-lo a conhecer o bairro, a casa de Chazarreta, que ainda está rodeada de fitas plásticas que impedem a passagem — custodiada, além disso, por um policial da Bonaerense e um da segurança do bairro —, e qualquer outro lugar que o garoto queira conhecer. Imagina que uma forma de conseguir que alguém a ajude com as tarefas da casa é perguntar à empregada de algum vizinho se tem uma amiga, parente ou conhecida para recomendar. Sai à porta e espera que apareça alguma. Mas não aparece. Só passa um carro, dez minutos depois passa outro, quinze minutos depois uma caminhonete quatro por quatro. Supõe que deve haver um método que demore menos, tocar na porta de um vizinho, por exemplo. Faz isso na casa da direita, não aparece ninguém. Faz na casa em frente, ninguém. Não se atreve a tocar a campainha na da esquerda: se dali não sair um ser vivo e falante — não vale cachorros nem nenhum outro animal doméstico — a sensação de solidão vai envolvê-la em uma angústia da qual não está segura de conseguir se recuperar. Se ela, Nurit Iscar, é o único ser humano em metros ao redor, prefere não saber. Deixa passar uns minutos mais, fingindo uma calma que não está sentindo. Deve reconhecer que a espera a inquieta. Para ver gente, teme, terá de ir até o mercado, a quadra de tênis, a academia e o bar do campo de golfe. E Nurit Iscar quer ver gente. Está a ponto de ser tomada outra vez pela síndrome de abstinência de cidade quando na esquina vê uma empregada doméstica vindo na sua direção, passeando um chihuahua. Nurit Iscar respira aliviada, como se tivesse acabado de escapar de um perigo que só ela reconhece. A mulher parece bastante chateada com sua tarefa, coisa compreensível só de observar os movimentos histéricos do cachorro. Este bicho é o diabo, diz quase para si mesma quando passa perto dela. Nurit assente e aproveita a aproximação que a confissão provoca para perguntar se conhece alguém que possa ajudá-la no fim de semana. A mulher tenta parar para responder, mas o cachorro late de uma maneira tal que obriga as duas a continuar caminhando juntas. Eu tenho minha filha, diz, mas não pode no fim de semana, o marido não deixa, se quiser para a semana, sim, mas no fim de semana o marido não deixa. E a mulher está a ponto de começar a se queixar do marido da filha, mas Nurit Iscar a interrompe e esclarece que lamentavelmente ela só precisa de alguém que a ajude umas horas no sábado e outras poucas horas no domingo, no resto da semana ela se vira. Vão ser poucos, ela, duas amigas e um colega de trabalho, mas ainda assim prefere que alguém dê uma mão. Pena, fim de semana o marido não deixa, repete a mulher. Pena, diz Nurit. A empregada que continua lutando com o chihuahua cumprimenta um jardineiro que passa de bicicleta carregando sobre o guidão o cortador de grama e, sem que Nurit peça, a mulher pergunta se ele tem alguém. O homem para, elas também tentam parar, mas o cachorro late histérico outra vez e acaba sendo impossível conversar com esse som ao fundo. Então, o homem vira a bicicleta e as acompanha uns metros na direção que o chihuahua quer ir. Tinha, diz o homem, minha mulher, mas já conseguiu, ontem conseguiu, três meses sem trabalhar, duro, mas ontem conseguiu. O homem se lembra de algo, conta que nos fins de semana, na entrada, do outro lado da portaria, ficam umas mulheres que se oferecem para trabalhar por hora, que talvez ali possa encontrar alguém, às vezes são expulsas pelos guardas, mas é a rua, então elas podem, ou não é a rua? Sim, é a rua, diz Nurit Iscar e se lembra dela mesma discutindo sobre quem é o dono de uma rua no dia em que entrou no La Maravillosa. É certo, diz a empregada que passeia o chihuahua, eu também já vi, vêm aos sábados cedinho. E, se precisar, há homens que se oferecem para fazer churrasco ou para lavar carros, o que a senhora precisar, diz o jardineiro. Nurit agradece a informação e volta para casa. O homem retoma seu caminho. A mulher segue atrás do cachorro e resmunga: Que pena, o marido da minha filha.

No dia seguinte, bem cedo, Nurit põe os únicos tênis que possui, presente do ex-marido — naquele momento, marido — quando fez quarenta e nove anos, o último aniversário que passaram juntos, pouco antes da separação. Você fica muito tempo sentada em frente ao computador, disse ele, daqui a um tempo, em vez de bunda, vai ter uma panela. Ela teria preferido um presente mais romântico que um par de tênis e uma metáfora menos gráfica que a da bunda como panela, mas seu marido sempre foi um pragmático e naquela época ela já não esperava muito nem de seu marido nem do casamento. Tampouco das metáforas. O certo é que, cinco anos depois, os tênis serviram para algo. Embora ainda não se anime a correr. Por isso escolhe um jeans — esse clássico que na Argentina, bem combinado, pode servir tanto para ir a uma festa quanto para fazer um piquenique —, uma camiseta, óculos de sol e, antes de partir, coloca protetor solar e passa repelente para mosquitos. Evidentemente, no country não encontraram um sistema para matá-los ou para mantê-los distantes, pensa. Ou esses mosquitos estarão treinados para reconhecer o estrangeiro e ao detectar que Nurit é uma intrusa só vão atacá-la? Olha o mapa que deram no dia em que entrou e procura o caminho mais direto para a saída. Há muitas curvas no La Maravillosa, becos sem saída, balões e ruas circulares que obrigam a ser precavida para não terminar como o Minotauro preso no labirinto de Dédalo. Define e depois memoriza a melhor alternativa para a saída, mas de todos os modos dobra o mapa e o enfia em um bolso. Caso se perca, apesar da boa memória. Escolhe um dos livros que trouxe na mala — *Memento mori*, de Muriel Spark — para ir lendo enquanto caminha até a porta, coloca o celular em um bolso e algum trocado no outro, caso decida comprar algo no mercado. O que mais?, pensa. E por fim, sai. Sim, deveria ter colocado um boné, lamenta-se a poucos metros da casa, mas não vai voltar.

Por ser sábado cruza com mais gente do que vira todos esses dias desde que se instalara no La Maravillosa. Ela não conhece ninguém, alguns a cumprimentam, outros não. Fica com a sensação de que algo em seu aspecto chama a atenção deles. Como se tivesse alguma cláusula de código de vestimenta que ela não está cumprindo. Mas não se dá conta do que é. O jeans não pode ser, tampouco os tênis. Talvez o livro, mas ela fica entediada se caminha sem ler. Talvez achem que o hábito é perigoso porque não permite que preste atenção no caminho. Se é isso, é porque não sabem que Nurit Iscar está acostumada a ler em qualquer circunstância: caminhando, viajando no ônibus ou no metrô, na fila de um banco, até em um cinema enquanto não apagam as luzes antes de começar o filme. E a vista cravada no livro, somada aos óculos escuros, é algo que sente que a protege. Não gostaria que ninguém a reconhecesse, que saibam que está nesse lugar, como se fosse mais uma vizinha, só que espiando. Embora quem ler o *El Tribuno* já deve suspeitar que Nurit Iscar está ali, não é o mesmo saber que está, que reconhecer sua cara e concluir que ela é ela. Uma espiã. A encarregada da *non fiction*, como diria Lorenzo Rinaldi. Dois dias atrás, uma mulher se aproximou dela no supermercado e disse: Eu conheço você. E ficou olhando para ela. Pode ser, respondeu Nurit. A mulher sorriu e disse: Da aula de pilates, não? Sim, da aula de pilates, mentiu Nurit. Quer se manter anônima durante o maior tempo possível. Não que já tenham contado muitas coisas até o momento, mas, quando comprovarem que não é uma deles, contarão menos. E já olharam torto para ela; os olhares maldosos lhe fazem muito mal. Se o "mau-olhado" é que olhem mal para você, ela acredita no mau-olhado, que alguém possa lhe fazer mal só por olhar para você com ódio, bronca ou desprezo. Por isso tudo é que Nurit Iscar caminha com óculos escuros e a vista cravada no livro, porque gosta de ler enquanto caminha e para que ninguém a reconheça nem fique olhando. Embora ninguém olhe para ela. A maioria das pessoas com as quais cruza está correndo. Alguns caminham. Duas jovens passam perto de Nurit Iscar de patins. Vários de bicicleta. Um menino que não deve ter mais que doze anos avança dirigindo um quadriciclo a uma velocidade alarmante. Carros de golfe a bateria, ciclomotores, skates, reef sticks, motos. O leque automotor não composto por carros é muito diversificado no La Maravillosa, tanto que ela desconhece o nome de vários dos veículos com os quais cruza.

No momento em que Nurit Iscar está no meio de sua caminhada até a entrada do country onde se aloja, Carmen Terrada entra no carro de Paula Sibona para ir até o La Maravillosa e instalar-se no lugar durante o fim de semana para fazer companhia a sua amiga, como prometeram. Está levando maiô?, pergunta Paula. Estou, responde Carmen. É um desses dias de fins de março que são considerados os melhores do ano: sol, céu limpo, calor não muito forte. Enquanto isso, Jaime Brena dorme. O garoto de Polícia liga, quer combinar o horário para passar para pegá-lo. Me dá uma hora, rapaz, que estou terminando um negócio. O garoto está pronto e sabe que o negócio que Jaime Brena ainda tem é o travesseiro grudado na cara, mas diz que não importa, que não tem pressa, que espera. A namorada se queixa de que vai passar o fim de semana todo sozinha. Vou a trabalho, responde o garoto e liga o computador para passar o tempo até a hora que combinou com Brena. Digita no buscador do Google: "José de Zer". Descobre que o bairro a que ele deu o nome é Fuerte Apache — terra de Carlos Tévez —, até então batizado por Cacciatore, o prefeito da ditadura, como Barrio Ejército de los Andes, esquecendo — ou desprezando — o nome pelo qual o tinham batizado seus primeiros moradores: Carlos Mugica, pelo padre assassinado em 1974. No meio de um tiroteio, De Zer, sem querer, apagou o Ejército de los Andes da ditadura e o rebatizou de Fuerte Apache, dando o nome com o qual o conhecemos até hoje. Isto parece um forte apache!, gritou para a câmera enquanto silvavam as balas ao redor dele. Só por isso merece um lugar na história, pensa o garoto. Hoje, no mundo, Tévez é conhecido como "El Apache" e muitos não imaginam que isso se deve a José de Zer. Se De Zer não tivesse rebatizado o bairro, como chamariam hoje o jogador argentino?, o soldadinho do Exército dos Andes? O garoto de Polícia fica sabendo, também graças ao Google, que um dos primeiros trabalhos que De Zer teve foi na bilheteria de um teatro, de onde foi demitido por roubar. Essa história faz parte de quase todas as biografias que aparecem sobre esse jornalista policial, como se fosse necessário conhecê-la para poder completar o personagem. E que a frase "Siga-me, Chango, siga-me" foi dita por De Zer ao cameraman Carlos "Chango" Torre, quando seguiam as luzes de supostos óvnis que tinham chegado ao morro Uritorco e que com o tempo se soube tratar-se de lanternas colocadas pelo próprio De Zer e sua equipe. Siga-me, Chango, siga-me, e os dois foram atrás da luz dessas lanternas. Enganos, como o boneco inflável que durante tanto tempo deu lugar à lenda do monstro do lago Ness. O garoto ri, como não escutou antes essa história das lanternas?, pergunta-se. De Zer foi um cara à frente de seu tempo, dirá mais tarde Jaime Brena quando conversarem no caminho para o La Maravillosa, um precursor de cada uma das lanternas que hoje alguns de nossos colegas acendem com menos graça e mais impunidade que ele, arrogando serem os paladinos do jornalismo e ofendidos se alguém ousar compará-los com De Zer. E confessará que ele respeita José de Zer, apesar de seus lados escuros, porque ele convidava a um jogo que estava claro e cada um decidia se jogava ou não. Hoje essa claridade é mais difícil de conseguir, rapaz, lamentará Brena, "a nossa é uma profissão onde a claridade é cada dia mais escura", poderia ser uma frase de De Zer.

A namorada do garoto de Polícia pergunta outra vez por que não pode ir com eles. Ele não responde e marca o número de Jaime Brena. Sabe que não se passaram nem dez minutos, mas não está disposto a esperar tanto. O telefone de Brena toca, no entanto não é o garoto de Polícia, mas o delegado Venturini que chega primeiro. E, querido, como vai? Bem, mas pobre, responde Brena. Quando vai me convidar para o churrasco que está me devendo?, pergunta o delegado. Hoje estou indo ao La Maravillosa, o *El Tribuno* alugou uma casa lá para Nurit Iscar e vou vê-la com um colega. Ah, olha que coincidência, também vou estar por aquela área, se tiver tempo dou uma passada e conversamos. Pois não, me ligue, delegado, e eu vou até onde estiver, confirma Brena e desliga. Outra vez toca o telefone de Jaime Brena: E?, passo em dez minutos, tudo bem?, pergunta o garoto de Polícia. Em quinze, responde Brena. Quero ir com vocês, diz a namorada, e o garoto de Polícia, para não ter de ouvi-la mais, responde, tá bem, pode vir. Levo biquíni?, pergunta a garota.

Nurit Iscar se aproxima da entrada do La Maravillosa. Uns metros antes de chegar à portaria já consegue ver as mulheres que esperam. Logo que sai do bairro se aproxima uma, mais rápida que as outras. A necessidade tem cara de herege, há alguns dias Lorenzo Rinaldi usou como título de seu editorial, no qual atacou certos governadores da oposição com problemas de caixa que faziam alianças com o presidente. Precisa de empregada por hora?, pergunta a mulher que se aproxima. Nurit Iscar não sabe, mas essa mulher loira que fala com ela é aquela que gritava na fila no dia em que Gladys Varela esperava para entrar no La Maravillosa, esse último dia em que veio trabalhar, quando pouco depois encontrou Pedro Chazarreta degolado. Sim, preciso de empregada por hora, responde Nurit, pode trabalhar hoje até o meio da tarde e amanhã no mesmo horário? O que a senhora precisar, eu posso, diz a mulher. Certo, vamos, diz Nurit e se dirige de volta para a entrada. Quando vão cruzar a portaria, caminhando, o guarda as detém. A senhora tem permissão de trabalho ou cartão?, pergunta o homem para Nurit, mas referindo-se à empregada. Nurit Iscar por sua vez olha para ela como se repetisse a pergunta. Não, responde a mulher, incomodada. Então entre no escritório para completar os dados de ingresso e a senhora precisa assinar a autorização. Tudo bem, diz Nurit, e acompanha a mulher para fazer isso. A mulher dá seu nome, o número de documento, mostra-o, mostra a bolsa — o conteúdo da bolsa —, perguntam se tem que declarar algo do que está levando para dentro, ela diz que não, mas em seguida se corrige, sim, diz, o celular, e o entrega ao guarda para que ele anote a marca e o modelo. O guarda carrega os dados da mulher no computador, algo do que vê na tela chama sua atenção, imprime a permissão, mas, antes de dá-la a Nurit Iscar para que assine, pede à mulher que gritava na fila de entrada, no mesmo dia em que mataram Pedro Chazarreta, que espere do lado de fora. A mulher obedece. Fica parada do outro lado da porta, desconfiada. Olha para dentro pela janela. Espera. O guarda olha para Nurit Iscar e diz: Pedi para falar a sós com a senhora porque aparece para mim na tela um alerta. E o que isso quer dizer?, pergunta Nurit. Que o sistema me pede que a avise que Anabella López, diz o guarda e indica com um gesto de cabeça a mulher que está atrás da porta, trabalhou na casa de uma vizinha e sócia do La Maravillosa, a senhora Campolongo, conhece? Não, não conheço ninguém aqui. Bom, a senhora Campolongo pediu que se proíba a entrada no bairro, me entende? Não. A senhora Campolongo pediu que Anabella López não entre no La Maravillosa. E por quê? Porque a senhora Campolongo teve um problema com López. Mas isso é legal? O que é legal? Pergunto se a senhora Campolongo fez alguma denúncia, se existe alguma ordem judicial para impedir o ingresso dela. Não, é algo de cortesia, entre os sócios. De cortesia. Sim, funcionamos assim, funcionamos com o alerta no computador, a senhora Campolongo não pode fazer a denúncia "legal", como a senhora fala, porque não tem provas, e estas garotas em seguida conseguem um advogado que faz um processo interminável e, o que é pior, impagável. Teve uma, já faz uns anos, que abriu um processo federal contra uma sócia por impedir o direito constitucional dela ao trabalho e à livre circulação. Ainda nos lembramos, quase custa o nosso posto, perguntaram se a mulher tinha trabalhado para essa sócia e dissemos que sim, porque estava nos registros, enfim, uma confusão. Por isso a senhora Campolongo não fez a denúncia na polícia, mas a fez aqui, na segurança e controle de ingressos, para que evitássemos possíveis novos problemas desta natureza. Ãhã, diz Nurit, e qual é "esta natureza"? Que a senhora Campolongo não quer que esta mulher entre. Mas qual é o motivo, embora não esteja provado. Que aparentemente Anabella López roubou algo. Roubou algo. Sim, um queijo. Um o quê? Um queijo. Um queijo. O homem fica olhando para ela, ela também olha para ele. Se quiser, ligamos para a senhora Campolongo e ela conta melhor. Me conta como roubaram o queijo? Conta o que a senhora precise saber. E diga-me, se eu, apesar do perigo de que esta mulher me roube um queijo, quiser contratá-la da mesma forma, vocês vão me deixar passar com ela ou vão me impedir à ponta de rifle? São escopetas. Ah, à ponta de escopetas, então. Não, nós não podemos impedir que a senhora leve quem quiser para trabalhar em sua casa, por isso falei sobre a livre circulação e o direito ao trabalho, é só um conselho que a senhora Campolongo dá a seus vizinhos. Cortesia. Sim, cortesia. Que amável. Sim. Onde tenho que assinar? Assinar o quê? A autorização de trabalho. Então autoriza seu ingresso. Sim, claro, eu não como queijo. Entendo, diz o homem da Segurança e não fala mais nada.

Nurit sai com a permissão assinada e entrega à mulher. Toma, diz, e caminha uns metros. Depois para, olha para ela e diz: Vou te fazer uma pergunta e como me responder vai depender se vai trabalhar na minha casa ou não, pense muito bem no que vai responder. Você roubou um queijo da casa da senhora Campolongo? A mulher olha para ela. Pense no que vai me responder, adverte mais uma vez Nurit olhando fixo para ela. A mulher sustenta o olhar ainda sem dizer nada. Ela espera. E?, diz Nurit e mexe a cabeça convidando-a a falar. A mulher, por fim, fala: Sim, eu levei o queijo. Nurit fica em silêncio por um instante e depois diz, certo. Certo? Sim, certo, está contratada, diz e começa a caminhar. Se precisar levar algo da minha casa, me avise e eu decido se pode levar ou não, de acordo? De acordo, diz a mulher. E nunca toque nem em meus papéis, nem em meus livros, nem sequer os mude de lugar, de acordo? De acordo. A mulher fica um pouco para trás, como se esta conversa a tivesse distraído do ato natural de caminhar. Vamos, rápido que está para chegar gente na minha casa e ainda nem organizei a cozinha. A mulher avança mais rápido até alcançá-la. Caminham em silêncio mais uns metros e depois Anabella López diz: E não era um queijo, era meio. Só meio queijo, a outra metade a gorda comeu. Que gorda?, pergunta Nurit. A gorda Campolongo, diz a mulher.

Percorrem o resto do caminho em silêncio.

12

As primeiras a chegar à portaria do La Maravillosa são Carmen Terrada e Paula Sibona. Alguém liga da segurança para que Nurit autorize o ingresso delas. Dez minutos depois, as mulheres estacionam o Ford K de Paula na frente da casa onde Nurit Iscar se instalou porque Lorenzo Rinaldi pediu. Só falta um papanicolau e a revista da entrada é mais completa que um check-up médico anual, diz Paula. Não dê a ideia, pede Nurit. E depois conta: Também vem um jornalista que trabalha em Polícia no jornal *El Tribuno*, não incomoda, né? De jeito nenhum, adoro ter a oportunidade de conhecer Jaime Brena, diz Carmen. Não, não é Jaime Brena, é um rapaz, eu não o conhecia, Brena passou para outra seção, esclarece Nurit. Qual seção?, pergunta Carmen, se Jaime Brena é o melhor jornalista de Polícia que resta. Eu gosto mais do Zippo, intervém Paula. Você gosta mais do Zippo porque é moreno e bigodudo, mas quem escreve melhor é o Brena, diz Carmen. Sim, concorda Nurit, a gente lê suas matérias e parece que está lendo um conto. Que estranho que o trocaram de seção, e agora em que seção escreve?, pergunta Carmen. Nem ideia, vou verificar, responde Nurit e depois muda de assunto: Não me animei a fazer um churrasco, por isso comprei empanadas e pedi que Anabella fizesse umas saladas. Quem é Anabella? A senhora que está me ajudando com a casa. Piscina e serviço doméstico por um fim de semana, que luxo, diz Paula. Onde posso me trocar colocar o maiô?

Meia hora depois chamam da Segurança. Carmen atende e passa o telefone para Nurit: Da porta para que autorize que alguém entre. O garoto de Polícia, diz ela para suas amigas e depois ao telefone: Olá, sim. Mas o nome que fala do outro lado da linha a confunde: Quem?, não, eu esperava outra pessoa, como disse que se chama? Matías Gallo, responde o guarda, diz que é um amigo de seu filho Rodrigo. Ah, sim, Matías, mas o que o Matías está fazendo aqui?, bom, sim, pode entrar. Nurit se inquieta, por que um amigo do Rodrigo está entrando no La Maravillosa?, deve ter acontecido algo, teriam pedido que me trouxesse alguma má notícia? Suas amigas tentam tranquilizá-la, mas a cara de Nurit demonstra que não conseguem. Ai, por favor, por que sempre precisa ser tão dramática quando se trata dos seus filhos?, briga Paula. Com certeza é uma besteira, certeza que está indo à casa de alguma outra pessoa e passa por aqui para te deixar algo, ou cumprimentar, diz Carmen. Não, não temos tanta intimidade, é um colega da faculdade de Rodrigo, eu o conheço, sei quem é, mas não tenho uma relação com esse garoto a ponto de ele se sentir obrigado a vir me cumprimentar. Talvez venha deixar algo para o Rodrigo, insiste Carmen. Ele teria me avisado. Você acha?, desses jovens se pode esperar qualquer coisa. Nurit liga para o celular do filho: desligado. Carmen Terrada tenta usar o princípio da navalha de Ockham. A navalha de quem?, pergunta Paula. Carmen explica: É um princípio filosófico enunciado por um tal Guilherme de Ockham, que diz que, ante duas teorias que explicam a mesma consequência, é muito mais provável que a verdadeira explicação esteja na teoria mais simples; por exemplo, se alguém que você está esperando não chega, um filho por exemplo, é muito mais lógico pensar que perdeu o ônibus ou se atrasou na casa de um amigo do que pensar que morreu em um acidente de trânsito. Paula e Nurit ficam olhando para ela. Sim, certo, não foi um exemplo feliz, mas a navalha de Ockham, bem aplicada, é útil para não ficar preocupada. Suas amigas continuam caladas, ela decide fazer o mesmo. Paula propõe ir à porta e esperar Matías ali, e é o que fazem. Não sabem por onde virá, o caminho da entrada do country à casa que Nurit ocupa pode ser feito pela esquerda ou pela direita, porque a rua em que fica é um semicírculo perfeito. Olham para um lado e para outro como se fosse uma partida de tênis em câmera lenta. O tempo parece não passar. Tanto demora esse garoto da entrada até aqui?, diz Paula, vem do quê?, de carroça? Quer que a gente saia para pegá-lo com o carro?, propõe. Acho melhor, responde Nurit, e sua amiga está a ponto de ir pegar as chaves no mesmo momento em que, pela esquerda, a uns vinte metros da casa, aparece depois da curva um garoto que caminha sem pressa. Será este?, pergunta Carmen. E sem esperar que ninguém responda, as três saem correndo a seu encontro. O garoto olha as três vindo na sua direção um pouco desconcertado, mochila no ombro e iPhone na orelha. A primeira a alcançá-lo é Nurit, que para na frente dele e enquanto agarra seus ombros pergunta: O que aconteceu? O garoto fica olhando sem responder. Diga-me o que aconteceu, insiste ela. O que aconteceu quando?, se anima a perguntar o amigo do filho. Quando aconteceu o que aconteceu, diz ela. O que aconteceu?, repete Matías. Isso é o que quero saber, grita agora Nurit. Matías olha para as outras mulheres como se dissesse "me joguem uma corda, não sei o que fazer com essa louca". Nurit começa a chorar. Paula, embora continue apostando que não se deve exagerar, abraça-a e deixa que chore em seu ombro. O garoto transpira, passa o braço pela testa. Carmen tenta manter a calma, mas com firmeza lhe pede: O que tenha a dizer, seja o que for, diga agora. O garoto fica pensando, nota-se em seu rosto que adoraria acertar a resposta correta às perguntas dessas mulheres, mas não tem a menor ideia do que esperam dele. Anda, fale, insiste Carmen, diga logo, você precisa falar. Obrigado?, diz Matías. Obrigado por quê?, pergunta Carmen sem entender. Obrigado, senhora Iscar, por me convidar a passar o dia em sua casa, completa o garoto como se estivesse recitando. Nurit deixa o ombro onde chora e diz: Eu te convidei para quê? Bom, a senhora não, Rodrigo me convidou para passar o fim de semana em sua casa de campo. Em minha casa de campo. Sim, com uns amigos, não chegaram? Não, diz Nurit depois de um suspiro que lhe devolve a calma e a enche de vontade de matar o filho. Ah, eles vêm com uma van que sai da Praça Itália, mas como eu venho da casa da minha avó, em San Isidro, vim sozinho. O motorista de um Audi toca a buzina, só um toque discreto para que o deixem passar. Sem perceberem, as mulheres e o garoto ocupam toda a rua. Vão para a calçada, deixam passar o carro e depois vão para casa. E me diga, pergunta Nurit a Matías, quantos são esses que vêm na van? É... poucos, uns quatro ou cinco. Quatro ou cinco, repete Nurit. Sem contar o Rodrigo, esclarece o garoto. Sim, não contemos Rodrigo porque acho que vai sofrer um pequeno acidente doméstico, diz Paula. O garoto não entende a piada. Ela percebe, olha para o céu e conclui: Louvado seja o Senhor que só me deu sobrinhos.

Quando entram na casa, Anabella conta a Nurit que Viviana Mansini ligou para avisar que vai chegar depois de comer — quem convidou Viviana Mansini?, pergunta Paula — e que outra vez chamaram da Segurança: Há uma visita na porta que precisa ser autorizada, diz a mulher e continua cortando alface. Agora ligo, responde Nurit enquanto avalia que a quantidade de verdura não será suficiente: Acrescente mais uma alface e dois ou três tomates que aumentaram os convidados, daqui a pouco eu peço mais empanadas. Nurit liga para a Segurança: Sim, me disseram que tenho de autorizar a entrada de alguém. Ela escuta o nome da nova visita. Juan?, diz, sim, sim, pode entrar, é meu filho. Parece que Juan também veio, não atendem ao telefone, mas aparecem de surpresa. Incomoda se eu puser uma sunga e nadar um pouco enquanto Rodrigo e o pessoal não chegam?, interrompe Matías. Não, claro, fique à vontade, como se a casa fosse sua, diz Nurit com certa ironia que o amigo do filho não entende. Fica olhando em silêncio sem acrescentar mais nenhuma palavra para que o garoto entenda que o melhor que pode fazer é ir e mergulhar na piscina. Bom, parece que hoje não estreio o maiô, diz Paula enquanto Matías desaparece para se trocar. Por quê?, pergunta Nurit. Viu esse corpo?, viu essa pele?, viu essa juventude?, bom, tudo isso vai se multiplicar por cinco quando chegar o Rodrigo e não sabemos por quantos mais quando chegar o Juan, e eu não estou preparada para esse contraste. Ai, pare com isso, somos mulheres mais velhas, ninguém espera juventude da gente, diz Carmen. Não, juventude não, mas senso crítico sim, respeito pelos demais e dignidade. Sobretudo dignidade. Nisso concordo, diz Nurit, e lembra-se de si mesma, alguns dias atrás, na frente do espelho se sentindo indigna de que Lorenzo Rinaldi veja como seu corpo envelheceu nesses três anos. Eu deveria ter feito como Greta Garbo, diz Paula, ou como Mina, que se retiraram há muito tempo da vida pública. Mina, a de "Parole, parole"?, pergunta Carmen. Sim, Mina. Não sabia que tinha se retirado. Tornou-se reclusa, a velhice assusta os artistas, somos seres estéticos, almas jovens em corpos que envelhecem. E um pouco ególatras, acrescenta Carmen Terrada. Dê o nome que quiser, mas eu também fui uma artista consagrada, embora esse garoto pareça não ter me reconhecido, queixa-se Paula; se deram conta de que não tem nem ideia de quem sou? Passou ao meu lado e me ignorou como se eu fosse um poste. Mais uma razão para entrar na piscina tranquila, que o garoto nem vai olhar para você, sugere Carmen. Sim, eu sei que o risco é baixo, mas existe, o que acontece se um dos amigos de Rodrigo me viu em um filme velho na TV a cabo, me reconhece, tira uma foto e manda para um programa de fofocas? Entro na piscina amanhã, afinal os rapazes não vão ficar para dormir, ou vão? Me pareceu que esse tal de Matías falou de "fim de semana", diz Carmen. As três se entreolham. Paula se aproxima da janela e, com o dedo indicador e o mínimo fazendo um chifre, toca a madeira.

Juan não é só Juan, e chega no carro que o pai emprestou. Quase convenço meu pai a vir, diz enquanto cumprimenta, para estupor de sua mãe. Traz com ele a namorada — que Nurit não conhecia até hoje —, a irmã da namorada e o poodle da namorada. Bingo, canta Paula Sibona quando vê o cachorro saltitando no jardim. Não disse nada que vinha, fala Nurit a seu filho mais velho. Perdi o celular e não lembrava seu telefone de memória, atrapalha ter vindo sem avisar? Não, pelo contrário, lindo, diz ela, e apesar da complicação que é receber visitas inesperadas, Nurit Iscar não mente. Sempre se queixa em silêncio do pouco que vê seus filhos, sua estadia no La Maravillosa já rendeu a esta altura um importante benefício secundário. É legal a casa, mãe, diz Juan enquanto traz umas cadeiras para que a namorada e a irmã se sentem. O poodle corre para latir para alguém que se aproxima atrás de uns arbustos. Um moreno de bigode que não é Zippo, avisa Paula a Nurit. Com licença, diz o homem e passa tentando ignorar os latidos histéricos do cachorro que pula a seu redor. Bom, a coisa melhora, diz Paula enquanto Nurit se aproxima para ver quem é e o que quer. Delegado Venturini, muito prazer, diz ele, um admirador seu e de seus livros, senhora Iscar, que está esperando ansiosamente o próximo. Obrigada, mas não escrevo mais livros. Como não escreve mais. Por enquanto, talvez mais para frente. Continuarei esperando, então, confio em que algum dia voltarei a ter entre minhas mãos um livro seu. Pelos gestos parece galante o moreno, gostei, diz Paula a Carmen uns metros atrás. Já percebi que você gostou, responde ela. Eu estava na área, diz o delegado Venturini a Nurit, e fiquei de me encontrar com Jaime Brena para conversar um pouco em sua casa, se não a incomodar, claro. Jaime Brena? Sim, me disse que vinha para cá. Não sabia. Como não?, bom, não sei..., mas está vindo, eu liguei há uma hora e já estava saindo. Se o senhor está dizendo, hoje já perdi a lista de convidados, responde Nurit com resignação e depois o convida a entrar: Passe, por favor. Não, não se preocupe, volto daqui a pouco, tenho que dar uma volta pela casa de Chazarreta para ver um assunto com um colega. Nurit fica alerta, interessa-se muito pelo que acaba de escutar, desde que chegou ao La Maravillosa foi várias vezes até a casa de Chazarreta, mas nunca conseguiu ir além das tiras de plástico com listras vermelhas e brancas que a polícia colocou no primeiro dia, custodiadas por um homem da Bonaerense e por um segurança do La Maravillosa. Não quero ficar pedindo nada, delegado, mas existe alguma possibilidade de que o senhor me leve para conhecer a casa? Bom, não é o habitual. Entendo. Mas em se tratando da senhora, o delegado faz uma pausa e sorri, acho que podemos encontrar alguma forma. Mais tarde, quando voltar para ver Brena, eu confirmo. Obrigada, não sabe como isso será importante para mim. Antes de ir, o delegado Venturini diz: Com licença, não quero ser descortês com as senhoras, e avança até onde estão as amigas de Nurit, as quais cumprimenta com um forte aperto de mão — usa as duas mãos para cumprimentar — que deixa Carmen incomodada e Paula excitada. Delegado Venturini, diz duas vezes, enquanto segura primeiro a mão de Carmen e a de Paula depois. E o "delegado" atinge Paula no meio do estômago e a deixa muda. A senhora não é Paula Sibona?, pergunta. Ela demora uns segundos para reagir e depois diz: Sim, sou Paula Sibona. Mas que emoção conhecê-la, a senhora é uma de minhas atrizes preferidas. Lembro que a vi naquele filme, como se chamava... aquele em que a senhora faz a mulher de um homem muito poderoso... O *caminho do sal*... saiu... O *caminho do sal*. O *caminho do salitral*, corrige ela. Isso, do salitral, adorei, repete ele, que ainda continua com a mão de Paula apertada entre as suas. Bom, vou e volto daqui a pouco, já teremos tempo de conversar mais um pouco, Paula, diz o delegado, posso chamá-la assim? É assim que me chamo, responde ela. O delegado Venturini se despede das três e vai embora. Gostou dele, diz Nurit. Está pegando fogo, a filha da puta, confirma Carmen. Fico emocionada com os homens que apertam sua mão com essa firmeza e, se são morenos e bigodudos, mais ainda. Mas você não é de conformar-se com que apertem só sua mão, amiga, diz Carmen. O que quer dizer com isso? Que vai transar com ele, traduz Nurit. Me excita, é verdade, mas não posso. Por quê? Como por quê?: fiz o conservatório, fui Medeia e Lady Macbeth no Teatro San Martín, estive no Teatro Aberto!, entendem?, não posso transar com um delegado... é uma questão ideológica. E desde quando o ideológico se mistura com o sexo?, ri Carmen. Desde sempre. Quer que eu dê o nome de alguns ideologicamente incorretos com quem você transou?, pergunta Nurit. Não, prefiro esquecê-los e, além disso, em todos os casos, fiquei sabendo depois: primeiro foi o sexo, depois a ideologia. Parece um cara agradável e, além do mais, lê, diz Carmen, não disse que leu todos os livros de Nurit? Não insistam, com um delegado fico bloqueada e não gozo, eu sei o que estou dizendo.

Vinte minutos depois chegam Rodrigo e seus amigos, que afinal eram cinco, e dez minutos depois as empanadas. Nurit está temperando as saladas e pede a Carmen que vá receber o pedido: Pegue o dinheiro na minha carteira que está sobre o micro-ondas. O poodle entra na cozinha e vai direto se esfregar nas pernas de Nurit. Alguém pode cuidar deste animal?, diz ela enquanto tenta se desfazer do cachorro, mas Juan, a namorada e a irmã da namorada estão lagarteando ao sol e ninguém responde. Carmen volta com as empanadas e diz: Não será pouco duas dúzias para tanta gente saudável? Esqueci de ligar para aumentar o pedido!, Alzheimer ou estresse? Estresse, amiga, calma, responde Carmen. Nurit pega o telefone e liga, pede que mandem quatro dúzias. Quanto?, uma hora e meia de espera?, queixa-se ao telefone. Bom, faça o que puder, diz e desliga com um pouco mais de mau humor. Por sorte o garoto de Polícia ainda não chegou, diz, no momento em que toca de novo o telefone. Ela deixa a salada, atende, escuta o que dizem e depois responde: Sim, pode passar.

13

JAIME BRENA E O GAROTO DE POLÍCIA ESPERAM EM UMA LONGA fila atrás da portaria que diz "Visitas". Nurit Iscar já autorizou a entrada, um dos seguranças revistou o porta-malas para ir ganhando tempo e indicou em um mapa do bairro o caminho para chegar à casa que vão visitar. Mas falta que passem pela portaria, mostrem os documentos e tirem uma foto. E tem uns seis carros na frente, portanto pelo menos uns quinze minutos mais. A namorada do garoto de Polícia ficou no primeiro semáforo vermelho que os deteve quando iam a caminho da casa de Jaime Brena. Pretendia passar por sua casa para pegar um biquíni, e seu namorado já tinha dito, várias vezes, que era tarde, que estavam esperando e que não ia à casa de Nurit Iscar para fazer piquenique, mas a trabalho. Mas o que vou fazer o dia todo em uma casa de campo enquanto você trabalha se não posso tomar sol?, disse a garota quando estavam parados em uma esquina, enquanto a luz do semáforo passava de vermelho para verde. Você tem razão, respondeu o garoto de Polícia, desceu do carro, deu a volta, abriu a porta do acompanhante, ajudou-a a sair e disse: Melhor que você não vá. A garota ficou atônita. Ninguém nunca me fez um desaforo desses, queixou-se enquanto o garoto dava a mão para ajudá-la a sair. Sempre tem uma primeira vez, disse ele, subiu no carro e foi embora. Jaime Brena não se espantou que o garoto de Polícia chegasse sozinho porque nunca ficou sabendo que sua namorada iria com eles, mas notou a cara tensa, a testa franzida e a tentativa fracassada de que parecesse que tudo estava em ordem. Aconteceu alguma coisa?, perguntou. Problemas domésticos, respondeu o garoto de Polícia e não tocaram mais no assunto.

Durante o percurso pela Panamericana falaram de futebol, do jornal, da aposentadoria voluntária que provavelmente Jaime Brena vai aceitar, de José de Zer, de Karina Vives — É impressão minha ou você gosta da garota?, perguntou Brena; o garoto se fez de tonto e respondeu apenas: É uma garota linda, mas muito antipática, ao que Brena disse: É preciso saber levá-la —, de Pedro Chazarreta, de Lorenzo Rinaldi e de Nurit Iscar. O trânsito nesse sábado ao meio--dia era intenso, e Brena teve de pedir ao garoto que não freasse tão perto do carro da frente se não quisesse que ele vomitasse no tapete. Saíram da Panamericana dois viadutos antes do que correspondia à saída do La Maravillosa, levou mais de uma tentativa retomar a rodovia e sair na correta, mas finalmente conseguiram. E pensar que tem gente que faz essa viagem todos os dias, disse o garoto, estão loucos. Não os subestime, pertencer tem seus privilégios, como diria a American Express, respondeu Brena.

Por fim é a vez deles, documento, foto, carteira de motorista, seguro do carro, porta-malas outra vez — "mas já olharam", "ah, desculpe" — e entram no La Maravillosa. Jaime Brena, no ato, reconhece o caminho, essa rua de árvores de um lado e do outro, onde os ramos mais altos se tocam nas copas formando um túnel verde pelo qual se filtra o sol do meio-dia. Disso se lembrava bem, desse túnel verde. Brena abre o vidro e solta o cinto de segurança. Enche os pulmões de ar. Conhecia este lugar?, pergunta ao garoto. Não, este não, responde. Há mais de um ano que não entro, mas está tudo igual a quando vim entrevistar o Chazarreta. Ou parece tudo igual; de fato, ele não está mais aqui. Naquele momento continuava implicado no caso da morte da esposa. Desde a primeira pergunta quis me manipular, tentou fazer da entrevista um press release a seu favor. Um cara difícil, frio, calculista, calmo e muito inteligente. E você, o que acha?, pergunta o garoto. Daquela morte? Sim. Que ele a matou ou mandou matar; ou pelo menos que o cara sabia quem a matou e por quê, mas definitivamente ele era responsável por essa morte. O garoto de Polícia para e deixa que uma mãe e sua filha de patins, que nenhuma das duas domina, cruzem a rua. Sabe o que Chazarreta disse ao operador de serviço de ambulâncias que chamou depois de descobrir a mulher morta? Não, diz o garoto. Está gravado, eu escutei a fita, disse: Por favor, venham urgente ao lote 23 do La Maravillosa, minha mulher vinha caminhando distraída, escorregou com a umidade do chão, bateu contra a porta de vidro, cortou o pescoço e está sangrando. Pode acreditar? Uma frase muito longa e elaborada para alguém que deveria estar em estado de choque, diz o garoto. E uma frase com a qual pretende levar o outro a concluir o que ele queria que concluísse: que tudo foi um lamentável acidente, explica Brena. Além disso, a menos que tenha tocado o cadáver, e ele em suas primeiras declarações disse que não tinha tocado antes da chegada dos médicos, não podia saber que o corte era no pescoço, porque sua mulher estava de barriga para baixo. E por que o inocentaram, então? Nunca vou chegar a entender. A decisão judicial diz que as provas não eram "conclusivas", e eu, só com isso que te contei, já o condenaria. Mas, claro, eu não sou juiz.

Um carro a bateria que anda na frente deles faz com que o garoto de Polícia tenha de diminuir a velocidade. No carro vai um casal que leva atrás duas sacolas com tacos de golfe, os do homem um pouco maiores que os da mulher. Um dos tacos da mulher tem na ponta uma espécie de capa curta que representa a cabeça orelhuda de um cachorro de pelúcia. Brena olha para eles e diz: Há outra vida, não? Há outra vida, sim, há muitas outras vidas, responde o garoto, a questão é estar vivendo a que a gente quer viver. É isso, confirma Brena, fica observando-o por um instante e depois acrescenta: Afinal, você não é tão estúpido. O garoto de Polícia o olha com uma expressão exagerada de surpresa diante do comentário, Brena ri. É uma piada, rapaz, você não é estúpido, só falta um pouco de rua, só isso, e falando nisso quer continuar com o treinamento? Quero, estou pronto para passar para a nova lição, já sei tudo sobre José de Zer, o Fuerte Apache e seus óvnis. De quem me ocupo agora? De Enrique Sdrech, precisa conhecer Enrique Sdrech. Sim, vi algum programa antigo que de vez em quando passa na TV. Um programa não é suficiente para conhecer Sdrech, você tem que investigar mais, por exemplo, precisa saber que balearam a casa dele com uma Itaka em 92, ou não sabia disso? Não. Bom, consiga um livro dele: *Giubileo, un caso abierto*. Lembra do caso Giubileo, não? Mais ou menos, diz o garoto para não admitir que não tem ideia do que o outro está falando. Mais ou menos, repete Brena, meu Deus, uma médica que desapareceu da face da terra sem deixar rastro em 85. Quantos anos você tinha em 85? Não tinha nascido, responde o garoto. Puta merda, diz Brena, puta merda, e fica olhando um pouco pela janela. Não tinha nascido, repete com a vista perdida no campo de golfe que aparece a sua direita. E depois continua: A doutora Giubileo desapareceu na Colônia Montes de Oca, um hospital psiquiátrico conhecido como Open Door, onde depois se soube que traficavam órgãos e usavam os pacientes como cobaias para testar novas drogas. Enfim, mais uma história trágica, sem solução. Sdrech estava obcecado por esse caso. E todos os casos não resolvidos: Oriel Briant, Jimena Hernández, Norma Mirta Penjerek. Muitas mulheres que terminaram sem justiça. Era um apaixonado. E um grande leitor. Sabe o que aprendi com ele? Que as matérias policiais não são montadas como as das outras seções, nunca se coloca na chamada um dado importante, uma revelação, isso se deixa para o final, como se fosse um conto.

Três crianças de bicicleta ocupam toda a rua e não se mostram dispostas a sair. O garoto de Polícia espera, não se atreve a tocar a buzina; não parece que isso, tocar a buzina, seja um código do lugar. Me dá a sensação de que acham que são os donos da rua, diz o garoto. São os donos da rua, ou vão ser, corrige Brena. Uma das crianças desvia para o lado da calçada e cai, as outras vão ajudá-la, o garoto de Polícia aproveita a brecha e passa. Terá se machucado?, pergunta o garoto. Problema da mãe, responde Brena. Andam um ou dois quarteirões mais em silêncio e depois o garoto de Polícia se atreve a perguntar: E você, com o que é obcecado, Brena? Jaime olha sem saber se entendeu bem a pergunta. Como Sdrech, como De Zer, você também deve ter algo que o deixa obcecado em tantos anos de carreira. Com o que sou obcecado?, não sei mais, há muitos anos eu queria ser como o Rodolfo Walsh, sabe?, ele era meu modelo, não sei se era minha obsessão, mas era meu modelo. Depois entendi que não era capaz de ser como ele. Nem eu, nem ninguém, hoje neste país não há ninguém que possa se parecer com Rodolfo Walsh. Por quê? Porque Walsh, antes de jornalista, antes de escritor, antes de qualquer outra coisa, era um revolucionário, e o jornalismo não tem mais nada a ver com a revolução. Nos aburguesamos, rapaz. Ganhamos barriga, com certas limitações fazemos o que nos pedem, recebemos um salário no final do mês, nos viramos como podemos. E tem alguns caras de pau que se acham muito ousados porque criticam o presidente ou a mídia. Ou o presidente e a mídia. Walsh teve medo? Eu, em seu lugar, teria. Hoje, papas do jornalismo, ou intelectuais entre aspas, falam com proficiência do alto de suas mesas, muitas vezes acomodados em casa ou onde estão em férias. E se acham importantes porque são "formadores de opinião".

Mas o assunto é como se forma essa opinião, que valores você respeita e que escrúpulos tem. Muitos deles dão como verdades irrefutáveis o que não é mais que a própria opinião. Ou a de outros para os quais eles trabalham. Quando um jornalista se afasta da informação para dar sua opinião, só é honesto se esclarece o que está fazendo. Pode-se opinar, mas não se pode passar a opinião por informação. A ideologia burguesa pretende passar como natural ou normal os interesses de classe. Estou viajando, rapaz? Não, não, responde o garoto de Polícia. Jaime Brena continua: Merda, nada comparável com escrever uma carta à Junta Militar e saber que no dia seguinte virão te prender. Esse era Rodolfo Walsh. Quem seria a Junta, hoje? O presidente ou os grupos de poder que pagam seu salário? Nenhum dos dois. Se não está de acordo com a linha editorial do jornal para o qual trabalha, o que deve fazer?, escrever na mesma linha dele ou pedir demissão?, há margem para uma terceira opção? Não sei. Aquele que responde com convicção a essas perguntas está mentindo. Somos todos muito covardes para nos parecer com Walsh, rapaz. Mas não me escute, veja tudo isso como besteiras de um velho, sua geração não se faz esses questionamentos. Se, quando desapareceu a doutora Giubileo, você nem tinha nascido. Incrível, rapaz. Você precisa ser um bom jornalista de Polícia, saia mais à rua e escreva bem, algo que se entenda, que tenha garra, que prenda as pessoas. E sem erros de ortografia, que isso, hoje em dia, já é pedir muito.

O carro do garoto está na frente da casa de Nurit Iscar. O som de reggaeton que chega do quintal os desconcerta. O garoto sobe incerto pelo caminho de cascalhos. Tem certeza que é aqui?, pergunta Brena. O garoto olha outra vez o mapa e verifica a direção que escreveram na Segurança: Calandria, 675. Então é aqui, confirma Brena, olha só essa Betibu, como é moderna para escolher música. Estacionam, descem do carro, o garoto toca a campainha.

Sabe como Enrique Sdrech começaria essa matéria, rapaz?, assim: "Aqui estamos, protegidos no Country Club La Maravillosa, mais precisamente na casa da escritora Nurit Iscar". Sdrech adorava a palavra "protegidos".

Um poodle sai para recebê-los. Brena olha para ele com desprezo: Esse cachorro não se parece em nada com o que imagino para mim.

14

As apresentações, as empanadas — depois que chegou a segunda rodada — e a sobremesa transcorrem dentro do esperado. Com o prematuro anúncio do delegado Venturini de que Jaime Brena viria à casa, ninguém se surpreende ao vê-lo chegar com o garoto de Polícia. No entanto, embora Carmen Terrada se emocione quando está frente a frente com ele, é incapaz de dizer mais que: Oi, muito prazer. Nurit Iscar se sente incomodada com tanta gente e a mistura de humanidades diversas em que terminou se transformando sua casa — ou a casa que ocupa —, mas tenta administrar tudo com naturalidade e aprumo. Apesar de o aprumo nunca ter sido sua virtude mais destacada. Arma-se um setor jovem na piscina e arredores, e um setor mais velho na varanda, à sombra. Eu não sei como esses jovens resistem a tanto calor na cabeça, diz Brena e acomoda o cabelo que ainda resta passando a mão pela cabeça como se fosse um pente. Nurit olha para ele, lembra quando tinha mais cabelo. Quanto tempo passou?, pergunta-se. Não se refere ao tempo que passou desde que viu Jaime Brena pela última vez — poucos dias antes — nem desde que ela deixou de ir ao jornal com regularidade quando terminou sua relação com Rinaldi — faz mais de três anos. Quanto tempo passou desde que eles, Nurit, Brena, Paula,

Carmen, tinham a idade que hoje têm seus filhos e podiam ficar sob o sol sem se preocupar com ter de colocar maiô na frente dos outros, nem com o calor, nem com câncer de pele. Quanto tempo há para trás e quanto para frente, as duas opções a deixam perturbada. Por isso, Nurit prefere não pensar em nenhuma das duas direções. Mas deixar de pensar nem sempre é uma ação voluntária e logo se encontra outra vez se perguntando como terá sido a vida de Jaime Brena quando tinha a idade de seus filhos, há trinta e tantos anos. Embora preferisse não lembrar, Nurit Iscar sabe que pulou com suas amigas da época no Obelisco no dia em que a Argentina foi campeã do mundo de futebol, em 1978. O que terá feito Jaime Brena naquele dia? Parece ter lido em alguma parte que ele militava naquela época. Carmen Terrada também, por isso teve de sair do país por uns tempos. Que diferentes os vinte anos que eles viveram dos que vivem seus filhos. Se tivesse que escolher, ela, Nurit Iscar, com que final de adolescência e de ilusão ficaria? Não sabe, não quer ser ingênua nem politicamente correta, só quer se fazer a pergunta, embora não esteja segura da resposta. Embora não queira estar segura da resposta. O garoto de Polícia, a julgar pela idade, poderia localizar-se com o grupo jovem, mas por afinidade profissional se instala na varanda. O poodle prefere a sombra, mas Nurit é definitiva com o filho: Tire este bicho de cima de mim, e o cachorro termina trancado na lavanderia sob protestos da namorada de Juan.

Às três da tarde ligam da Segurança para avisar que Viviana Mansini está na entrada, mas que não pode passar pois não tem o último comprovante de pagamento do seguro do carro. Tal como contará ela mesma mais tarde, de nada serviu que explicasse várias vezes e em detalhes que não tem o comprovante de pagamento porque o valor da apólice é debitado todo mês de seu cartão de crédito, que mostrasse o cartão da companhia de seguros, que propusesse que chamassem seu corretor de seguros, que implorasse Mudaram as regras esta semana, disse o guarda, se tivesse vindo a semana passada eu a deixava entrar, mas hoje não posso, já disse, mudou a regra, agora além do cartão precisamos do comprovante de pagamento, pena que não veio a semana passada. Por isso, porque não veio na semana passada, mas nesta e não tem o comprovante de pagamento do seguro, Mansini pede para ligar para a casa onde está Nurit para que Paula ou Carmen venham buscá-la na entrada, o que origina um movimento de carros já que o do garoto de Polícia está atrás do de Juan e este, atrás do de Paula Sibona, e, apesar de Juan nem pensar em se oferecer para ir buscar a amiga de sua mãe na porta do country — pior, dá as chaves a Paula para que ela mesma tire seu carro e possa assim sair —, o garoto de Polícia pensa nisso e se oferece, mas Paula não aceita a oferta e, no lugar, pede a Carmen que a acompanhe: Imagine a quantidade de besteiras que Viviana poderia dizer a esse garoto da entrada até aqui? Carmen concorda e já no carro pergunta à amiga: Por que continuamos gostando dela se nos tira tanto do sério? Porque serve como fio terra, e isso, além do mais, causa culpa; sempre é necessário alguém a quem se agarrar e desafogar, mas alguém que aguente estoicamente, e ela nem se altera, isso é preciso reconhecer. Ter com quem descarregar é a única maneira de proteger o resto dos mortais de nós, sentencia Paula. Certo, quase que Viviana Mansini é nossa vítima. Quase. Quase que teria que dar pena, então. Quase. Mas não me dá. Nem a mim. Continua me tirando do sério. A mim também. Não vamos para o céu. Não.

E para confirmar, para confirmar sua capacidade de tirar suas amigas do sério, pouco depois, quando o delegado Venturini aparece outra vez procurando Jaime Brena, torna-se evidente que Viviana Mansini — como Paula — gosta do moreno de bigode, mas que, além disso, quer deixar isso claro para ele. Que trabalho mais difícil o seu, delegado, o senhor deve ser muito valente, diz cinco minutos depois de conhecê-lo e sem que se tenha citado qualquer coisa do trabalho no meio da conversa desordenada que se arma entre todos eles. Carmen olha com ironia para Paula e diz baixinho: Vagabunda. Paula acrescenta: Vai terminar transando com ele. É que ela não tem problemas ideológicos. Viviana Mansini?, nem deve saber o que significa ideologia. Não é a única, olha os amigos dos garotos na piscina. Paula olha e suspira: Pele jovem, corpos jovens, risos jovens, alguma ideologia? Você trocaria um pouco de ideologia por sexo? Sim. Eu também. Não vamos para o céu, isso está mais que claro. Não. Nem vamos entrar para a galeria das grandes mulheres. Também não.

Um pouco depois, o delegado Venturini propõe uma ida à casa de Chazarreta e, claro, Viviana Mansini tenta se juntar ao grupo. Mas Carmen a detém com contundência: Vão trabalhar, não seja metida. E Viviana, embora não muito convencida, termina ficando: Bom, eu só perguntei, é proibido perguntar? O grupo que parte para a casa onde morreu Chazarreta — e antes sua mulher — está composto por Nurit Iscar, Jaime Brena, o garoto de Polícia e o delegado Venturini. Nurit propõe irem caminhando para que apreciem melhor o lugar. E fazem isso. O delegado Venturini enche de ar os pulmões abrindo e levantando com exagero os braços, como se a caminhada, o lugar, o ar que respira, a luz da tarde ou o que seja fossem algo saudável que não podem gozar habitualmente. Que cheiro tem aqui?, pergunta, eucalipto, madeira, flores? É o country, tem cheiro de country, Venturini, responde Brena, e ninguém discorda. O garoto de Polícia tira fotos com seu BlackBerry. Nurit Iscar dá uma parada para tirar algo que se enfiou no tênis e incomoda ao caminhar. Ainda não sabe o que é, se uma pequena pedra, uma semente ou um torrão de terra. Jaime Brena também para e a espera. A pedra que aparece quando ela vira o tênis é minúscula. Isso podia incomodar tanto?, se pergunta e mostra a pedra a Brena. É como o conto da princesa e do grão de ervilha, lembra?, diz ele. Não, não lembro. Ah, um lindo conto de Andersen, um teste pelo qual tinham de passar diferentes donzelas para demonstrar se eram ou não princesas verdadeiras. Tinham de deitar sobre vinte colchões debaixo dos quais a rainha mãe havia colocado um grão de ervilha, sempre há uma sogra preocupada com quem é a mulher que vai levar a joia que é seu filho, até nos contos de fadas. Só a princesa verdadeira sentiria o grão de ervilha debaixo dela e não conseguiria dormir à noite, conclui Brena. Ou seja, você está me chamando de princesa? Mais ou menos. Que galante, obrigada. De nada, Betibu. Ela se incomoda ao ouvir Brena chamá-la por esse nome. Ele nota. Te incomoda que a chamem assim? Betibu não é precisamente o nome de uma princesa de verdade, ela diz. É muito mais interessante que uma princesa de verdade, é uma mulher quase de verdade, diz Brena e a olha. Ela não responde, ele volta a perguntar: Te incomoda que a chamem assim? Não, não é o apelido que me incomoda, é a história de como esse nome chegou a mim que às vezes me perturba. E como chegou?, pergunta ele. Então Nurit Iscar, sem saber por quê, como se falasse com um amigo de toda a vida, responde: Assim me batizou Lorenzo Rinaldi, há alguns anos. Lorenzo Rinaldi, é o que ele diz?, que achou você parecida com Betty Boop? Sim, no dia em que nos conhecemos num estúdio de televisão. Olha só... Lorenzo Rinaldo diz que te batizou. Não, eu estou dizendo que ele me batizou, foi o primeiro que me chamou assim. A propriedade intelectual sempre é matéria controversa, diz Brena. Por que está dizendo isso?, pergunta Nurit. Por nada, responde ele e muda de assunto: Como é viver no La Maravillosa?, pergunta no momento em que o garoto de Polícia, uns metros à frente, se vira e tira uma foto deles. Eu não sinto que vivo aqui, responde ela, sinto que trabalho neste lugar, só isso. Mas é um trabalho em regime de pupilagem. Sim, e ser pupilo não é fácil, diz ela. Posso imaginar, responde Brena. Embora também não pareça ser tão ruim passar uns dias em um lugar como este. Suponho que não, depois que você supera a síndrome de abstinência da cidade, começa a olhar com mais carinho. Relaxe e desfrute, então. Vou tentar, diz ela. Eles se entreolham, sorriem, baixam o olhar e por um tempo caminham em silêncio.

É evidente que o grupo que formam chama a atenção das pessoas com quem cruzam. Nurit nota, mas não comenta. Já sentiu isso outras vezes. O olhar que determina o "eles" e o "nós". Antes pensou que era devido ao livro que levava aberto para ler enquanto caminhava. Mas agora não carrega nenhum livro, então se pergunta o que é isso que indica a todos que eles são estrangeiros, intrusos, aliens. Pode ser o terno esporte e a calça cinza do delegado Venturini, inadequado para um country num sábado à tarde, sem mencionar o lenço de seda com motivos búlgaros que se vislumbra saindo do bolso superior do terno; ou os mocassins de sola de couro de Jaime Brena, que raspam contra o asfalto e parece que vão arrancar chispas, ou a camisa branca que usa desabotoada no pescoço, mas com colarinho. Os dois que melhor podem se mimetizar com a paisagem são Nurit Iscar — sabe porque procurou intencionalmente fazer isso na hora de se vestir — e o garoto de Polícia. Ela foi estudando o código de vestimenta durante esses dias de estada no La Maravillosa e, embora ainda não se atreva a usar calças esportivas, entendeu que jeans e tênis não chamam a atenção de ninguém e isso é o que usa, dia e noite. O garoto de Polícia se mimetiza porque usa calça cáqui, como as de trabalho, com muito bolsos, tênis e uma camiseta branca de gola redonda. Embora uma roupa claramente esportiva e de marca teria feito com que passassem mais despercebidos ainda.

Enquanto o grupo caminha, agora em silêncio, na casa Carmen Terrada prepara mate, Paula Sibona — totalmente vestida — tenta se bronzear embora só no rosto com os últimos raios do sol da tarde, os filhos de Nurit e seus amigos improvisam uma pelada no jardim diante da piscina, a namorada de Juan e sua irmã cuidam do poodle que se estressou depois de tanto tempo latindo trancado na lavanderia e Anabella pega guardanapos sujos, copos usados, restos de comida, cocô de cachorro e cigarros fumados ou semifumados espalhados ao longo do jardim. Para os que, por outro lado, caminham pelo La Maravillosa, a casa de Chazarreta agora aparece depois de uma curva, no fundo de um beco sem saída. O perímetro continua rodeado por uma tira de plástico vermelha e branca que, embora não traga nada escrito, claramente indica, a quem não quiser se fazer de tonto, proibido passar. E não é que eles queiram se fazer de tontos, apenas contam com a permissão e a companhia do delegado Venturini. Mas, antes de entrar, Venturini tem que dar mais explicações ao guarda de segurança privado do La Maravillosa do que ao efetivo inteiro da Bonaerense com quem, segundo disse, já tinha combinado a coisa algumas horas antes. Não porque o guarda respeite mais as leis do país, mas porque segue à risca as ordens de seus superiores — o gerente e o dono da empresa de segurança contratada pelo country —, e seus superiores mandaram que nessa casa não entre ninguém. E ninguém é ninguém. Então, só depois de duas ou três ligações que o delegado Venturini faz de má vontade, o guarda recebe por rádio a autorização da parte de seus superiores e, finalmente, todos entram se agachando por sob a fita plástica. Desculpe, eu só cumpro ordens, disse mais uma vez o homem da Segurança. Está bem, está bem, querido, diz Venturini, e se agacha também, mas antes de cruzar a fita volta e pergunta: Conhece a história de San Martín, das botas de sola e do paiol? Não, não conheço, diz o homem. Lembre-me quando eu sair que se tiver tempo eu te conto, querido, promete o delegado Venturini e se agacha outra vez para entrar no perímetro.

Agora, o grupo avança pelo mesmo caminho pelo qual supostamente Gloria Echagüe avançou na tarde em que morreu degolada. E entram na sala pela porta-balcão que ela atravessou sem abrir. O delegado Venturini tira um lenço e com ele move a maçaneta para não deixar novas digitais. Por precaução, diz a Brena e pisca um olho. Então, adverte a todo o grupo que o acompanha: Não toquem em nada, mesmo que já tenham sido feitas as diligências do caso, tudo precisa ficar tal como encontramos, certo? Certo, respondem Brena, Nurit e o garoto de Polícia quase em uníssono. Começam o percurso pelo térreo e mais especificamente pela cena do crime: a sala. O ambiente tem *boiserie* lustrada e cara, adornos de prata, cristais, quadros de pouco valor, mas com molduras excessivamente decoradas com pátina dourada que tentam parecer antigas. Nada do que se vê coincide com uma decoração country, mas com uma estética mais tradicional ou conservadora, como a que poderia ser encontrada em um apartamento de Belgrano ou Recoleta. Um bar feito de madeira polida e bronze com diferentes tipos de bebidas: gim, vodca com manga, uísque — da mesma marca que Chazarreta tomava na noite de sua morte —, licor Baileys. Um tapete *kilim* debaixo da mesa da sala de jantar, de cerejeira, e outro menor debaixo da mesa de centro da sala, da mesma madeira. Sofá de três lugares em forma de L, de veludo verde, e almofadas listradas em diferentes tons de verde, marrom e bordô. Duas luminárias com base de bronze e tela branca sobre duas mesas pequenas de mármore de Carrara, em cada extremidade do sofá. Mas o que por fim concentra a atenção do grupo é a poltrona de veludo verde, na frente da janela, manchada de sangue. A poltrona onde morreu Chazarreta naquela madrugada. Nurit, o garoto de Polícia e Jaime Brena, sem tê-lo proposto, encontram-se parados diante dessa poltrona ao mesmo tempo. Nurit se impressiona mais que os homens, mas não pelo sangue, nem pela morte que o sangue evoca, mas pela referência literária. Chazarreta terá sabido, antes de morrer, como estava próximo da cena final de "Continuidade dos parques"?, pergunta e sem esperar resposta continua: Chazarreta não lia quando o mataram, mas talvez, enquanto estava sentado aí, tomando uísque, pensasse em um crime, pensasse em um intruso que invadia uma casa e degolava uma pessoa, e soube, no final, um instante antes de morrer, que alguém faria isso, que alguém viria por trás e lhe cortaria o pescoço. Acha que Chazarreta terá lido Cortázar?, pergunta Brena enquanto o garoto de Polícia tira fotos da poltrona e depois anota no BlackBerry, "Continuidade dos parques/Cortázar", e procura na internet. Acredito no acaso e que a cena pode ter acontecido mesmo que ele nunca tenha lido Cortázar. Talvez tenha lido, no colégio secundário, continua Nurit, todos conhecemos Cortázar no secundário. Depois fica pensando uns segundos e, devido a essa cadeia de pensamentos que provoca a livre associação, pergunta: Que escola secundária terá frequentado? Quem responde é Jaime Brena: Nunca pensei em averiguar isso. E depois é ele quem, por sua vez, pergunta: Mudaria alguma coisa saber isso? Acho que não, ela diz. Por algum motivo você pensou nisso, ele diz. Curiosidade, certamente, responde Nurit. Ou acaso, diz Brena, o pensamento também é acaso, e você mesma acaba de dizer que acredita no acaso. Nurit Iscar olha para o garoto e pergunta: Você leu Cortázar no secundário? E o garoto responde: Sim. Mas não olha para Brena quando diz isso, quando diz que leu Cortázar, porque sabe que seu colega de *El Tribuno* vai se dar conta de que está mentindo. Ou meio que mente, porque leu Cortázar, mas "Casa tomada". E se alguma vez leu algo relacionado a uma poltrona de veludo verde e à continuidade dos parques, não se lembra. Na lista que aparece no buscador do Google está o texto do conto, mas não dá para ficar lendo ali, na frente deles, e em uma tela tão pequena. O delegado Venturini se aproxima e propõe que façam a visita guiada pelo resto da casa. Decidem terminar primeiro com o térreo. Vão para a cozinha, um ambiente impecável, de cerâmica branca e chão cor de tijolo, com uma ilha de mármore negro no meio da qual estão dependuradas algumas panelas e louças de formatos diversos que não parecem ter sido usadas mais que umas poucas vezes. O garoto se aproxima e mexe em alguns utensílios de aço cirúrgico: uma concha primeiro e depois uma escumadeira. Sem tocar, censura Venturini, e o garoto logo tira a mão. Os eletrodomésticos à vista são os mesmos que poderiam ser encontrados em qualquer casa do La Maravillosa: geladeira duplex, micro-ondas, cafeteira Nespresso, waffleira, cooktop e forno elétrico. Que estranho que a máquina de lavar esteja na cozinha, diz Brena. É uma lava-louças, corrige Nurit. Uau, isso me cairia muito bem, continua Brena. Para você, o melhor seria uma mulher, não uma lava-louças, querido, ri o delegado Venturini. Também acho, atreve-se a dizer o garoto. Nurit, claro, não acha graça da piada: Ah, que bom para qualquer mulher saber que ela está acima de uma lava-louças. Os três homens se entreolham e sabem que é melhor não dizer mais nada relacionado a lava-louças nem a mulheres. Nem sequer como piada. A segunda escala é a lavanderia, quase tão organizada quanto a cozinha. Uma máquina de lavar industrial que certamente excedia as necessidades de Chazarreta, e ainda as dele e as da mulher quando estava viva. Uma secadora de roupas. Dois tanques. Sobre um deles há uma placa de metal, semelhante às que anunciam os nomes de ruas, só que menor, que diz: não usar alvejante neste setor. Estantes. Varais ocultos detrás de biombos tal como exige o regulamento do La Maravillosa. Churrasqueira, piscina, depósito. Sobem para o segundo andar. Quando se sai da escada aparece uma sala de estar com televisor LCD, DVD, equipamento de áudio, poltronas cômodas mais fofas e amigáveis que as da sala. Um pequeno banheiro, quase um lavabo. E depois um corredor que distribui os quartos do andar de cima: primeiro um escritório, depois um quarto de hóspedes — certamente os Chazarreta foram dando novos usos aos quartos que por um tempo guardaram outras formas sustentadas na esperança de que chegasse um filho, pensa Nurit. E, por último, a suíte do casal: um quarto que está extremamente organizado e acaba ficando evidente que agora é — ou até pouco tempo atrás foi — um quarto de homem. Isso fica demonstrado pelas cores escuras da colcha, os artigos de perfumaria que há no banheiro, o assento da privada levantado. Seria assim quando Gloria Echagüe estava viva?, pergunta-se agora Nurit, mas não transmite sua pergunta aos homens que a acompanham. Teria ela permitido que o masculino invada desse modo o ambiente dividido?, teria cedido nisso?, ou a decoração do quarto que também era dela será hoje o produto da mudança que a viuvez produziu em Chazarreta? Saem dali, e voltam pelo corredor. O quarto de hóspedes tem duas camas de solteiro, dois criados-mudos, um guarda-roupas, um televisor de muito menos polegadas que o que se encontra ao sair da escada, mas também LCD, uma cadeira de balanço e uma cômoda. E no quarto que funcionava como escritório de Chazarreta há uma grande mesa e sobre ela: um computador, uma impressora, uma bandeja — certamente para deixar os papéis pendentes —, alguns envelopes de contas a pagar, uma agenda. Duas cadeiras, uma de cada lado da mesa; um globo terrestre antigo; uma pequena biblioteca na qual os livros e os adornos compartilham com equanimidade as poucas estantes disponíveis. Os adornos são lembranças de viagens: cerâmicas peruanas; três porta-comprimidos de metal dourado de diferentes tamanhos com desenhos negros típicos de Toledo; miniaturas de cristal de Murano; algumas pedras e caracóis. Os livros são de autores estrangeiros best-sellers — os norte-americanos Sidney Sheldon e Irving Wallace ou o africano Wilbur Smith —, de divulgação de temas atuais — escritos por jornalistas, ex-funcionários, políticos, economistas — e alguns clássicos da literatura universal e nacional encadernados em couro azul pertencentes a uma coleção que saiu faz alguns anos para compra opcional com o jornal *La Nación — Cem anos de solidão, O leopardo, A cruz invertida, O túnel*. Com seu BlackBerry, o garoto de Polícia tira fotos dos livros, primeiro de todos em conjunto, depois em detalhes ou por grupos para que, se necessário, seja possível ver autores e títulos. Tira algumas fotos mais, quase por acaso, e quando termina a tarefa percebe que Jaime Brena e Nurit Iscar não estão mais parados atrás dele, esperando que termine, mas perto da janela, onde há uma mesa cheia de porta-retratos. Chazarreta e Gloria Echagüe; Gloria Echagüe sozinha, os dois com outro casal; Chazarreta recebendo um prêmio de golfe ao lado de um colega; Gloria Echagüe em um torneio de tênis; Gloria Echagüe e duas crianças; essas duas crianças maiores, ao lado de um casal, provavelmente seus pais; Gloria Echagüe com um grupo de amigas há muitos anos, talvez quando fizeram sua viagem de formatura, porque a paisagem que se vê atrás parece Bariloche. O garoto olha para eles, estão de costas, quietos, imóveis, sem falar. Tira uma foto da cena, assim como estão: as costas de Nurit Iscar e Jaime Brena em frente a uma mesa cheia de fotos perto de uma janela. Tira a foto porque gosta dessa imagem ou se sente inquieto diante dela. Brena escuta a câmera disparar perto dele e se volta: Vem, rapaz, vem, tira uma foto aqui, pede. O garoto se aproxima. Nurit também se afasta de lado para que o garoto de Polícia trabalhe à vontade. De todas ou de alguma em especial? De todas, responde Nurit. De todas, repete Brena. Mas então, quando o garoto dá um passo para frente e se acomoda, parece que pela posição que adota vai deixar um porta-retratos fora do enquadramento. O porta-retratos da ponta também, pede Nurit. Sim, rapaz, deste também, reafirma Brena. Mesmo que não tenha foto?, pergunta. Mesmo que não tenha foto, responde Brena. O garoto dá um passo para trás e corrige o enquadramento. Agora sim, consegue incluir, tira uma foto completa que incorpora o porta-retratos da ponta: vidro, moldura e fundo, mas nenhuma imagem dentro, um porta-retratos vazio.

E depois, sem dizer nenhuma palavra, os três saem do escritório e dão por terminada a visita. No jardim, está esperando o delegado Venturini, que saiu um pouco antes para fumar um cigarro. O guarda conversa com um vizinho do La Maravillosa. O homem, com equipamento esportivo Nike completo, dos tênis ao boné, parece atento à saída do grupo, na verdade os observa detalhadamente e sem disfarçar. No entanto, antes que terminem de passar por sob a fita plástica, cumprimenta o guarda com uma palmada no ombro e vai embora. Uns metros mais à frente, o homem para e começa a se alongar. Tchau, querido, diz o delegado Venturini ao guarda. E?, não vai me contar aquela história de San Martín e o soldado?, pergunta o guarda. Ah, sim, vou te contar, mas só o conceito porque estou com pressa, um resumo: o soldado tinha de cuidar do paiol de munição e era ordem de San Martín que ninguém entrasse de botas, por causa das chispas, sabe?, chispa mais pólvora, explosão, entende?; mas aquela noite quem quis entrar usando botas foi o próprio San Martín e, embora tenha insistido e usado sua autoridade, o soldado não deixou. O que você acha? O guarda não responde. Você teria feito o mesmo? O guarda duvida. Sabe o que fez San Martín no dia seguinte? Condecorou o soldado, foi o que fez. Entendeu?, condecorou. Gostou da história? Sim, sim, diz o guarda, obrigado. O delegado está indo embora, mas volta e diz: Outros tempos, querido, outros tempos, essa é a lição, que os tempos mudaram. E depois acena com a mão e parte ao lado do grupo com o qual viera. Mas então é Nurit quem para, vai até onde está o guarda e pergunta: Quem é este homem?, apontando na direção em que o vizinho enfronhado em Nike se distancia. Luiz Collazo, amigo de Chazarreta, responde o guarda, passa todos os dias pela casa, dá pra ver que não se acostumou. Nurit fica olhando para ele, então o vizinho, como se o pressentisse, vira e dá com ela de olhos cravados nele. No entanto, ela não baixa o olhar, fica assim, tentando registrar essa cara com a qual sabe que já cruzou outras vezes desde que está no La Maravillosa. O homem vira e começa a correr, meio sem jeito e com pressa. Parece um homem nervoso, comenta Nurit para o guarda. É... desde que mataram Chazarreta, as coisas mudaram por aqui, não para todos, alguns andam como se não tivesse acontecido nada, mas para outros a coisa mudou. Entendo, mudaram ainda mais que depois que mataram Gloria Echagüe, não?, pergunta Nurit. Sim, a verdade é que sim, muito mais, diz o homem.

Nurit fica um instante ali, olhando para a casa. Jaime Brena vai buscá-la, aproxima-se de onde ela conversava com o guarda: Outra pedra?, pergunta. Sim, ou um grão de ervilha verdadeiro, já veremos, diz Nurit Iscar. E iniciam a volta para casa.

15

No caminho para a casa que Nurit Iscar está ocupando, Jaime Brena conta ao delegado Venturini sua inquietude a respeito do porta-retratos vazio. Mas o delegado é taxativo: Parece uma bobagem, querido, você não tem um porta-retratos vazio na sua casa? Nem vazio nem com foto, não tenho porta-retratos em casa, responde Brena. Bom, eu tenho, faz três meses que tenho um sobre o criado-mudo e não acho foto para colocar nele, será que vão me matar? Nurit Iscar também achou que aí pode ter algo. Ai, escritores, vocês e suas fantasias! Eu não sou escritor, sou jornalista. Dá no mesmo, Brena, não, não percam tempo seguindo pistas falsas, vocês devem se dedicar a escrever, que é o que fazem bem, e nos deixem fazer o que sabemos. A César o que é de César, não é assim, querido?

O delegado Venturini se despede, os outros entram na casa. Por que um porta-retratos vazio deixou vocês assim?, pergunta o garoto de Polícia quando estão só os três, Nurit Iscar, Jaime Brena e ele, sentados na sala. Porque interrompe a série, diz Brena. Porque o que está nos fala e o que não está nos interroga, diz Nurit e depois pergunta, quem ocupava aquele espaço?, por que não ocupa mais?, desde quando?, onde está agora a fotografia?, quem a tirou? Perguntas que Nurit Iscar faz sem esperar que ninguém responda. No entanto, o garoto tenta uma explicação: A resposta pode ser decepcionante, por exemplo, que alguém tenha dado de presente a Chazarreta um porta-retratos no último momento, poucos dias antes de sua morte, e que ele não tivesse escolhido ainda nenhuma foto para colocar. Não era novo, o vidro tinha uma rachadura no ângulo inferior direito, responde Nurit, e a moldura de bronze tinha essas manchas que aparecem no metal com o passar do tempo. Por outro lado, é idêntico ao porta-retratos que tem a imagem de Gloria Echagüe e suas colegas de secundário, diz Brena. Apostaria que a relação entre os dois porta-retratos também estava na imagem, rapaz, e que o vazio tinha uma foto de Chazarreta e seus colegas de secundário. O garoto de Polícia pega o BlackBerry e confirma as descrições que Nurit Iscar e Jaime Brena fazem sem duvidar, como se tivessem agora esses porta-retratos diante de si. Além disso, diz Nurit, a casa de Chazarreta é a casa de um obsessivo: as camisas arrumadas por cor, as garrafas do bar organizadas por altura da maior à menor, as toalhas todas de cor branca, os panos de prato todos de xadrez vermelho e verde. E um obsessivo não coloca sobre uma mesa destinada a expor fotografias um porta-retratos vazio, deixa-o na caixa, embalado, até encontrar o que colocar dentro, conclui Nurit. Esse porta-retratos teve uma foto que por algum motivo não está mais ali, tenho certeza, diz Brena, e Chazarreta o deixou no lugar porque fala, porque diz algo; senão, não teria conservado um porta-retratos com um vidro rachado. O garoto fica em silêncio, tanta argumentação lógica o deixa agoniado. Apesar da opinião de Venturini, diz Nurit Iscar, não gostaria de descartar esse assunto sem explorá-lo um pouco, não me perdoaria por isso. Estou com você, Betibu, afirma Brena. Viviana Mansini abre a porta sem bater e pergunta: E o delegado Venturini? Foi trabalhar, responde Jaime Brena. Nós também estamos trabalhando, diz Nurit intencionalmente. Que pena, se queixa Viviana, preparei uns bolinhos de banana e queria que ele provasse, vocês querem? Queremos, diz Nurit, peça a Anabella que traga uns para nós com algo para beber. Mate?, pergunta. Mate, assentem o garoto de Polícia e Jaime Brena.

Nurit propõe perguntar a Luiz Collazo pela foto que falta. Pede seu telefone na Segurança e liga, mas, quando se apresenta — sou Nurit Iscar, estou trabalhando para o *El Tribuno*, recentemente a gente se cruzou na porta da casa de Chazarreta —, quem atende do outro lado desliga sem falar nada, e Nurit fica escutando o tom de ocupado. Tenta outra vez: ocupado. Tenta mais uma vez: ninguém responde. É evidente que Collazo não tem interesse em falar com a gente. Quem pode saber quais fotos ocupavam os porta-retratos de um homem que vivia só?, pergunta-se Nurit e pergunta aos demais, algum parente?, algum outro amigo mais sociável que Collazo? Pelo que sei, parentes só tinha poucos e distantes, e não acho que Chazarreta deixasse muitos amigos entrarem em seu escritório, diz Brena, mas poderíamos tentar, se soubéssemos que outros amigos tinha, claro. Por um tempo todos se calam, como se precisassem deixar a mente trabalhar em silêncio. O garoto de Polícia observa o porta-retratos vazio na tela do BlackBerry procurando alguma pista. Depois se levanta e vai até a janela, é atraído pela pelada que os filhos de Nurit e seus amigos acabam de jogar. Fica tentado. Os pés se mexem. Mas, embora por momentos se sinta um estorvo, está ali para outra coisa, para trabalhar e para aprender. E, nas últimas horas, o curso de jornalismo policial ao qual foi convidado passou de intensivo a intensivíssimo. A porta se abre e entra Anabella com os bolinhos e o mate. Precisam de algo mais?, pergunta. Não, obrigada, diz Nurit. Depois me diga se estão bons, pede a mulher. Ah, você é que fez?, pergunta Nurit não muito surpreendida. Sim, claro, responde Anabella, quem poderia ser, e se dispõe a sair. Mas antes de sair o garoto de Polícia a impede: Sim, algo mais, diz, uma pergunta, conhece a mulher que trabalhava na casa de Chazarreta quando o mataram? Gladys Varela, responde Anabella, é esse o nome dela, saiu na televisão. Sim, eu também a vi na televisão, mas você, além disso, a conhece?, sabe onde pode ser encontrada? Eu a conheço pouco, mas tenho seu número no meu celular. Ligue para ela, diz o garoto, ligue e diga que somos jornalistas, que trabalhamos para o jornal *El Tribuno* e que queremos conversar um pouco com ela. Nurit e Brena ficam olhando o garoto de Polícia surpresos por sua acertada intervenção, não porque não achassem que fosse capaz, mas porque finalmente o garoto parece ter despertado. Eu ligo sim, diz Anabella, pego o celular na cozinha e ligo. A mulher vai fazer o que acabam de pedir. O garoto sorri satisfeito com sua sorte de principiante. Não fique orgulhoso, diz Brena, mas está aprendendo; não há nada que fazer, se alguém quer aprender, aprende. E o garoto, mesmo não ficando orgulhoso, sente-se bem.

Uns minutos depois, aparece Anabella com o celular em mãos. Gladys Varela pergunta quanto vão pagar para ela. Diga a Gladys que somos jornalistas sérios e que jornalistas sérios não pagam por suas matérias, responde Jaime Brena. Mas pagaram para ela ir à TV, insiste a mulher. Por isso, diz Brena, porque foi à TV; nós não, diga que o *El Tribuno* não paga pelas matérias, mas que se nos ajudar vamos fazer uma foto bem linda dela e vai sair em um dos jornais de maior circulação no país, uma foto muito grande, um quarto de página, diga. Escutou, Gladys?, pergunta Anabella ao telefone e espera a resposta da mulher. Há um silêncio curto e depois: Tudo bem, digo pra ele, fala Anabella no celular, depois olha para Brena, que até agora é quem parece estar negociando, e continua: Gladys diz que vem, mesmo não pagando, pela foto no jornal, que não gosta de como a trataram na televisão, já vai contar pra vocês, mas vem pela foto, e com uma condição: que a façam entrar por "Visitas". Brena fica olhando, não entende o que a mulher pede quando diz "entrar por Visitas". Que a façam passar pela entrada de vocês, tenta explicar Anabella: Gladys vai até a estrada, toma um táxi e passa pelo portão do country por onde entram as visitas; caso contrário, não vem. Porque ela não vem trabalhar como fazia antes, vem porque vocês pedem, porque vocês convidam. E precisam pagar o táxi. Sim, está bem, responde Nurit, que depois de uma semana vivendo ali entende mais rapidamente que os outros o que a mulher pede. Mas avise na Segurança, adverte Anabella, senão vão obrigá-la a entrar pela de serviço, e se não cumprirem ela vai embora e não volta. Eu aviso, e cumpro, calma, confirma Nurit. Pronto então?, pergunta Anabella ao telefone e depois confirma: Em meia hora ou um pouquinho mais ela está por aqui. A mulher desliga o celular e vai embora. Por que coloca como condição entrar pelo portão de visitas?, pergunta o garoto. Para sentir, mesmo que seja uma vez, que ela entra pela mesma porta que os demais, responde Nurit. Não acredite que nos sentimos muito melhor quando passamos por "Visitas", esclarece Brena. Não se trata de como a tratam, mas de como a chamam, diz Nurit.

Uma hora depois, Gladys Varela toca a campainha. Nurit Iscar a recebe, a faz entrar e a apresenta aos outros. Não havia táxi, tive de esperar uns vinte minutos, desculpa-se a mulher, então falei para que esperasse lá fora porque senão, para ir embora, vou ter que esperar muito, vocês me pagam também a espera e a volta, não? Sim, claro, diz Brena. É evidente que a mulher se vestiu com suas melhores roupas: saia preta, camisa branca brilhante, sapatos de salto, carteira imitando couro. Gladys Varela se senta e, mais uma vez, se dispõe a ser entrevistada. Conto sobre aquele dia?, pergunta. Não, isso já sabemos, diz Brena e, embora não tenha tido a intenção de ser brusco, só de acelerar o processo, a mulher fica desconcertada pela forma taxativa com que ele o diz. E para que me fizeram vir até aqui, então? É o garoto quem coloca a cota de cortesia e manipulação necessária: Já vimos você contar tudo na TV. Ah, me viram, diz ela com orgulho que se nota. E no YouTube, diz o garoto, eu te vi também no YouTube. Sim, os meninos me disseram que estou lá, eles viram no cibercafé. Muita gente viu no YouTube, tem muitas visualizações, conta o garoto. Mas os da TV não cumpriram o combinado, me deram menos dinheiro e não me pagaram as despesas, queixa-se a mulher. E me colocaram só um dia, tínhamos combinado que eu ia aparecer três vezes, três, entende?, e uma à noite. À noite as pessoas veem mais TV. Eu conto a vocês que nem meu marido conseguiu me ver. Os meninos vão levá-lo ao cibercafé para que me veja, mas não dá tempo, meu marido nunca tem tempo, diz Gladys Varela e permanece apenas meneando a cabeça, como se esse movimento refletisse alguma queixa presa entre os dentes que não conseguirá terminar de esclarecer. Então?, pergunta a mulher, para que me chamaram? Chamamos porque queremos perguntar um detalhe, por algo que há na casa e que chamou nossa atenção, diz Jaime Brena. Vocês entraram na casa?, pergunta a mulher. Sim, com a polícia. Quando? Faz pouco tempo. Deve estar tudo muito sujo. Nem tanto, diz Brena. Sim, deve estar muito sujo, ninguém limpa lá desde que parei de ir, e aqui entra terra e junta. Os homens não percebem, interrompe Nurit, mas sim, havia muito pó. Estou dizendo, diz Gladys Varela, aqui o pó entra. Nós queríamos perguntar concretamente por um porta-retratos que está no escritório do senhor Chazarreta, um que não tem foto, Brena volta ao ponto. A mulher agora se põe tensa, tanto que parece que lhe passa pela cabeça a ideia de ir embora. Sabe de que porta-retratos estamos falando? Mas a mulher não responde. Agarra a bolsa, aferra-se a ela como se estivesse preparada para sair em disparada a qualquer momento. Aconteceu algo?, pergunta o garoto. Que importância tem o porta-retratos?, diz ela. A foto nos interessa, diz Brena. A mulher fica pior. São advogados de Chazarreta?, pergunta. Não, nega Brena com veemência e não entende o que acontece com a mulher — para ele, para Jaime Brena, que o confundam com um advogado está bem longe de ser um elogio. Nós somos jornalistas, por que acha que podemos ser advogados de Chazarreta? Ele disse que se a foto não aparecesse ia chamar seu advogado e a polícia. Quando disse isso? Quando sumiu a foto. Mas quando foi isso. Há uns meses, ou um ano, não lembro mais, acreditei que estivesse tudo esclarecido, ou que pelo menos o patrão soubesse que não tive nada a ver com isso. Com quê? Com a foto que estava faltando. Chazarreta primeiro me culpou, mas um dia falou que tinha percebido que eu não tinha nada a ver, reconheceu, mas não me pediu desculpas, isso não, e depois não tocou mais no assunto. Fiquei muito mal, não mexo em nada que não seja meu. Eu não mexo em nada. Para que vou querer uma foto? A mulher olha preocupada para eles e insiste mais uma vez: Como sei que vocês não são advogados? Ela é escritora e nós dois somos jornalistas do *El Tribuno*, diz o garoto de Polícia, se não acredita podemos ligar para o jornal. Gladys Varela o interrompe: Não, está bem, acredito no senhor, diz ao garoto. A mulher pede um copo de água. Nurit sai da sala e o traz. A mulher bebe. Para mim era assunto encerrado, eu esqueci, não gostei do que me disse o senhor, mas esqueci, se a gente trabalha em um lugar não pode ter coisas pendentes com o patrão, diz e deixa Jaime Brena pensando em quanto ele tem pendente com os seus e há quanto tempo. Para que vou querer essa foto. E que foto era, o que retratava?, pressiona o garoto. Era uma foto de muitos anos, dele e uns amigos, deviam ser quatro ou cinco, colegas do colégio secundário. Jaime Brena e Nurit trocam olhares. Havia dois porta-retratos iguais, em um estava sua mulher com as colegas de colégio e no outro o senhor Chazarreta com os dele. Sabe em que escola secundária estudou Chazarreta?, pergunta Nurit. É..., lá na foto dizia, mas nunca prestei muita atenção, tinham uma bandeira na frente, todos a seguravam, e era um santo, mas não são Paulo, nem são Pedro, nem santo Agostinho, não sei, um santo estranho. Um santo não muito conhecido, entendem?, por isso não lembro. E por que acha que para Chazarreta era tão importante? Não sei. Mas, por cúmulo do azar, pouco tempo depois morre um amigo que estava nessa foto. Uma desgraça. Logo um que estava nessa foto. Sabe o nome desse amigo?, pergunta Brena. Sim, Gandolfini, era sócio daqui, do La Maravillosa também, tinha casa de fim de semana. Morreu na Panamericana. Gostava de correr, dizem, e um dia deu com a cara num poste. Chazarreta ficou mal, imaginem. Não era de falar, não falava nada, mas às vezes, depois do uísque, dizia alguma coisa. E não era para menos. Primeiro a mulher, depois o amigo. Talvez alguém tenha feito um trabalho contra ele com essa foto. Porque é muita coincidência. É preciso ter muito ódio para fazer um trabalho assim, diz Gladys Varela e depois fica em silêncio, apertando algo que leva sobre o peito, sob a camisa, e que eles não conseguem ver. Um trabalho, repete, alguém deve ter feito um trabalho contra eles, eu disse. A que se refere exatamente quando diz um trabalho?, pergunta o garoto de Polícia. A isso que fazem os que sabem magia negra, vodu. Uma maldição. Rezam para alguém, pedem para acontecer alguma desgraça a outro. Tenho certeza de que foi um trabalho; senão, o quê? Primeiro não me dei conta, porque quando entrei para trabalhar a mulher já tinha morrido. Mas depois foi Gandolfini, o próprio Chazarreta, e um pouco antes o que morreu na neve, na neve dos Estados Unidos acho, porque aqui era verão. Como?, diz Nurit, mas a mulher em seu entusiasmo não a escuta. Isso não é coincidência, é alguém que reza e deseja o mal, é uma maldição, conclui Gladys Varela. Quem morreu na neve?, insiste Nurit. Outro amigo de Chazarreta, diz a mulher, em um acidente, esquiando. Não entendo, diz Brena, o da neve também estava na foto? Sim, Chazarreta, Gandolfini, o da neve, os três mortos, diz a mulher. Você se lembra do nome do que morreu esquiando?, pergunta o garoto. Não, não me lembro, diz a mulher, mas também tinha casa aqui, foi poucos meses depois do Gandolfini. Talvez Anabella lembre, e se não a gente descobre, alguém deve lembrar. Todos falavam do assunto, imaginem, sai de férias com toda a família e morre. E o cara sabia esquiar bem, tinha prêmios e tudo, dizem, uma desgraça. Gladys se interrompe, bebe um pouco mais de água. Nurit, Jaime Brena e o garoto de Polícia, mesmo querendo parecer calmos, não conseguem esconder o assombro. O garoto de Polícia tenta: Então, vamos resumir, na foto você disse que apareciam cinco colegas da escola secundária de Chazarreta. Quatro ou cinco, no máximo, acho que cinco com Chazarreta, deve ser. Ou seis, duvida a mulher. E, desses quatro, cinco ou seis, três estão mortos, afirma Jaime Brena, embora na verdade esteja perguntando, e depois enuncia os nomes: Chazarreta, Gandolfini e o esquiador. Sim, três mortos, repete Gladys Varela. Três mortos, diz outra vez Brena. Três mortos, sussurra Nurit. É isso, é um trabalho, uma maldição, insiste Gladys; senão, não podem morrer todos assim do nada. Sem contar que já estava morta a esposa. E vai saber se isso termina aqui, diz a mulher, e Nurit estremece. Alguém rezou para que caísse uma desgraça em cima. E a desgraça caiu.

Os três — Nurit Iscar, Jaime Brena e o garoto de Polícia — estão chocados com a revelação, mas o que sentem é um estranho misto de excitação e perplexidade. E o garoto de Polícia, além disso, está impressionado com a intuição dos colegas. Além de qualquer explicação lógica que eles queiram encontrar para o assunto, ele começa a suspeitar de que em tudo isso — e quando pensa em "isso" é porque não consegue encontrar outras palavras: morte, crime, assassinato — há uma conexão, uma certa percepção especial que Nurit Iscar e Brena sentiram — sentiram, não pensaram — quando se depararam com aquela mesa cheia de porta-retratos, que o que estava vazio escondia uma chave. Um dom, diz o garoto a si mesmo, esses dois têm um dom.

Gladys Varela avisa que precisa ir, que a esperam em casa. Ninguém a impede, eles não têm muito mais a perguntar por enquanto e precisam ficar sozinhos para poder organizar a cabeça. É muita informação, muitas pontas soltas para seguir, muitas dúvidas novas. E a foto?, pergunta Gladys antes de sair. Nurit e Jaime Brena não entendem a pergunta, continuam impressionados, não conseguem pensar em outra foto que não seja a dos mortos que acabam de conhecer. O garoto reage e pega o BlackBerry. Agora, diz. É com isso que vai tirar?, pergunta a mulher. Sim, tira melhor que uma câmera, defende-se o garoto, e mostra como se enxerga a tela quando se enquadra para tirar uma foto. Ah, diz ela, melhor que uma câmera? Melhor que uma câmera, repete o garoto. Além disso, como tem conexão com a internet, mando daqui direto para o jornal e você pode ver na edição de papel ou no cibercafé. Ah, sim, vejo no ciber, diz ela e depois: Onde fico?, pergunta. Perto da janela, diz o garoto, ajeita a mulher no lugar, toma distância, enquadra e tira a foto. Mostra a Gladys Varela, gosta?, Sim, não?, diz ela. Sim, saiu muito bem, confirma ele, de qualquer forma vou tirar mais duas por via das dúvidas, diz e tira. E quando vai sair a reportagem?, pergunta a mulher. Em alguns dias, responde o garoto de Polícia, vamos ter que verificar alguns dados antes, mas daqui a alguns dias sai. Te avisamos pelo celular, Gladys, pode ficar tranquila. O garoto se oferece para acompanhá-la até a porta a fim de acertar com o taxista o pagamento pelo transporte e Gladys Varela aceita, se despede e se levanta, disposta a ir embora. Antes de saírem da sala, Nurit Iscar os impede. Mais uma pergunta, diz e se dirige à mulher, a última, prometo, um dos outros homens que estavam na foto pode ser Luiz Collazo? Sim, sim, o senhor Collazo estava na foto, confirma Gladys, mas esse continua vivo, que eu saiba. Esse continua vivo, sim, responde Nurit.

16

A IMPROVISADA E MULTITUDINÁRIA REUNIÃO SOCIAL QUE SE ARMOU na casa onde Nurit Iscar se hospeda é arrasada pelos acontecimentos. Os filhos, amigos, namoradas e cachorro, depois de concluírem que ninguém os atenderá durante o que resta do dia, que ninguém está pensando no jantar deles para esta noite nem ninguém está preparando camas onde possam dormir, decidem aceitar um convite de última hora para um churrasco em Banfield, mas asseguram que, se no domingo o tempo continuar bom, voltam. Viviana Mansini se queixa de que não avisaram que a reunião incluía ficar para dormir: Não fechei as janelas, não deixei comida para as crianças. Por sorte minhas crianças fazem a própria comida, diz Carmen. Eu nunca deixo as janelas abertas, por causa dos morcegos, viu?, diz Paula. Ao ouvir a palavra "morcego", Viviana Mansini estremece: Na minha casa não tem morcegos. Que estranho, responde Carmen, toda Buenos Aires está cheia de morcegos. Nurit acompanha o garoto de Polícia e Jaime Brena até o carro. Como continuamos?, pergunta o garoto de Polícia. Acho que o melhor é deixar essa informação só entre nós até que seja verificada, diz Jaime Brena. Também acho, diz Nurit. E eu sou o imbecil que vai ser xingado por Lorenzo Rinaldi por não ter dado o furo quando alguém publicar antes da gente, se queixa o garoto. Jaime Brena fica olhando para ele e só nesse momento toma consciência de que, quer queira, quer não, já não tem nada a ver com as informações sobre a morte de Chazarreta. Então diz, sem raiva nem se fazendo de vítima, mas com resignada convicção. A decisão é sua, você é o responsável por Polícia, ou sua e de Nurit, eu não faço mais parte. Você é nosso assessor honorário, Brena, diz Nurit. Honorário e *ad honorem*, esclarece o garoto, aceita? Brena fica um instante em silêncio e depois diz: E não tem nenhuma remuneração? Os três riem. Ele não diz, mas o certo é que Jaime Brena até pagaria para fazer esse trabalho: depois de um tempo sem sentir nada quando está trabalhando em um informe ou uma matéria — ou sentir, sim, mas preguiça, frustração, saturação, raiva —, outra vez sente aquela vertigem, aquela paixão que o levou a querer ser jornalista. Minha opinião honorária e *ad honorem* é que você tem que guardar o furo para quando estiver mais redondo, rapaz, não pode querer publicar isso com tão poucos dados. E a polícia?, pergunta o garoto de Polícia, devemos dizer algo a eles? Só sabemos que faz algum tempo roubaram uma foto da casa de Chazarreta, e isso eu mesmo já disse ao delegado Venturini e ele não se importou. Não acho que seja necessário, por enquanto, avisar que nessa foto estão incluídas três pessoas que, por coincidência ou não, morreram, duas delas em acidentes. Eu não acredito em coincidências, diz Nurit. E eu não acredito nos trabalhos aos quais se referia Gladys Varela, diz o garoto de Polícia. Não acredito em nenhuma das duas coisas, diz Jaime Brena, mas acredito que no mundo há assassinos. Vamos começar investigando que colégio Chazarreta frequentou e quem eram seus amigos mais próximos, propõe. Pelo lado do delegado Venturini não quero insistir, vai ficar de saco cheio e vai me cortar as informações. Eu vou tentar ser mais sociável com os vizinhos do La Maravillosa; algum deles, além de Collazo, tem que saber de algo, diz Nurit. E eu, claro, e quando o garoto diz claro olha para Jaime Brena como se estivesse dedicando a ele o que está por dizer, vou me jogar na internet, em alguma parte da rede deve dizer onde Chazarreta fez o secundário. Os dois homens se despedem de Nurit com um beijo e sobem no carro. Ela fica parada ali, esperando enquanto eles vão embora. Sente frio. O orvalho da noite somado a um vento lento e intermitente que provoca redemoinhos justo na frente da casa fazem com que Nurit Iscar cruze os braços sobre o peito e os esfregue contra o corpo no mesmo momento em que Jaime Brena abre a janela buscando um pouco de ar. Nós, homens e mulheres, sempre temos diferentes termostatos, diz. Sim, é um clássico, responde ela. Você deve ser das que preferem o ventilador de teto ao ar-condicionado, diz Jaime Brena. E você dos que ligam o ar até no inverno, responde Nurit. Ou seja, nossa convivência seria impossível?, pergunta Brena e ela fica vermelha. Nunca se sabe, diria Nurit Iscar se fosse a protagonista de um livro que estivesse escrevendo. Mas não é, então não diz; só pensa e sorri. Por que impõe tanta distância? Por que impõe ainda mais distância quando gosta de um homem? Na idade a que chegou, continua sem entender. Viviana Mansini vem correndo, com pressa, acaba de lembrar que seu carro está na entrada do country. Me dão uma carona?, pergunta. Sim, claro, responde o garoto. A mulher dá um beijo em Nurit e entra no carro. Jaime Brena a cumprimenta com a mão, fingindo tirar um chapéu que não usa, colocando-o de novo no alto da cabeça, enquanto o carro avança pelo cascalho acinzentado e depois desaparece.

Nurit entra e prepara um café. Embora Paula Sibona e Carmen Terrada sejam quase como irmãs, esta noite preferiria estar sozinha. A conversa delas lhe chega como se fosse o diálogo em inglês de uma série projetada em uma TV ligada, mas na qual não consegue ler as legendas. Pede desculpas: Tenho de ir escrever o informe para o *El Tribuno*, e se recolhe ao quarto. Liga o computador. Nada do que escreve é importante, porque agora a única coisa que tem importância, de verdade, é a foto que falta e os mortos que inclui. E, dessa foto, ela não pode falar. Ainda não. Então, dedica-se a descrever a casa de Chazarreta, por dentro e por fora, cada detalhe, cada lugar onde esteve, a cor das paredes, a textura dos tecidos que cobrem as poltronas ou que revestem as janelas, o cheiro dessa casa, seu som apesar do vazio: o motor da geladeira ainda ligada e um despertador sobre o criado-mudo de Chazarreta que marca um tique-taque seco. Tudo. Menos o porta-retratos sem foto. Relê o que escreveu, não gosta, não está à altura dos outros informes. Ela sabe por quê, pelo silêncio, pelo que cala ou esconde, aquilo que quando escrevia ficção se convertia na parte do iceberg de Hemingway que ficava submersa no oceano para o bem do relato, mas que neste caso, um informe, um texto jornalístico que sairá em um jornal, acaba sendo delator de sua impossibilidade de dizer o que deveria dizer. É o que temos para hoje, pensa. É o que há. Digita duas ou três orações mais e depois encerra o informe, que trata quase em sua totalidade da descrição da casa de Chazarreta, com o seguinte:

> Se a casa de Pedro Chazarreta pudesse falar, saberíamos quem foi o assassino. Porque essa casa foi a única testemunha do crime ali cometido. Nessa casa está a verdade. Em seus pisos, em suas paredes, nos móveis e adornos que ainda a vestem. Todos são testemunhas mudas.
>
> Se o fantasma de Pedro Chazarreta pudesse se apresentar na nossa frente, como se apresentou o fantasma do pai morto de Hamlet para dizer sua verdade, também saberíamos quem o matou. Sempre que esse fantasma estivesse disposto a nos contar, coisa que neste caso rodeado de segredos, mentiras e ocultamentos, nos quais também estava envolvido o morto, não parece tão clara como no caso do pai de Hamlet, rei da Dinamarca.
>
> Se o assassino se abrisse, se quem matou Pedro Chazarreta não conseguisse guardar mais seu segredo, viesse até nós e dissesse, arre-

pendido ou não: "Eu o matei", teríamos outra oportunidade de saber a verdade.

Qual das três alternativas é a mais provável e qual a menos?

Vi muito poucos assassinos desse tipo de crime que se arrependeram.

Uma casa não tem voz.

Fantasmas não existem.

Marcelo disse no primeiro ato de *Hamlet*, depois de conhecer a versão do fantasma: "Há algo de podre no reino da Dinamarca". E eu, depois de ter entrado na casa de Pedro Chazarreta, digo o mesmo, há algo de podre, algo cheira mal.

Uma casa não tem voz, mas consegue falar de outra maneira?

Algo cheira mal, não só nessa casa. Algo cheira mal no La Maravillosa.

Salva o arquivo. Gostaria de mandá-lo a Jaime Brena para que dê sua opinião. Mas Nurit Iscar percebe que não tem o e-mail dele, nem um número de telefone. Nada. Nem ele o dela. Se quiser entrar em contato, não terá alternativa senão ligar para o jornal na segunda. Mas por que faria isso, com que desculpa. Precisa de alguma?, precisa de uma desculpa para ligar para ele? Não, se agora estão juntos nessa confusão, responde para si mesma. E tenta pensar em outra coisa. Nurit anexa o arquivo a uma nova mensagem e o envia ao garoto de Polícia. Dessa vez se esquece de encaminhar para Lorenzo Rinaldi.

No momento em que Nurit desliga o computador e desce para jantar com as amigas, Jaime Brena está na cozinha de seu apartamento fazendo uma carne que encontrou perdida na geladeira e que, apesar da cor meio feia, evitará que tenha de descer para comprar algo para o jantar. As empanadas do meio-dia e os bolinhos de banana da tarde há muito desapareceram de seu estômago, que está, outra vez, esperando que alguém se ocupe dele. Enquanto a carne vai cozinhando, aproxima-se do móvel onde tem os poucos livros que comprou ou ganhou depois da separação e os DVDs. Os DVDs conseguiu recuperar, certamente porque Irina nunca gostou tanto de cinema quanto ele. De que filmes gosta sua ex-mulher? Ela gosta de cinema? Não tem certeza e se surpreende com a maneira como Irina vai se apagando, não apenas o rosto, mas os gestos, os gostos, as histórias que compartilharam. Será isso que chamam de "luto"? Ou será que por fim o luto terminou? Mas isso não exclui o fato de que ela lhe deve seus livros. Isso não. Jaime Brena procura em sua própria desordem até que encontra o DVD que quer, tira da pilha. Olha para a caixa um instante. Lê: Betty Boop e seus amigos, noventa minutos de desenhos animados. Vira e repassa o índice: Não! Não! Não! Um milhão de vezes Não!, Pobre Cinderela, Betty Boop e o pequeno Jimmy, Betty Boop e o Reizinho, Matar a mosca, Montanheses músicos, Betty em Disparatelândia. A carne chia no fogão, Jaime Brena vai até lá com o DVD entre as mãos, sem deixar de ler: Também um automóvel, Cupido flecha seu homem, Pudgy em Feliz teu alegre eu, Grampy em Blues de limpeza da casa. A fumaça e o aroma da carne invadem a cozinha, Jaime Brena salga a peça, vira e salga do outro lado. Serve-se de uma taça de vinho. Grampy com o piadista pouco prático, Pinguins curiosos, Grampy em O candidato cândido. Procura os talheres e coloca sobre a mesa. Deixa um prato ao lado da frigideira para quando a carne estiver pronta. E o DVD de Betty Boop de lado. Daqui a pouco, quando for dormir, vai fumar um baseado, vai colocar esse DVD e vai dormir. Com Betty Boop cantando *Boop, boop a doop*, como se fosse uma canção de ninar. Um dia se animará a contar a Nurit Iscar que foi ele quem a batizou de Betibu? Contará que tinha em seu escritório, colada, a foto dela que saiu na revista do jornal quando publicou *Morrer aos poucos*, seu romance preferido? Contará que Rinaldi o copiou? Contará alguma vez a ela, Nurit Iscar, Betibu, que era apaixonado por ela a distância — como as pessoas se apaixonam por uma atriz de cinema —, não somente por aqueles cachos, mas pela cabeça que inventava aquelas histórias, que escolhia aquelas palavras, que criava aqueles personagens? Não, acha que não terá coragem. E muito menos se animará a contar que, na tarde em que se deu conta de que ela e Rinaldi eram amantes, tirou a foto de seu escritório e a jogou no lixo.

Jaime Brena começa a comer sua carne, serve-se de um pouco mais de vinho e olha de lado o DVD que deixou sobre a pia, no mesmo momento em que o garoto de Polícia liga o computador. O garoto confere a caixa de entrada de e-mails e encontra o informe de Nurit Iscar. Lê. Apesar das dúvidas dela, que ele desconhece, o garoto de Polícia gosta. Reenvia à redação para que entre antes do fechamento. Reenvia a Jaime Brena e acrescenta um *post scriptum*: Quem morreu esquiando se chamava José Miguel Bengoechea, encontrei na internet, claro. Mas Jaime Brena não confere e-mail em casa, nunca, a menos que alguém ligue em seu telefone, avise que é algo urgente e não tenha outro remédio a não ser olhar. E o garoto não liga, só encaminha o e-mail de Nurit Iscar. Ele, por sua vez, o garoto de Polícia, depois que liga o computador, é difícil deixá-lo. É uma companhia incondicional, como para Jaime Brena a fantasia de ter um cachorro. O garoto confere os tuítes, para ver se entrou algum novo importante, passa rápido por eles; a maioria, como acontece todos os fins de semana, são reflexões mais egocêntricas que interessantes. E depois entra no Google para procurar informações sobre o colégio que Pedro Chazarreta frequentou. Digita no buscador: "Chazarreta + Gandolfini + Collazo + colégio secundário". Não aparece nada que sirva. Tenta tirar algumas das variáveis. Começa eliminando um dos sobrenomes. Nada. Tenta trocar o sobrenome eliminado. Nada. Elimina dois sobrenomes de uma vez.

Não funciona. Troca "colégio secundário" por "escola", depois por "instituto", depois só por "colégio", depois só por "secundário". Não. Muda de estratégia, procura agora todos os colégios que têm nome de santo. Mesmo escolhendo entre as respostas só os colégios da cidade de Buenos Aires, a lista é interminável. Descarta os colégios com nome de santos "conhecidos", como disse Gladys Varela. Fica com São Ildefonso, São Bartolomeu, São Anselmo, São Viator, São Silvestre, São Hermenegildo. Tenta com esses, acessa cada um, nenhum tem lista de nomes de formados. Levanta-se para fazer um café, olha pela janela do apartamento, se espreguiça, pensa. Percebe que a namorada não ligou o dia todo e que isso não lhe importa. A noite ganhou a rua. As luzes dos carros que vão e vêm se confundem entre si. Gostaria de sair, dar uma volta. A noite é generosa, pensa, sempre tem algo para a gente. Isso lhe disse Cynthia, uma ex-namorada, há muito, muito tempo. O que será da vida de Cynthia?, se pergunta. Deveria sair. Afinal, passou todo o sábado trabalhando. Volta ao computador e se enfia no Facebook para ver se alguém organizou algo para este fim de sábado. Responde a duas ou três enquetes, vê um vídeo, confere as fotos do álbum de um amigo que não vê há anos. E o álbum de um amigo desse amigo. Procura nos eventos do dia outra vez. Nada que interesse. E se sair para ver o que acontece, sem nada pensado, sem rumo fixo? Não, ele não gosta desse tipo de saída imprevista. Pode terminar deprimido, sabe disso. Nem pensa em ligar para a namorada. Ou pensa, mas descarta imediatamente, quase com desprezo. Pode desprezar alguém com quem dormiu há menos de vinte e quatro horas? Não, deve ser porque está bravo com ela, pela coisa do biquíni, ou cansado. Ou meio detonado. Ou que a despreze, talvez. Coloca o nome completo da Cynthia no buscador do Facebook, encontra várias opções, sabe que é ela pela foto, porque está igual, confere seu mural, diz que está namorando, então não pede que seja sua amiga, para quê. E se convidasse Karina Vives para sair? Que besteira, se nem sequer tem seu telefone. Além disso, ela deve ser uns cinco ou seis anos mais velha que ele. Isso importa? Também a procura no Facebook, encontra, verifica o ano de nascimento, sete anos mais velha que ele, bom, também não é muito, diz, mas não se atreve a pedir que seja sua amiga. Amiga nessa rede social. Às vezes tem a sensação de que ela acha que ele é um imbecil. Continua pensando um pouco mais nela, confere seu mural na tela, o de Karina Vives, seu álbum de fotos; estranha que não esteja restrito somente a amigos, se se atrevesse a confessar que esteve olhando, aconselharia a que o mantivesse restrito. Mas não solicita amizade. Não, isso não. Reinicia a página para ver se alguém publicou alguma coisa nova. Funciona, há uma atualização. Um amigo se uniu ao grupo "Eu sou fã da 99 e odeio o agente 86". Acha engraçado. Ou parece um idiota? Estará se convertendo ele também em um idiota? No Facebook há grupos sobre o que se queira, pensa. E sobre o que não se queira. Grupo de tudo. É então que lhe ocorre, porque acaba de pensar "no Facebook há grupos sobre o que se queira e sobre o que não se queira". Digita no buscador: "Eu frequentei o Colégio São...", e aparece uma lista de vinte e oito possibilidades. Descarta, outra vez, aqueles cujo nome seja de santos comuns e entra em São Ildefonso, São Anselmo, São Jerônimo Mártir e alguns outros. Todos os comentários são de usuários que buscam ex-colegas, tentando organizar reuniões, encontros, homenagens. Ninguém de uma geração próxima à de Chazarreta. Enquanto continua conferindo posts antigos, o garoto de Polícia começa a pensar na própria escola secundária. Dá medo imaginar que seus ex-colegas estejam tentando se reunir. Não se interessa. A escola secundária não foi uma etapa feliz para ele. Dois ou três colegas o encontraram no Facebook de maneira individual, mas ele não respondeu à solicitação de amizade. Se nunca socializou com eles mais que nos recreios e em algumas poucas saídas que sempre acabaram sendo chatas, por que procurá-los agora? Procura. Lá estão. Lê os comentários de vários deles e confirma o mesmo que pensava naquela época: ele não tem nada a ver com essa gente e nem se interessa por eles. Mas continua lendo, e olhando fotos, e pensando "que bando de idiotas". Volta aos colégios que Chazarreta poderia ter frequentado, e no São Jerônimo Mártir encontra um comentário que o coloca em alerta. Não o alerta o que está escrito — Viva o São Jerônimo Mártir, porra —, mas quem o escreveu. Foi um dos membros do grupo, Gonzalo Gandolfini. Gandolfini. Entra no mural dele e se trata de um cara jovem, segundo seu perfil é de 83. Não entende por que as pessoas colocam a data de nascimento com ano e tudo, ele omite, e omite a cidade onde vive e o status de relacionamento. Acha que esse Gandolfini de 83 pode ser parente do morto, com sorte filho. Procura dados em seus comentários e amizades, mas não encontra nada mais. É amigo de outro Gandolfini, Marcos. Entra no mural deste. Também frequentou o São Jerônimo Mártir e é de 87. Irmãos? Primos? Começa a suspeitar que talvez o colégio seja daqueles que conservam famílias de geração em geração, colégios que se denominam "tradicionais". Manda uma mensagem a Gonzalo. Oi, tudo bem? Há muito tempo fui amigo de um Gandolfini que frequentou esse colégio — se o garoto de Polícia soubesse o primeiro nome do Gandolfini morto, acrescentaria na mensagem, mas não sabe —, um cara que hoje deve ter uns sessenta anos. Depois fui embora do país e perdi contato. Você conhece, é algum parente seu? Era do grupo de Pedro Chazarreta e Luis Collazo. Gostaria de entrar em contato. Tenho muitas lembranças deles. O garoto envia a mensagem e espera um tempo para ver se a resposta chega. Enquanto isso, passeia por outros murais. É melhor que Gonzalo não seja filho de Gandolfini, se fosse, não acha que seria agradável receber uma mensagem perguntando pelo pai morto. Mas não se arrepende de ter feito isso, mesmo correndo esse risco, mais ainda, sente que está aplicando os ensinamentos de Jaime Brena como nunca antes. Se Brena voltar a perguntar, "já se disfarçou alguma vez?", "já se fez passar por policial e ligou para a casa do morto?", vai poder responder que sim, que começou a fazer isso. A seu modo. As novas tecnologias contribuíram com milhares de disfarces. Passa o tempo, o garoto de Polícia começa a sentir o cansaço de um longo dia. Gonzalo Gandolfini não responde a mensagem, um jovem, pensa, deve estar fazendo algum programa de sábado à noite. Tão jovem quanto ele. Mas ele, o garoto de Polícia, decide que o melhor é ir dormir, que o mais lógico que pode fazer nessa noite de sábado, ainda acesa do outro lado da janela, é fechar os olhos e descansar.

Espreguiça-se, apaga as luzes, fecha a cortina. Mas não desliga o computador, deixa aberta a tela do Facebook, talvez de madrugada, quando Gonzalo Gandolfini voltar de sua saída, ligue o computador e responda. Talvez ele, o garoto de Polícia, se levante para ir ao banheiro e, quando voltar para a cama, passe antes para dar uma olhada na tela e encontre o que procura ali, em seu computador ligado.

17

O DOMINGO AMANHECE CHOVENDO. NÃO É UMA CHUVA TORRENCIAL, nem sequer se pode dizer que isso que cai é, estritamente, chuva. Apenas uma garoa. Mas densa, constante, dessas que realmente molham. Nurit se levanta e olha pela janela. Percebe que a garoa, em vez de diminuir a beleza da paisagem, a torna mais profunda, as cores são mais intensas, a variedade de diferentes verdes é incontável, o cheiro de terra molhada entra apesar de ainda não ter aberto a janela. Ou só está intuindo? Pode-se antecipar um cheiro, evocá-lo como se estivesse ali? A água corre pela canaleta de chapa na borda do teto e desce pela calha. Ali, onde finalmente cai, se formou uma pequena poça. O som de água sobre a canaleta traz uma lembrança distante que não chega a saber qual é. Como se ela já tivesse escutado essa mesma chuva em outro lugar, há muito tempo. Ou tivesse sonhado. Pensa que em um dia assim, de garoa intensa, um domingo também, foi que mataram há alguns anos Gloria Echagüe; apesar de não ter aceitado o trabalho solicitado por Rinaldi aquela vez, lembra muito bem que naquele dia, o da morte da mulher de Chazarreta, também chovia. Vai para o quarto onde descansam suas amigas, abre a porta e espia. As duas continuam dormindo. Prepara um café para si, pega na frente da casa o exemplar do *El Tribuno* que o jornaleiro deixou naquela manhã, e todas as manhãs, segundo ela mesma pediu assim que chegou ao La Maravillosa. Mas aos domingos Nurit Iscar quer ler outros jornais, todos, ou quase todos. E não se conforma com a edição online, esta ela lê todos os dias, para não ter tanto gasto, mas nos domingos quer papel, tinta, dedos manchados ao virar as folhas. Um jornal. Todos os jornais. Sabe que se ligar para a banca demorarão para trazer, ainda mais sendo domingo, ainda mais com essa garoa, então decide que é melhor caminhar, diz a si mesma que apesar da chuva não faz frio e que se movimentar um pouco vai fazer bem. Além disso prometeu, prometeu a Jaime Brena e ao garoto de Polícia que tentaria socializar mais com os vizinhos para ver se consegue que algum deles dê informações sobre a escola secundária que Chazarreta frequentou e quem eram seus amigos daquela época. Não trouxe guarda-chuva entre suas coisas, não pensou que precisaria, só uma blusa leve com capuz, que coloca. Dessa vez não leva um livro, para que não molhe. Nem óculos escuros. Avança uns passos, decidida, e não chega a percorrer cem metros quando cruza com Luis Collazo, que vem correndo na direção contrária. Olha para ele, que passa a seu lado muito concentrado — ou é o que parece —, inspirando e exalando com intensidade não porque custe respirar, mas como explícita rotina de treinamento. Continua em uma corrida constante. Tem no braço algo que Nurit acredita ser um rádio, mas que é um desses aparelhos que servem para controlar o ritmo cardíaco. Ela dá uns passos mais e se vira. Ele, sem parar de correr, voltou a cabeça e está olhando para ela de uma distância que aumenta com cada um de seus passos. Quando se dá conta de que ela também olha para ele, vira a cabeça para frente e continua a marcha como se não tivesse olhado para Nurit Iscar, nem vice-versa. Nurit sente a tentação de segui-lo. Muito forte. Tanto que começa a segui-lo. Corre uns metros atrás de Luis Collazo, com passos curtos e rápidos, como quem corre em Buenos Aires atrás de um ônibus para não perdê--lo. O chão está escorregadio, e Nurit Iscar tem medo de terminar esparramada como uma mancha de óleo no asfalto do La Maravillosa. Muda o trote por um passo ligeiro, porém mais seguro. Ele não consegue ganhar muita vantagem; mesmo assim, em uma curva ela o perde de vista. Então, apesar de se sentir ridícula, volta a correr. Quando a curva e a vegetação que a segue permitem ver outra vez o percurso da rua, percebe que Luis Collazo não está mais neste caminho. É impossível que tenha corrido tão rápido a ponto de chegar até a curva seguinte. Impossível. Nurit Iscar continua, a passos mais lentos, pensando no que deveria fazer agora. Acomoda o capuz para que a garoa não molhe o cabelo. Põe para dentro algumas mechas que querem escapar. A umidade faz com que seus cachos, seus cachos de Betibu, fiquem mais marcados; ela sabe disso e gosta. Mas, da última vez que deixou a chuva molhá-la, terminou com um resfriado que demorou para curar. Sobe o zíper da blusa até o topo, o gancho quase toca seu rosto e depois continua caminhando. Pergunta-se se alguma dessas casas que ela vê de um lado e do outro do caminho será a de Luis Collazo. Olha sem pudor. Procura algum indício, mas nada aparece. Nurit Iscar teme que, se continuar caminhando nessa direção, vai se perder, esqueceu de trazer o mapa do La Maravillosa e nunca antes em suas poucas caminhadas explorou aquele lado do bairro. Melhor voltar, diz, e se vira para fazer isso. Então Collazo, que desde que desapareceu sempre esteve escondido atrás dela, a confronta: O que você quer? Ela não responde, está com taquicardia devido ao susto. Perguntei o que está querendo!, volta a gritar Collazo. Nada, estava caminhando. Estava me seguindo, senhora, eu não sou tonto. Bom, é verdade, sim, queria lhe fazer uma pergunta. Eu não respondo perguntas. É uma pergunta boba, só queria saber em que colégio Chazarreta estudou, o senhor e ele foram colegas, não? Uma pergunta boba, repete Collazo, com uma intenção que Nurit não consegue captar, o que a senhora sabe?, diz e a agarra firmemente por um braço. Ela olha a mão do homem que a aperta sobre o cotovelo, embora sem fazer nenhum movimento para que a solte, e responde: Nada, mas gostaria de saber. Por mim, não perca seu tempo, diz Collazo e a solta, eu não tenho medo de nada, nem sequer que me matem, mas não espere nunca, nem a senhora nem ninguém, que eu conte, isso eu nunca vou fazer. Nurit continua sem entender, nesse momento passa perto deles um guarda em seu carro a bateria, olha, hesita entre parar ou não, cumprimenta e pergunta: Tudo bem?, e continua a marcha lenta sem se deter. Tudo bem, responde Collazo. No entanto, o guarda não se conforma e, uns metros mais à frente, para. Então Collazo adverte a Nurit em voz baixa, mas firme: Não se meta. E imediatamente volta a correr. Nurit Iscar fica ali, olhando enquanto Collazo se afasta. O guarda se aproxima com o carrinho dando marcha a ré. Enquanto faz isso, toca um apitozinho constante que adverte a manobra e que Nurit acha ridícula nestas circunstâncias. O guarda para ao lado dela e pergunta: Está bem?, quer que a leve até sua casa? Ela ignora a primeira pergunta e vai direto para a segunda: Não, para minha casa não, para a banca de jornal, pode ser? Sim, claro, responde o homem, e Nurit Iscar sobe ao lado dele.

O carro anda alguns metros com eles em silêncio. Pouco antes de chegar à banca o homem diz: Ficou assustada? Um pouco, responde Nurit. Não, não tenha medo. O senhor Collazo está muito nervoso desde que Chazarreta morreu, é compreensível, eram muito amigos, corre e corre todo o dia, a qualquer hora, mas isso vai passar. Chegam à banca. Bom, aqui estamos, diz o homem. Obrigada, diz Nurit e depois: Antes de ir, posso fazer uma pergunta? Sim, claro, responde o guarda e para o carro que já estava em movimento. Diga, você sabe em que colégio Chazarreta estudou? O homem se surpreende com a pergunta. Não, não tenho a menor ideia. E não imagina como posso averiguar isso?, insiste Nurit. Perguntou a Collazo?, diz o guarda. Sim, mas não quis me responder, diz ela. Que estranho, é uma pergunta boba. Foi isso mesmo que eu disse. Bom, se cruzar com ele e conversarmos, tento tocar no assunto e pergunto, a senhora é do jornal *El Tribuno*, não? Sou, responde Nurit. Eu lhe aviso, diz o homem, mas por via das dúvidas a senhora não conte a ninguém, meus superiores não gostam dessas coisas, que passemos dados aos jornalistas, entende? Entendo. Eu a aviso, repete o homem e vai embora. Nurit entra na banca e pede os jornais. Qual?, pergunta o jornaleiro. Todos menos o *El Tribuno*, responde ela. Um vizinho que remexe as balas de menta olha com desprezo para ela, Nurit Iscar sabe que não é por não comprar o *El Tribuno*, mas porque acaba de reconhecê-la. Ela sustenta o olhar. O homem assume uma cara de "o que temos de aguentar aqui dentro", escolhe dois pacotes de balas do mesmo sabor — menta — mas de diferentes marcas, paga e vai embora. O jornaleiro olha para ela, mas não diz nada, espera, ela é que então adianta: Parece que não gostam de mim aqui. A senhora não se preocupe, diz o homem enquanto enrola os exemplares dos jornais que ela leva e enfia numa sacola de plástico para que não se molhem, não acredite que todos gostam de todos aqui dentro. Nurit sorri, paga por seus jornais e vai até a porta. O homem de trás do balcão diz: Muito bons seus informes, gostei muito do de hoje, isso de mau cheiro. Obrigada, diz ela, e antes de fechar a porta pergunta: O senhor não sabe em que colégio secundário estudou Chazarreta, não? Não, não tenho a menor ideia, responde o jornaleiro, por quê? Nada, algo que pensei para um informe; bom, se ficar sabendo poderia me avisar? Sim, diz ele, qualquer coisa eu aviso.

Nurit caminha outra vez sob a garoa. Não está mais preocupada se vai se molhar, nem perturbada pela aparição de Collazo, nem assustada pela forma como ele falou com ela. Está entusiasmada pensando que há algo certo na pista que estão seguindo, na foto que falta no escritório de Chazarreta, que ali está a chave, a chave que finalmente permitirá que entrem no mistério dessa morte. Sabe que, se não fosse assim, Luis Collazo não teria ficado daquele jeito. Onde ficou a esta altura aquela primeira dúvida sobre se a morte de Chazarreta tinha sido suicídio ou assassinato?, se pergunta. Em lugar nenhum, aposta que isso foi só um método de distração, fazer com que, graças a essa faca plantada, todos se concentrassem em pensar nos laços entre a morte de sua mulher e a dele. Mas a dele está relacionada a outra coisa, ela não tem dúvidas, algo certamente mais estranho, mais incrível, a ponto de que quem o matou se dê a semelhante trabalho. Sua morte e a de seus amigos. Não vê a hora de chegar em casa, escrever ao garoto de Polícia e contar o que aconteceu. E aproveitar para pedir o e-mail de Jaime Brena. Sim, por que não, também isso.

Abre a porta da cozinha e encontra as amigas tomando o café da manhã. Amanheceram, diz. Nos fizeram amanhecer, o telefone tocou insistentemente, queixa-se Carmen com tom de reprovação que esconde algo mais que o aborrecimento por ter sido despertada. Você não levou o celular, sua avoada, diz Paula. Nurit remexe os bolsos: É mesmo, não levei. Lorenzo Rinaldi te ligou, pediu que retorne urgente. Nurit põe a mão na cabeça, ai, esqueci de mandar o informe de ontem para ele. Mas se está aqui, diz Carmen Terrada, mostrando a página do *El Tribuno* em que aparece seu informe. Não, sim, mandei ao garoto de Polícia, ele é quem envia para edição, mas tínhamos combinado que cada informe também seria enviado para ele, para Rinaldi, antes, e ontem à noite eu esqueci. Muita coisa nessa cabecinha, diz Paula. Muita coisa, repete Nurit e sai. Aonde vai? Ligar para ele, do meu quarto. Não, amiga, liga daqui, nós vamos servir de proteção e, além disso, queremos fiscalizar, diz Paula Sibona. Temos a obrigação de cuidar de você, diz Carmen. E de fiscalizar, repete Paula. É uma ligação de trabalho, esclarece mais uma vez Nurit, embora saiba que suas amigas nunca vão estar seguras de que isso é verdade. Ela tampouco. Não importa, todas sabemos como pode terminar uma ligação de trabalho ou nós nunca trabalhamos?, diz Carmen, pegue o telefone e digite o número, aqui, na frente de suas amigas. Então, porque sabe que não há margem para discussão, é o que faz Nurit Iscar: pega o telefone e digita. Não precisa fingir diante delas que não se lembra mais do número de telefone de Lorenzo Rinaldi. Espera com o fone na orelha. Carmen e Paula não tiram os olhos dela. Alô, sim, Lorenzo... Nurit, sim... Olha, peço mil desculpas que ontem esqueci completamente de te enviar o informe, estava com dor de cabeça e... ah, não... sim?, você gostou?... fico feliz, sim... sim, não era fácil, fico feliz por você ter gostado. Nurit agora escuta em silêncio, olha para as amigas, continua escutando. É evidente que algo do que Rinaldi diz ela prefere não filtrar, por isso olha para elas e fica calada. Elas percebem e ficam cada vez mais atentas. Por fim, Nurit não tem alternativa senão dizer algumas poucas palavras, suficientes para que suas amigas intuam que aí tem coisa, por exemplo, quando Nurit, Betibu, diz: Ãhã, sim, sim, posso. E elas, que a conhecem, se preocupam. Muito. E ficam bravas, um pouco. Então Nurit Iscar confirma suas suspeitas: Bom, sim, está bem, a essa hora está bem. E mal pronuncia "a essa hora está bem", e um segundo depois "você me pega aqui?", Paula faz um gesto de desaprovação dando uma palmada na cabeça — a mão aberta, a palma bem no centro da testa — e Carmen Terrada se vira de costas, abre o jornal em qualquer página e se interna na leitura.

18

Pouco antes de Lorenzo Rinaldi passar no La Maravillosa para pegar Nurit Iscar para almoçar, Jaime Brena prepara para si o primeiro café do dia, e o garoto de Polícia, que não acordou a noite toda nem pela manhã, mija desenfreadamente para ir, logo depois, ao computador ver se chegou resposta de Gonzalo Gandolfini. E a resposta chegou. Olá, sim, sou o sobrinho. Lamentavelmente, meu tio faleceu faz um tempo em um acidente de carro. Suponho que você o conhece da época da Chacrita, espero que suas lembranças sejam boas! (Haha). Segundo meu pai, nem todos têm boas lembranças daquela época. Um abraço. O garoto de Polícia lê a mensagem várias vezes. Fica pensando em como continuar. Liga para Jaime Brena, que agora está tomando seu segundo café. Que chacrita?, pergunta Brena. Não sei, nem ideia, responde o garoto. Será que algum deles teve uma chácara. Parece que é outra coisa, ele escreve Chacrita com maiúscula. Um nome, então. Sim, parece um nome. Viu se tem algo dessa Chacrita na internet, rapaz? Ei, Brena, você me pedindo que procure algo na internet? Se não pode vencê-los, junte-se a eles, mas sabendo que a rede não é Deus. Ah, não é Deus?, há algo mais parecido com Deus que a rede? Não enche o saco, rapaz, aceito que seja uma religião, mas não Deus. O garoto sorri, embora Brena não saiba. Sim, olhei, diz, mas não encontrei nada que pareça um dado útil. E se você perguntar? A quem? Ao sobrinho de Gandolfini. Bom, posso tentar. Diga, alguma novidade de Nurit Iscar? Sim, te mandei o informe por e-mail ontem à noite, assim que o recebi. Ah, eu não ligo o computador em casa a menos que seja uma situação especial. É uma situação especial, Brena, pode ligar; de todo modo, você pode ler o informe impresso no jornal de hoje. Jaime Brena abre o *El Tribuno* que deixou fechado sobre a pia de mármore cinza e passa as páginas até encontrar o texto de Nurit Iscar. Sim, está aqui, agora vou ler, diz e procura os óculos pela cozinha. Me avise se tiver novidade sobre isso da Chacrita. O garoto, na frente do computador, diz que sim, que avisa, e antes de desligar conta que nesse mesmo e-mail dizia que tinha encontrado na internet o nome do que morreu esquiando, Bengoechea. Bengoechea, repete Brena, certo, e desliga. O garoto de Polícia verifica outra vez suas mensagens. Acaba de chegar outro e-mail de Nurit Iscar. Lê, é um informe detalhado sobre o que aconteceu pela manhã com Luis Collazo, e tudo o que ela pensou a partir desse episódio. Um informe que certamente nunca sairá no *El Tribuno*, um informe privado para essa equipe de três que armaram mesmo sem querer. No *post scriptum*, Nurit pede ao garoto que reenvie seu e-mail a Brena e que passe o telefone dos dois, assim podemos nos comunicar mais fácil, diz. E ela deixa o seu. O garoto lê outra vez o texto do e-mail e, enquanto faz isso, sente em seu corpo algo que não sabe descrever nem explicar. Será que pela primeira vez começa a reagir com coisas relacionadas ao trabalho? Algo dentro dele está fervendo, sente isso. E esse fervor não é produzido dessa vez nem por uma mulher, nem por uma final de futebol, nem por um show do Coldplay no estádio do River. O garoto sempre acreditou que terminara na carreira de jornalismo por ser cabeça-dura e para não dar nenhum desgosto à mãe, mais que por vocação. Quando entrou em comunicação, nem sequer sabia se escolheria a orientação a jornalismo ou a publicidade. Mas como o pessoal de que mais gostava continuava por jornalismo, ele resolveu segui-lo. Ou era o que pensava até hoje. Que o jornalismo em sua vida tinha sido produto do acaso e de sua falta de iniciativa. E o mesmo acreditava com respeito à seção da qual se ocupa: que terminou trabalhando em Polícia porque esse foi o primeiro espaço que encontrou em uma redação. No entanto, hoje pensa, não poderia fazer outra coisa. Não tem certeza de como foi nem o que aconteceu, mas por enquanto, neste domingo chuvoso, não há nada que o interesse mais que este caso no qual está metido. Encaminha o novo e-mail de Nurit Iscar a Jaime Brena, mas também liga e diz que ele deve ler. E Jaime Brena, com o aborrecimento de ter que quebrar um de seus princípios de vida mais respeitados — não ligar o computador em casa —, mas tão entusiasmado com o caso como o garoto, liga e lê o e-mail de Nurit Iscar. Responde: Ótimo, Betibu, vamos bem. Cuidado. Brena. No momento em que Nurit Iscar lê: Cuidado. Brena, soa a buzina do carro de Lorenzo Rinaldi na frente de sua casa. Ela não sabia que ele já estava dentro do La Maravillosa, uma de suas amigas autorizara a entrada, mas o mau humor que esse homem produz nelas não permitiu que nenhuma das duas subisse até seu quarto para avisar. Nurit aparece na janela e grita: Já vou. Ele não deve ter escutado porque toca a buzina pela segunda vez. Ela se apressa, pega a bolsa e, antes de sair, passa pelo banheiro e se olha no espelho. Não sabe se é uma boa ideia, mas olha. Ajeita os cachos, passa rapidamente um pouco de batom suave — definitivamente não é a cor que Betty Boop usaria, um rosa forte, mas seco, quase marrom, uma cor para o dia, que não chama a atenção, mas que confere umidade, um pouco de brilho e faz com que seus lábios pareçam um pouco mais jovens. Seus lábios parecem mais jovens depois do batom? Olha para eles, virando a cabeça de um lado para o outro, abrindo a boca, forçando um sorriso esticado. Não sabe. Acaricia o pescoço, levanta o queixo, não consegue dizer se tem papada, mas é evidente que sua pele perdeu tônus. Não, não fez bem em passar pelo banheiro e se olhar, agora vai sair mais insegura. A buzina soa pela terceira vez. Paula Sibona aparece atrás dela na imagem do espelho e diz: Está ouvindo que aquele homem está buzinando para você, não? Sim, sim, já vou. Está linda, diz Paula. Ela se vira, sorri e responde: Obrigada, amiga.

Lorenzo Rinaldi desce quando a vê caminhando pela entrada da casa, dá a volta pela frente do carro, abre a porta do passageiro e a espera assim, com a porta aberta. Sempre fez isso — descer para abrir a porta —, mas ela quase tinha esquecido. Rinaldi conhece e respeita todas as regras de cortesia no tratamento social homem-mulher — regras entre as quais não está ser fiel a sua mulher e não arruinar a vida dela com falsas expectativas que sempre soube como não cumprir —, e que hoje já nem todos os homens conservam: caminhar do lado da rua na calçada, abrir portas — não só de carros, também de elevadores, de edifícios, de escritórios, de quartos nos motéis —, abrir também a porta de um táxi, mas entrar primeiro para que a mulher não tenha que atravessar todo o banco e ficar no lugar mais incômodo — atrás do motorista, que certamente tem seu assento puxado para trás —, subir uma escada atrás da mulher e descer na frente, carregar os volumes que ela estiver levando, servir a bebida em um restaurante. E, claro, pagar todas as contas, todas. Que diria uma mulher flapper dessas normas?, que um homem tenha todas essas considerações com uma mulher é hoje galante ou humilhante?, pergunta-se Nurit Iscar. Humilhantes são os que se dizem modernos e não pagam a conta, sustentou sempre Carmen Terrada. Mas há diferentes formas de humilhar, pensa Nurit, enquanto Lorenzo Rinaldi diz: Olá, Betibu, e dá um beijo discreto no rosto dela enquanto lhe toca o pescoço com uma das mãos, quase na nuca, debaixo dos cachos. E ela sente. Sente a mão de Lorenzo Rinaldi três anos depois. Nurit Iscar se desfaz dessa mão e se senta, ele fecha a porta e volta a seu lugar de motorista. Agora avançam até a entrada do La Maravillosa. Viu que troquei de carro?, pergunta Rinaldi. E ela diz que sim, mas mente porque não tem nem ideia em que carro acaba de entrar. Mesmo se lhe encostassem um revólver na testa e a obrigassem a responder de que marca é esse carro em que está, de que modelo ou até de que cor, Nurit não saberia dar uma resposta. Nunca se lembra de que carro têm as pessoas. Não nota. No entanto, pode lembrar várias placas com as quais brinca de montar palavras acrescentando letras. Por exemplo, o BRM da placa de Paula que ela transforma em BRUMA. Ou o GRL do carro de seu ex-marido que os filhos usam e que Nurit transforma em GRALHA. E o HMD de Viviana Mansini, que ela muda para HAMMOND. Mas não teve oportunidade de olhar a placa do carro novo de Rinaldi. Gostou?, pergunta ele e, antes que ela possa responder, acrescenta: Não sabe quanto custou, mais que um apartamento em Belgrano, mas tinha vontade de ter um desses há tanto tempo... Além do mais, apartamento em Belgrano eu já tenho, diz e ri. Nurit Iscar olha o relógio e se pergunta se conseguirá aguentar as horas que tem pela frente. Aquilo que não gostava em Lorenzo Rinaldi, mas que ignorava porque estava apaixonada, cai sobre ela de uma vez, no meio da cara, como uma pedra. Como fui me esquecer dessa parte?, censura-se. Você está bem, recebeu um bom dinheiro pelos livros que já publicou, não?, pergunta ele e confirma os pensamentos de Nurit. Ela não consegue acreditar para onde está indo essa conversa, terão sido assim suas conversas quando ela estava apaixonada por ele?, terá o amor — e ela — disfarçado as conversas e interesses de Lorenzo Rinaldi com inteligência e importância?, ou ele terá se cuidado para não se mostrar tão imbecil? Nurit suspira e deixa a vista se perder pela janela. Continua recebendo direitos, não?, insiste

Rinaldi. Nurit Iscar gostaria de não responder, mas sabe que é melhor responder, senão ele continuará perguntando: Alguma coisa, diz. Quanto é alguma coisa?, pergunta ele. Ah, não, pensa ela, não pode ser tão idiota. Não sei, Lorenzo, diz, se quiser quando eu chegar em casa te mando o último pagamento da editora. Mas ele, sem entender a ironia de Betibu, continua: E quanto poderiam dar como adiantamento por seu próximo livro? Nurit Iscar olha outra vez para o relógio. Em dólares, completa ele, porque além do mais você pode se valorizar, pode apresentá-lo a várias editoras e que se matem pelo manuscrito, entregar à melhor proposta. Como uma espécie de leilão, você quer dizer, ironiza Nurit, mas ele toma isso como uma descrição da realidade. Sim, um leilão da publicação de seu novo livro, isso mesmo. Não há novo livro, diz ela. Ainda não? Não vai haver, parei de escrever. Está brincando. Não, estou falando sério, não achou estranho que nestes anos todos não tenha saído nenhum livro novo meu? Não, pensei que tivesse ficado meio abalada com o assunto do último e por isso estava se dando mais tempo. Não foi bem recebido o último livro, não? Não, não foi. Como era que se chamava? *Só se você me amar. Só se você me amar*, certo; mas de todas as formas devem ter pagado um adiantamento, diz Rinaldi, eles não sabiam qual seria o resultado do livro. Nurit não responde, diz a si mesma pela enésima vez: O que estou fazendo aqui. Olha o relógio. Eu não sei como você, que sabia tão bem o que devia enfiar num livro, decidiu mudar tudo, diz Rinaldi. Nurit sente muita vontade de dar um tapa nele. Vontade infinita. E não dissimula. Mas ele, que custa a perceber o que se passa com os outros, continua: De todo modo, o fato de ter se equivocado uma vez não quer dizer que não tenha o dom. Que dom?, pergunta Nurit com uma chateação impossível de dissimular. O de saber o que é preciso colocar num livro para que as pessoas queiram comprar: um pouco disto, um pouco daquilo. Por que não vai se foder, Rinaldi? Epa, o que aconteceu, surpreende-se ele. Olha, eu não vou discutir com você por que escrevo, o que escrevo e como escrevo, porque você não entende disso, diz ela, e diz com tal firmeza que pela primeira vez Rinaldi repara que Nurit Iscar está incomodada. Bom, parece que não começamos bem, diz ele. Não, não começamos bem, diz ela. Saem do La Maravillosa em silêncio, depois de passar alguns dados na portaria. Depois, já na estrada, ele tenta recomeçar com comentários de rotina: a chuva, os restaurantes da região, o último informe de Nurit, as negociações em que estaria metido o presidente, o estado desastroso em que se encontra o país — a seu critério, o critério de Lorenzo Rinaldi, embora diga como verdade revelada e irrefutável —, a sensação de estar sendo perseguido pelo governo — sou um perseguido político, diz —, o fato de que essa perseguição, em lugar de amedrontá-lo, gera mais adrenalina. Ela não concorda com quase nada do que escuta de Rinaldi, nem sobre o presidente, nem sobre o país, nem sobre os supostos riscos que corre pelo exercício da profissão. Nada. Nem sequer coincide com sua opinião sobre os restaurantes da região. Mas Nurit Iscar fica calada, sabe que não vale a pena dar sua opinião. Sabe que Lorenzo Rinaldi não pode nem sequer suspeitar que ela pense tão diferente. Se ela é inteligente, se ela é profissional, se ela transou com ele, como vai pensar assim?, como não vai se dar conta de qual é a realidade? Hoje, a realidade é uma enteléquia. Uma construção teórica. Se ela mencionasse que "sua" realidade é tão diferente da realidade dele, entrariam em uma discussão sem começo nem fim. Lorenzo Rinaldi tentaria convencê-la, embora ela não fizesse o mesmo com ele. Como conseguiu estar tão apaixonada por alguém que hoje sente tão distante, de alguém com quem hoje não consegue nem sequer compartilhar uma conversa trivial em um carro? Quais são os mecanismos do amor que fazem com que as pessoas não vejam o que não querem ver? Porque isso que é hoje Lorenzo Rinaldi também era há três anos.

Ela não tem dúvidas. No entanto, na época, só via o que a atraía nele. O que a atraía? Suas mãos, sua voz, isso sem dúvida. Mas são suficientes uma voz e um par de mãos para que uma mulher caia dura aos pés de um homem? Se hoje ela, Nurit Iscar, tivesse que dizer o que gostava em Lorenzo Rinaldi, diria, porque isso é o que acredita, que gostou que ele estivesse apaixonado por ela. Ou pelo menos que dissesse isso. Muito apaixonado, dizia. Repetiu até o último momento. E que Nurit tivesse acreditado. Isso, sentir que uma mulher, ela, batizada por ele de Betibu, pois ele a nomeara, despertasse nesse homem paixões, amor, carinho, necessidade de se relacionar com o outro, a deixou apaixonada. Algo que Nurit Iscar já não sentia havia algum tempo em seu casamento. E apostou nisso. Que estavam apaixonados. Equivocou-se?, pergunta-se enquanto olha pela janela e Rinaldi fala da diminuição de vendas desde que apareceram os jornais online. Não, não se equivocou em apostar. Mas se equivocou na aposta. Tinha de tentar e foi o que fez, testar se havia em seu corpo algo do que tinha sentido quando era jovem, quando o amor, o casal, o casamento ainda eram um mistério no qual ela queria acreditar. E havia. Ainda há? Não sabe. Como está sua mulher?, pergunta Nurit no meio de uma frase de Rinaldi sobre o aumento dos custos dos insumos dos jornais. Bem, diz ele, bem. Como anda sua vida?, insiste ela como se estivesse falando de uma conhecida, de alguém distante mas que desperta interesse, embora o verdadeiro propósito de suas perguntas não seja nenhum interesse real sobre a mulher de Rinaldi, mas estabelecer que ele teve, tem e terá, sempre, mulher. Está praticamente instalada em Bariloche, conta ele. Temos vontade de viver lá quando nos aposentarmos. Quando chegar a aposentadoria, claro, não agora. Comprei uns terrenos, a um preço incrível, uma partilha de bens com problemas que terminamos comprando por vinténs e fizemos uma casa ao pé de uma colina com vista para o lago, um lugar de sonhos. Sonho, repete.

Sonho de quem?, pergunta-se Nurit, de Lorenzo Rinaldi?, da mulher de Lorenzo Rinaldi?, do finado que deixou a propriedade com problemas?, da gente que é como eles? Quando alguém diz "de sonho", é porque supõe que todos temos o mesmo sonho? O lote era muito grande, loteamos, fizemos cabanas, e Marisa — o nome a perturba, não se trata mais de falar da "mulher de Rinaldi", mas de alguém que tem um nome, Marisa, nome que enquanto Nurit e Lorenzo Rinaldi tiveram uma relação evitavam, ambos, sempre, pronunciar — ocupa-se de administrá-las. Está muito entretida lá, porque além do mais tem animais e plantas e ela adora isso. Eu vou de vez em quando, ela vem de vez em quando. Um lugar de sonho, volta a dizer. Um pesadelo, pensa ela. A uns vinte quilômetros do Centro Cívico, conhece? Bariloche, sim, seu lote acho que não. Já quase recuperamos o investimento, alugamos algumas cabanas, mas outras vendemos a um preço três ou quatro vezes maior, foi um negócio muito bom, tremendo. Nurit olha outra vez pela janela, em silêncio.

Lorenzo Rinaldi escolhe um restaurante italiano, um lugar de massas, exclusivo, com poucas mesas rodeadas de cadeiras antigas de diferentes estilos e tecidos, uma bodega no porão que pode ser vista através de alguns buracos com vidro no chão pensados para que os clientes do restaurante escolham os vinhos sem sair da mesa. O que tem de bom de já estarem ali, diz Nurit consigo mesma, é que em uns minutos mais vão comer e em uma ou duas horas ela estará livre de Lorenzo Rinaldi e de sua conversa. O tempo que se segue transcorre um pouco melhor, ela fala de assuntos que lhe interessam mais — cinema, livros, seus filhos, o caso Chazarreta — para evitar que se instale a conversa monotemática de Rinaldi. Mas ele parece não se envolver de verdade nos temas que ela escolhe. Responde com algum monossílabo, assente, sorri, mas não escuta, só espera que termine para poder voltar a falar dele e de seu mundo. Entrada, prato principal, vinho escolhido por Rinaldi depois de dar várias voltas e querer demonstrar que disso conhece, sobremesa, café. Pronto. Sobem no carro. Mas Rinaldi não liga. Olha para ela. Sorri. Enfia na boca uma bala de menta para melhorar o hálito. Oferece uma para ela; não, obrigada, diz Nurit, e o fato de que esteja preocupado com seu hálito a deixa alerta. Soube que fiz uma operação há um mês?, pergunta Rinaldi. Não, não soube, algo importante? Não, nada grave, mas incômodo, me deram alta na semana passada. Fico feliz, ela diz. Próstata, diz ele. Ah, é bastante comum em homens de sua idade, não? Sim, foi o que me disseram, mas não é nenhum consolo, diz ele e ri. Depois Rinaldi se acomoda no assento de maneira a poder olhar melhor para ela e deixa evidente que não pensa em ligar o carro por enquanto. Sou virgem outra vez, diz. O quê?, pergunta Nurit. Que ainda não estreei a aparelhagem depois da operação, esclarece ele. Este homem está me falando do seu pinto?, pergunta-se Nurit Iscar em silêncio, sem acreditar direito. Me disseram que não vou ter problemas, mas enquanto não testar não vou ficar tranquilo. Ah, olha, diz Nurit. Ele sorri, olha direto nos olhos dela. Ela teme o que está por vir. A bala para o hálito, diz a si mesma. Você quer me ajudar, Betibu?, pergunta Rinaldi com cara de ovelha recém-nascida que perdeu o rebanho. Você está falando sério?, responde ela com outra pergunta. Nós funcionávamos bem juntos, bom, pelo menos eu tenho essa lembrança, ou não? Sim, funcionávamos bem, diz Nurit, até que paramos de funcionar. Vamos, diz ele, quer me estrear?, olha o privilégio que estou te dando. Não, não, um filho da puta!, dirá Paula Sibona algumas horas mais tarde quando Nurit contar o que disse: "olha o privilégio que estou te dando". E assim, direto, sem nem sequer querer voltar a ser seu namorado?, perguntará Carmen. Acho que você tem que estrear com a Marisa, Lorenzo, diz Nurit, ela vai ter paciência com você, te conhece há tantos anos, vá para Bariloche, relaxe nesse lugar de sonho e faça sua estreia com ela. Rinaldi nega com um gesto de cabeça e depois diz: Não me pergunte por quê, mas tenho certeza que com Marisa não vai funcionar. Então tente com uma prostituta, elas são especialistas em fazer ressuscitar pintos, diz Nurit sem nem sequer pestanejar ao dizer a palavra pinto, olhando também direto nos olhos dele e sustentando o olhar. Não se reconhece falando com tanta desenvoltura, mas gosta disso. Disse isso para ele?, perguntará Carmen em meio a risadas. Que cara mais filho da puta!, voltará a dizer Paula. Não, tampouco uma prostituta, diz Rinaldi e suspira antes de continuar: Sabe que nunca gostei de fazer sexo com prostitutas? É uma boa oportunidade para tentar, responde ela, sabe que quando se é jovem às vezes a gente gosta mais do salgado e quando se é velho, do doce?, talvez você tente e tenha uma surpresa. E eu que tinha colocado todas as esperanças em que você fosse minha Florence Nightingale, diz ele, não quer mesmo ser minha Florence Nightingale? Eu não acredito, dirá Carmen espantada, não posso acreditar, diga que não, que ele não disse isso. Mas quem esse idiota acha que é?, dirá Paula. Não, não quero ser sua Florence Nightingale, diz Nurit.

O percurso até o La Maravillosa pareceu, pelo menos para ela, interminável. Ele a deixa na porta da casa que está ocupando, mas dessa vez não desce. Pense, diz, de terça e quinta posso ser seu namorado. Terça e quinta, repete Nurit. E lembre-se de como a gente se divertia juntos. Ela fica olhando para ele. Pense, volta a dizer ele, e Nurit sorri e entra na casa sem responder.

Zero em erotismo feminino, esse cara, diz Paula Sibona enquanto traz um café para a amiga e continua: Como excitar alguém propondo que seja sua Florence Nightingale? Se fala desse jeito, é porque está muito seguro de que há mulheres que ficariam felizes em ser a Florence Nightingale dele, diz Nurit. Percebem, não?, pergunta Paula. O quê? Que até algum tempo atrás os problemas dos homens com quem saíamos eram distensão de ligamentos, meniscos, uma apendicite com toda a fúria. A próstata é uma viagem de ida, diz Carmen.

19

Enquanto Nurit Iscar repassa com as amigas os pormenores da saída com Lorenzo Rinaldi, o garoto de Polícia recebe um e-mail que o surpreende. É de Gandolfini, mas não de Gonzalo, de seu pai, Roberto, o irmão do Gandolfini morto. Olá, soube por meu filho Gonzalo que o senhor conhecia meu irmão e seus amigos. Ele me disse também que fez uma série de perguntas que ele não sabe responder, por isso me deu seu e-mail para que eu responda. Mas é tanto o que há para falar daquela época que talvez fosse mais conveniente nos encontrarmos para tomar um café. O que acha? Como está o resto do domingo para o senhor? Vive em Buenos Aires como nós? Um abraço, Roberto Gandolfini. O garoto de Polícia está fervendo de novo. Liga para Jaime Brena antes de responder o e-mail. Incrível, diz Brena. Se combino a coisa e peço que leve alguma foto daquela época ao encontro, talvez a gente dê com uma cópia da foto perdida e temos assim o grupo completo. Sim, parece bom, mas o que me preocupa é outra coisa, rapaz, se você não tinha nascido na época do caso da doutora Giubileo, como pode conhecer o Chazarreta e sua turma daquela época? Quando eles terminaram o secundário, você nem tinha nascido, ou estou equivocado? Tem razão. O garoto de Polícia e Jaime Brena ficam um instante em silêncio, pensando, e depois o garoto diz: E se você fingir que sou eu?, lição número 1 de Jaime Brena: se disfarçar. Como seria isso? O sobrinho de Gandolfini sabe meu nome, aparece no Facebook, e ele disse ao pai quando passou meus dados; mudar isso agora, desmentir, colocaria os dois em alerta, desconfiariam. Mas de mim não têm mais nenhum dado além desse, o nome; na minha foto do Facebook não está minha cara, mas a camiseta do Estudiantes de La Plata. Você é de La Plata, rapaz? Não, sou torcedor do Estudiantes, só isso, esclarece e continua: Você, Brena, pode ter sido amigo deles. Deus me livre, mas sim, sou tão velho quanto esses caras. Há um risco, adverte o garoto, que Gandolfini te reconheça; mesmo sendo um jornalista gráfico, já apareceu várias vezes na televisão e para piorar falando da morte da mulher de um dos amigos do irmão. Se o cara te viu em alguma dessas reportagens e te reconhecer, o que falamos? Que eu me pareço com Jaime Brena, efetivamente, e que isso me trouxe grandes problemas ao longo da vida, mas que por sorte não sou ele. O garoto ri. O que você disse, se mimetizar, rapaz, se disfarçar, se esconder, dizer que somos o que a gente não é, o que for preciso, isso faz parte da profissão. Nós, jornalistas de Polícia, somos detetives neuróticos obsessivos, e cabeças-duras, sabemos o que é o fracasso, mas continuamos remando até o final. E como disse Walsh, se não existe justiça, pelo menos que haja a verdade. Disse Walsh, não? O garoto não responde, mas vai averiguar. Na internet. Marque com Gandolfini em um bar daqui a uma ou duas horas, diga que traga fotos, sim, e me reenvie todos os e-mails que trocou com ele ou com seu filho, assim não falo besteira. Você passa para me buscar, pode ser?, você me espera no carro enquanto eu falo com Gandolfini. Segundo o que surgir dessa conversa, talvez a gente possa ir trabalhar um pouco com a Nurit Iscar, o que você acha? Ótimo, escrevo para Nurit para contar o que estamos fazendo? Eu ligo para ela, diz Brena, me dá o número. Eu passei por e-mail, diz o garoto. Não vai me fazer ligar o computador para procurar um número de telefone, não é, rapaz? O garoto de Polícia passa o número. E Jaime Brena liga. Incrível, diz Nurit Iscar usando a mesma palavra que um momento antes ele usou quando o garoto de Polícia ligou para contar. Estamos perto, Brena. Estamos perto, sim, responde ele e depois pergunta: Tudo bem se quando terminarmos a reunião com Gandolfini a gente vá para a sua casa?, acho que devemos nos reunir para trocar ideias e começar a tirar conclusões, mesmo que sejam rascunhos. Sim, claro, espero os dois, diz ela, a que hora viriam? Acho que vai ser obrigada a comprar uma pizza para o jantar, Betibu. Ela diz: Já passei por coisas piores, Brena. E sorri, e ele não vê seu sorriso, mas intui.

Jaime Brena imprime os e-mails enviados pelo garoto de Polícia, lê, dobra e guarda em um dos bolsos. Pega o bloco de anotações Congreso e anota em coluna cada um dos mortos que são parte do caso até agora, uma seta que sai de cada nome e a causa da morte em outra coluna na margem direita, em alguns casos com esclarecimentos entre parênteses. Pedro Chazarreta, seta, degolado (como sua mulher). Gandolfini, seta, acidente de carro. Bengoechea, seta, acidente de esqui. Luis Collazo, seta, ainda vivo. Brena lembra que Gladys Varela falou de quatro homens na foto; ou cinco, corrigiu-se; ou seis?, perguntou-se depois. Por isso acrescenta duas possibilidades mais, para abarcar a alternativa máxima: Desconhecido 1, seta, ainda vivo? Desconhecido 2, seta, ainda vivo? Jaime Brena fica olhando seu quadro sinóptico *ad hoc*. Sabe que esse desenho diz algo que ele ainda não consegue escutar. Ou enxergar. Ou decifrar. Olha os nomes, olha as setas uma debaixo da outra, olha a causa das mortes. Que fio une cada uma dessas mortes além de uma foto? Qual é o padrão? Qual é a melodia tocada pelo assassino? Por que pensa em uma melodia e em um assassino se a maioria das mortes foi acidental? Foi? Os fatos dizem que sim. O único caso produto de um crime é a morte de Chazarreta. Pensa. Outra vez se pergunta: O que dizem esses nomes, o que dizem essas mortes?, o que diz o acaso ou a coincidência ou o destino quando três pessoas, das poucas que foram retratadas em uma foto antiga que desapareceu da moldura, estão mortas? Pensa. Toca a campainha. Vai até a cozinha, levanta o fone, diz: Já desço e desliga. Sabe que é o garoto de Polícia, embora não possa escutar direito, há meses que o aparelho não funciona bem e não consegue fazer com que o zelador do edifício conserte. Quando a campainha do interconunicador toca, ele consegue atender, mas não escuta quem fala da entrada. Terá de dar uma gorjeta maior ao zelador, não se importa muito com a campainha, mas, quando alguma outra coisa quebrar, vai se lamentar. Procura a jaqueta de couro preta e um boné do mesmo material que há muito tempo não usa. Coloca na cabeça, olha-se no espelho do banheiro. Sente que ao colocá-lo, de alguma maneira, está se camuflando. Ri de si mesmo. Com esse boné, os anos que se passaram desde a última aparição em um programa de TV e os quilos que ganhou desde então, podem convencer qualquer um que ele, o homem que agora olha para o espelho, não é Jaime Brena. A campainha volta a tocar quando Brena está abrindo a porta do apartamento, por isso não vai acalmar a suposta impaciência do garoto de Polícia, mas sai e entra no elevador. Quando chega ao térreo, o que vê do outro lado da porta do edifício o surpreende: Karina Vives, com os olhos vermelhos. Jaime Brena corre para abrir a porta e diz: O que foi, linda? Mas ela não responde, se pendura em seu pescoço e chora sem consolo. Ele a deixa chorar. Já faz tempo que entendeu que, quando uma mulher chora, o melhor não é solucionar seu problema, mas deixar que se desafogue tranquila. Aos poucos ele a leva até uma poltrona que há no hall de entrada, se senta e a faz sentar a seu lado. O que está acontecendo?, volta a perguntar Jaime Brena quando ela consegue diminuir a frequência de soluços e suspiros. Estou grávida, diz a garota. Ele olha para ela. Espera sem dizer nada para dar tempo de ela acrescentar algo, mas ela não fala mais nada. Ele ainda espera um pouco mais. Passam-lhe pela cabeça perguntas que não faz, passam algumas que nunca faria. Se Karina Vives não menciona quem é o pai, ele não vai fazer essa pergunta, por exemplo. Jaime Brena acaricia-lhe o cabelo. Sorri. Ela continua calada. Ele diz: E o que quer fazer? Esse é o problema, responde Karina, e depois chora outra vez, mas continua falando: Não sei o que fazer, um dia estou certa de que quero tê-lo e no dia seguinte estou certa de que não quero. Jaime Brena segura as mãos dela. Como posso te ajudar, linda? Assim, segurando minhas mãos, diz Karina e apoia a cabeça no ombro dele. Brena envolve as costas da garota com um dos braços, ela se acomoda sobre seu ombro e, para fazer isso, se aproxima dele. Jaime Brena olha para a rua e vê o garoto de Polícia, parado atrás do vidro, olhando sem entender de que trata a cena que ocorre diante dele. Ou entendendo errado. Brena faz um gesto para que ele espere um minuto. Pega a garota pelo queixo e levanta-lhe o rosto para que ela o veja: Tenho de ir com o garoto de Polícia a uma reunião de trabalho, diz e aponta com o olhar para a porta para que ela veja que o garoto está ali, vem com a gente? A garota volta a cabeça e o vê. Não conte a ele, diz a Brena. Pode ficar tranquila, responde ele. Sem dar mais explicações, Jaime Brena a ajuda a levantar e a leva até a porta, abre com a chave que guardou no bolso da jaqueta, cumprimenta o garoto de Polícia e, sem lhe dar explicações, anuncia: Ela vai nos acompanhar. Os três entram no carro e vão para o bar.

Uns dez minutos depois, o garoto estaciona o carro na esquina do bar onde combinaram com Roberto Gandolfini. Jaime Brena desce, e eles — o garoto de Polícia e Karina Vives — ficam esperando dentro do carro como tinham combinado. Brena atravessa a rua e antes de entrar no bar para num quiosque e compra cigarros. O garoto de Polícia o segue com o olhar, que ao voltar fica suspenso sobre o rosto de Karina Vives. Ela nota e sorri. Ele se incomoda, como se tivesse sido olhado através da fechadura de uma porta. Para sair do embaraço, o garoto sente que deve dizer algo: Você está com os olhos irritados. E, quando Karina responde, ele se arrepende de ter dito isso: Não paro de chorar desde ontem à noite, responde a garota. O garoto, agora menos do que antes, não sabe o que dizer. Pior em um lugar tão pequeno, tão íntimo à força como é o interior de um carro. É ela quem fala: Vocês não choram? Vocês quem?, pergunta ele. Vocês, os homens. O garoto não responde, mas faz uma expressão com a boca que poderia ser traduzida por um "não" duvidoso, ou "raramente", ou "alguns choram, mas não é o meu caso". No entanto, não diz nada disto, só mantém a expressão. E o que fazem quando estão mal, então?, quer saber Karina. Pegamos o computador, entramos no chat, no Facebook, Twitter, essas coisas. Há pouco fiz essa mesma pergunta e me responderam: Nos jogamos na cama e zapeamos. Deve ter perguntado a um homem de outra geração, um cara mais velho, não? Ou seja, a tecnologia que substitui o choro masculino é um tema de geração, diz Karina. Sim, responde o garoto. Mas chorar, nunca choram, nem jovem nem velho, insiste ela. O garoto faz um gesto que não diz nada e liga o rádio em uma tentativa de dar por terminada a conversa que o incomoda.

No mesmo momento em que o garoto consegue sintonizar uma música que, embora não goste muito, permite que se mantenha calado e finja que está escutando, Jaime Brena entra no bar. Olha tentando adivinhar se alguma das pessoas que estão ali sentadas pode ser Roberto Gandolfini. Dois casais, uma mulher com os filhos, um homem jovem — quase tão jovem quanto o garoto de Polícia —, uma mulher de uns cinquenta anos que chora perto da janela. Desta não vai se ocupar, muita mulher chorando para um domingo à tarde, pensa Jaime Brena. Irina não chorava, gritava, e só depois de tanto grito, às vezes, pulavam umas lágrimas, mesmo sendo de raiva. E por que Irina surge agora? Por que surge de vez em quando nos domingos à tarde? Jaime Brena se senta a uma mesa perto da porta. Olha ao redor outra vez. Nada. De repente, um homem sai do banheiro falando ao telefone e se acomoda em outra, diagonal à dele. Diz algo como Certo, posso ficar tranquilo, então?, um último esforço e terminamos. Embora Jaime Brena, mais que ouvi-lo, resgate algumas sílabas e as demais adivinha em seus lábios. Tranquilo, esforço, terminamos. Brena fica olhando. É um homem baixo, de uns cinquenta e tantos anos, talvez um pouco jovem para ser o irmão de Gandolfini. O homem fecha o celular e brinca com ele sobre a mesa, girando-o de um lado para o outro. Usa óculos, está usando roupa de marca, cara, de boa qualidade, mas um pouco antiga. As calças com a cintura um pouco alta, a camisa abotoada até o último botão, mocassins clássicos e uma jaqueta de sarja bege. Jaime Brena o estuda com o olhar, o homem parece inquieto ou até nervoso. Agora tira fotos de um envelope de papel-cartão. Observa-as uma por uma. Será ele?, pergunta-se. Tem de ser ele. Essa cara parece conhecida. Mas Jaime Brena não sabe que cara tem Gandolfini — nem o irmão morto, nem o irmão vivo —, por isso se o conhece deve ser de outra parte. O homem olha o relógio, agita as fotos no ar como se sentisse calor. Jaime Brena está cada vez mais seguro de que aquele que está ali, em diagonal a sua mesa, é o homem com quem combinou, mas espera um pouco mais, continua observando-o, estudando. Percebe que a espera é angustiante para o homem. E assim, angustiado, ele finalmente se levanta, olha ao redor e diz, quase gritando: Sou Roberto Gandolfini, algum de vocês está me esperando? Todos — os clientes do bar, os garçons, o caixa — olham para ele como se fosse um louco e ficam alertas, entretidos nas próprias ações, atentos ao que o louco possa fazer. Todos menos Jaime Brena, que também se levanta e diz: Sim, eu.

E avança até a mesa do homem. Com licença, posso me sentar?, pergunta. Sim, claro, sente-se, diz Gandolfini, e o bar volta à normalidade. Rapidamente guarda as fotos no envelope, como se ainda não estivesse seguro a respeito de mostrá-las ou não àquele desconhecido. O que quer beber?, pergunta, e Jaime Brena responde: Café com um pouco de leite. O homem diz: Eu também, e depois sorri e fica esperando que Brena diga algo mais. Brena nota e acrescenta: Obrigado por vir. Não foi nada, responde Gandolfini, gosto de ter a oportunidade de falar do meu irmão com alguém, foi tudo tão rápido, tão inesperado. Bom, que acidente não é, diz Brena. O homem olha para ele em silêncio por uns segundos e depois de uma pausa um pouco incômoda pergunta: Mas o senhor não era colega de colégio deles, certo? Não me lembro de seu sobrenome — o sobrenome do garoto de Polícia, embora Gandolfini não saiba disso. Não, eu não frequentei o colégio com eles, a gente se conheceu na viagem de formatura e ficamos em contato por um tempo, mas não com todo mundo, só com o grupo de Chazarreta, Collazo, seu irmão. Com a famosa Chacrita, diz Gandolfini. Com a famosa Chacrita, repete Jaime Brena, sem saber exatamente do que está falando. Então nós também nos conhecemos daquela época, fala Gandolfini. Sério? Eu era aquele menino insuportável que ia com eles para todos os lados, não se lembra?, inclusive na viagem de formatura. Delírios da minha mãe, que dizia que tudo o que meu irmão fazia eu tinha que fazer também para que fosse justo, o senhor acredita? Um conceito de justiça bastante peculiar. As mães, às vezes, querendo fazer um bem, causam danos. Sabe a raiva que meu irmão sentia por mim?, diz Gandolfini e ri. Foi mandado para a viagem de formatura com um irmão mais novo e uma babá para cuidar de mim. Que tremenda minha mãe, que coisa. O homem fica um tempo com o olhar perdido nas próprias mãos, como se olhá-las ajudasse a se lembrar. Brena diz: Sinto muito pelo que aconteceu com seu irmão. Gandolfini faz uma careta triste, uma espécie de sorriso estranho, melancólico, e assente com a cabeça. Sim, foi um acidente tremendo, chovia, meu irmão gostava de correr com o carro, sabe? De uma maneira ou de outra, todos imaginávamos que algum dia ia morrer assim. O homem pega outra vez as fotos e, agora sim, passa para Brena. A primeira, a que inicia a pilha, suspeita Jaime Brena, é semelhante à que falta no porta-retratos de Pedro Chazarreta: seis colegas, em um lugar montanhoso, provavelmente Bariloche, segurando uma bandeira do colégio entre todos: São Jerônimo Mártir. Ele viu essa foto em alguma outra parte, tem certeza. Ou será um déjà vu? A Chacrita, diz Jaime Brena com a foto na mão, nunca soube por que chamavam a si mesmos assim. O homem olha o retrato invertido, sustentado a sua frente. Teve sorte, ri Gandolfini. Não entendo, diz Brena. Nada, uma piada, esclarece o homem e volta ao sorriso melancólico. Brena espera. Se chamavam Chacrita porque na chácara dos Chazarreta faziam as cerimônias de iniciação. Cerimônias de iniciação?, pergunta Jaime Brena. Bom, essas coisas que fazem os bandos de adolescentes para deixar alguém entrar, um novo membro, rituais para fazer parte, diz Gandolfini, testes que era preciso atravessar, essas coisas, passou tanto tempo, nem me lembro mais. Você era parte do grupo?, pergunta Brena. De que grupo? Da Chacrita. Ah, não, não, não me deixavam. Diziam que era muito novo. Eu ia a todos os lados com eles como uma carga, um imposto que tinham de pagar para que deixassem meu irmão ir junto, mas não me incluíam em nada; só me usavam como garoto de recados quando precisavam. Meu irmão tinha quase dez anos a mais do que eu. E não éramos filhos da mesma mãe. Meu pai ficou viúvo e se casou com minha mãe. Pouco depois, eu nasci. Tínhamos o mesmo pai, mas mães diferentes. Meios-irmãos. Entendo, diz Jaime Brena. Os dois ficam em silêncio outra vez. Observam-se mutuamente sem dissimular. Brena se pergunta de onde conhece esse homem, mas quem pergunta primeiro é Gandolfini. Seu rosto me parece conhecido, diz, pode ser que o conheça de alguma parte? Bom, responde Jaime Brena e vai direto ao ponto para evitar suspeitas, alguns dizem que me pareço com um jornalista do *El Tribuno*, me param na rua de vez em quando porque me confundem com ele. Ah, sim, é isso, você se parece com Jaime Brena. Com Jaime Brena, sim. E você, pode ser que eu o conheça de alguma parte, Gandolfini? Bom, sou desenvolvedor de empresas, em meu escritório montamos empresas, colocamos em funcionamento e depois vendemos. Também fazemos estudos de viabilidade, análise de mercados nacionais e internacionais, traçamos tendências futuras, essas coisas, nos consultam muito, de grandes grupos econômicos, inclusive alguns políticos, por isso muitas vezes participei de programas de televisão ou jornais onde me levam para falar sobre algum aspecto relacionado ao que sei, ao que é minha matéria, diz o homem sem dissimular o orgulho e arremata: Sou uma referência em certos temas neste país. Assuntos econômicos, sobretudo, sabe? Sim, sim, agora que me diz, eu o vi em algum programa de TV. Certamente. Mais uma vez os dois homens ficam em silêncio e depois apressam a conversa: Por que não me faz as perguntas que fez a meu filho?, aproveite agora que estou aqui na sua frente. Bom, nada de mais, eu mais que perguntas queria fazer contato com esse grupo de amigos da juventude, saber o que aconteceu com eles, tudo que se passou com a mulher de Chazarreta primeiro e com ele depois colocou algumas lembranças daquela época em primeiro plano. O homem fica olhando para ele, um olhar que assente, mas ao mesmo tempo penetra e depois diz: Sim, a morte da mulher de Chazarreta voltou a nos conectar, quando a mataram fazia tempo que não nos víamos. Ou, pelo menos, fazia tempo que eu não os via. Meu irmão sim, claro, não tão frequentemente por causa das ocupações de cada um, mas estávamos em contato, sabíamos o que acontecia um com o outro, éramos família. O resto, não. E depois as outras mortes, uma desgraça atrás da outra. O homem interrompe o relato e outra vez fica com o olhar perdido nas mãos. Jaime o observa, o tempo passa e parece que Gandolfini não está consciente de quanto tempo fica assim, em silêncio e olhando as mãos. Por fim diz: O que é o destino, não? Sim, assente Brena; depois aponta para a foto e diz: De seis amigos, três mortos. O homem corrige: Três não, quatro mortos. Jaime Brena se impacta com a notícia. Como quatro? O homem pega a foto e vai apontando: Meu irmão em um acidente de carro, Chazarreta aparentemente assassinado, Bengoechea em uma queda besta enquanto esquiava e Marcos Miranda, diz e aponta para o mais alto do grupo de amigos, que acaba de morrer nos Estados Unidos em um desses ataques absurdos nos quais um cara fica louco e começa a disparar contra qualquer um que sai de um supermercado empurrando um carrinho de compras. Acaba de morrer mais um amigo? Sim, Marcos Miranda, há algumas horas, vi a notícia por acaso na CNN. Um argentino que vivia em New Jersey há vários anos e que era o CEO de um banco importante. Não ouviu nada? Não, responde Brena. Logo vai ver, vai sair em todos os jornais, é uma notícia dessas que ninguém perde. Por sorte, só houve alguns feridos, ninguém grave, as pessoas estão muito loucas hoje em dia. É verdade, diz Brena, as pessoas estão muito loucas, e continua assombrado. Ou seja, os dois únicos amigos vivos são Luis Collazo e... como é que se chama o outro que me escapou o nome?, finge Brena. Gandolfini olha por um instante, coça a cabeça como se isso ajudasse a lembrar, olha para ele e depois diz: Vicente Gardeu? Isso, Vicente Gardeu, responde Brena. Gandolfini assente várias vezes com a cabeça, como se acabasse de confirmar algo. E outra vez os dois ficam em silêncio, olhando-se, medindo-se, mas desta vez Brena sente que o olhar de Gandolfini mudou, levemente, um pouco, mas mudou. Gandolfini olha as horas no relógio. Bom, se não tem nada mais a perguntar, diz e começa a guardar as fotos. Brena o impede: Perguntas não tenho, mas diga-me, há alguma possibilidade de que você me empreste esta foto para que eu tire uma cópia e depois a devolva? Não, olhe, é uma das poucas lembranças de meu irmão e seus amigos que me restam, diz Gandolfini. Para mim seria muito importante, insiste Brena, gostaria de ficar também com essa lembrança. Não é uma boa foto, diz o homem, é uma foto tirada sem cuidado. Isso não importa. Não, desculpe, esta foto não, se quiser outra posso pensar, mas esta não. Gandolfini fecha o envelope com as fotos como se desse por terminado o assunto, depois enfia a mão no bolso interno da jaqueta, tira um porta-cartões e entrega seu cartão pessoal. Para qualquer coisa, se quiser consultar algo por uma via mais direta que o Facebook. Certo, muito obrigado, aceita Brena. Um último favor, posso ver a foto mais uma vez? O homem hesita, mas finalmente enfia a mão no envelope e a entrega. Jaime Brena a observa como se quisesse retê-la na memória. Tem certeza de que viu essa foto em algum lugar. Certeza. Maldiz sua memória que foi implacável, mas sente que já faz algum tempo começou a se esmaecer. Gandolfini estica a mão para que lhe devolva a foto. Ele entrega. Obrigado, diz Jaime Brena, e deixe que eu pago o café, pode ir tranquilo. Parece um trato justo, diz o homem, você paga o café, e se vai.

Jaime Brena fica olhando pela janela o homem ir embora. Onde viu essa foto? Tira o bloco de anotações Congreso, risca Desconhecido 1 e escreve Marcos Miranda. Risca Desconhecido 2 e escreve Vicente Gardeu. À direita da seta de Marcos Miranda escreve: morto nos EUA por ataque de franco-atirador. Guarda outra vez o bloco no bolso da jaqueta. Pensa em Chazarreta e seus outros mortos. Pensa em Gloria Echagüe. Pensa no muito que trabalhou na notícia da morte dessa mulher. Pensa nele, há uns anos, reconstruindo esse crime, entrevistando Chazarreta, escrevendo matérias, até para a TV. A TV. Isso, a TV, foi ali que viu a foto, na matéria que passaram assim que mataram Chazarreta, quando ainda não tinham nada, essa notícia em que ele aparecia, e que fechava com uma série de fotos do casal Chazarreta: fotos de Gloria Echagüe, fotos de Pedro Chazarreta, fotos dos dois juntos, fotos de quando eram jovens, fotos atuais. Fotos de Gloria Echagüe com algumas amigas. Fotos de Chazarreta com alguns amigos. E mais fotos, mas as outras não importavam. Importa só essa em que Chazarreta estava com os amigos. Apostaria tudo que é a mesma foto. Precisa conseguir essa matéria, se não fosse domingo seria fácil, mas se ligar para alguém agora vão enrolar até segunda. Ou até terça. Vai comentar com o garoto de Polícia, com certeza ele consegue encontrar em algum lugar da rede. Jaime Brena não tem ideia de onde nem como, mas tem fé no garoto para essas coisas, muita fé.

Por fim, deixa sobre a mesa o dinheiro para pagar os dois cafés e sai. Enquanto atravessa a rua em direção ao carro do garoto de Polícia, se pergunta quanto tempo passará antes de escrever na coluna da direita do bloco de notas Congreso a causa da morte de Vicente Gardeu e de Luis Collazo.

20

O PORTÃO DE ENTRADA DO LA MARAVILLOSA ESTÁ FECHADO NA hora em que Jaime Brena e companhia chegam: oito da noite. Da janela de ingresso, o guarda pede ao garoto de Polícia que apague as luzes exteriores e acenda as de dentro do carro. Mas o garoto não entende suas indicações, só vê um homem que gesticula com a mão, abrindo e fechando os dedos estendidos como se imitasse o bico de um pato, um homem que não abre a portaria nem pensa em se aproximar para dar explicações, mas que está esperando que o garoto de Polícia faça aquilo que ele pretende. Jaime Brena entende seu gesto e explica: Apague as luzes de fora e acenda as de dentro. O garoto, então, faz isso. Mas mesmo quando ele, Jaime Brena, entende o que o guarda pede, ou justamente por isso, e apesar de ser um homem paciente, fica irritado. O método tem, para Brena, a marca do abuso de poder e faz lembrar outras épocas. Em seus anos de casamento discutiu muitas vezes com Irina por causa do que ela considerava mais uma de suas incoerências e contradições: ter paciência e, no entanto, irritar-se com tanta rapidez. Se você se irrita, faça algo; e, se vai ter paciência, não se irrite, queixava-se sua mulher. Quando um pernilongo te pica, a pele se irrita imediatamente, isso não tem nada a ver com paciência ou impaciência, respondia ele; por outro lado, se já te picou, além de coçar, o que se pode fazer? Jaime Brena era paciente, então, quando estava casado com Irina, e é também paciente agora, na frente do portão de entrada do La Maravillosa, porque sabe que não ser paciente ajudará muito pouco, que qualquer coisa que fizer não servirá de nada e só atrasará a entrada. Mesmo isso não impede que, como se tivesse sido picado por um bando de pernilongos, fique irritado. Quando chegam perto dele, o guarda pergunta nome, número de documento, número da placa, o modelo do carro e a cor. A cor?, diz o garoto de Polícia. A cor, repete o guarda. Verde, diz o garoto com tom de resposta evidente à pergunta idiota. Verde o quê?, insiste o guarda. Como?, pergunta o garoto. Que verde?, diz o homem, invertendo a ordem das palavras que compõem a pergunta, como se isso ajudasse a entendê-la. Verde, volta a dizer o garoto. Outro guarda que caminha por ali com uma escopeta apoiada sobre o ombro se aproxima e, como quem no hipódromo passa uma dica para a próxima carreira, diz: Verde Taiti. Verde Taiti, certo, agradece o guarda que registra o ingresso das visitas enquanto digita com dois dedos no teclado do computador certamente esta palavra: Taiti. O garoto olha para seus colegas e diz: O pior de tudo é que isso é sério. Nem me diga, responde Jaime Brena. O guarda agora pede a carteira de habilitação ao garoto, o documento de identidade, o seguro do carro, o comprovante de pagamento do seguro do carro, pede que ele abra o porta-malas e depois o capô. O garoto faz tudo isso, faz uma a uma as coisas que indica esse homem, mas esclarece: Ontem estive aqui, entrei como visita na mesma casa, já tiraram uma foto minha e carregaram todos esses dados no sistema, menos a cor... Sim, isso é novo, diz o guarda, meu colega pode ter esquecido. E é preciso anotar tudo outra vez?, pergunta o garoto. Não, não deveria ser necessário, mas caiu o sistema e temos que colocar os dados à mão. Jaime Brena se irrita um pouco mais. Karina Vives: Esses caras são incríveis, não existem... Você acredita que esse cara não se dá conta de que saber se seu carro é verde Taiti ou verde-musgo não serve pra merda nenhuma?, pergunta Brena, a ideia genial não é deles, mas dos que dão as instruções. A cada novo assalto a um bairro privado acrescentam algum requisito de controle que não vai servir para evitar o próximo acontecimento, mas que ninguém se atreve a questionar. Karina diz: Eu acho que teriam que desarmar os bancos como faz a polícia antidrogas, levantar os assentos, provar o extintor para ver se não está carregado com alguma substância que serve para fazer bombas caseiras, procurar armas em nós, revistar minha bolsa, nos obrigar a passar pelo detector de metais... É só dar mais algum tempo, interrompe Jaime Brena, já mais resignado que irritado, enquanto a portaria se abre diante deles e permite, por fim, o acesso ao La Maravillosa.

Em casa, ou na casa que ocupa, Nurit Iscar, que sabe que Jaime Brena e o garoto de Polícia estão entrando porque já se comunicaram da Segurança para que ela autorizasse o ingresso — embora ignore que Karina Vives também está no carro —, penteia-se, passa um pouco de perfume, aplica brilho nos lábios e se sente uma idiota. Volta à cozinha com as amigas. Para que hora você pediu as pizzas?, pergunta Paula Sibona. Para as nove, tinha que ter pedido para mais cedo, não? Não, nove é uma boa hora para comer, diz Carmen. E se eles chegarem com fome?, preparo uns petiscos?, pergunta Nurit. Betibu, é impressão minha ou você está mais nervosa que quando Lorenzo Rinaldi veio te buscar?, pergunta Paula. Impressão sua. O som das rodas do carro sobre o cascalho da entrada a salva de dar mais explicações. Nurit Iscar vai até a porta receber seus convidados. A escuridão ainda não permite ver que com o garoto de Polícia e Jaime Brena vem mais alguém, só quando Brena abre a porta traseira e Karina Vives sai do carro que, agora seus passageiros sabem, é verde Taiti. Espero que não incomode, trouxemos uma amiga: Karina, diz Jaime Brena e as apresenta. Nurit, responde ela, dá um beijo na garota e depois nos dois homens. E nunca saberá Nurit Iscar, Betibu, porque não suspeita quem é essa mulher no momento em que beija Karina Vives e a acompanha pela entrada até a casa — imaginando pela idade que é convidada do garoto de Polícia e não de Jaime Brena — e, por outro lado, se dará conta algumas horas mais tarde quando suas amigas contarem — sabe quem é essa filha da puta? Porque não suspeita ainda que essa com quem caminha pela entrada da casa é a mulher que destroçou seu romance *Só se você me amar*, três anos antes, ajudando-a assim a iniciar o caminho que a desterrou ao mundo dos escritores fantasmas. É verdade que ninguém menciona seu sobrenome nas apresentações, que ninguém menciona que é jornalista cultural, que ninguém diz nem sequer: "ela trabalha com a gente". Mas não existe, por acaso, a intuição feminina?, a retração da pele?, o sexto sentido? Parece que não, ou que a excitação que provocam em Nurit Iscar tanto o caso das mortes relacionadas com Chazarreta como a presença de Jaime Brena — já é hora de reconhecer — anula outras percepções. O certo é que nesse momento ela entra em casa, conversando com essa garota, simpática, amável, e assim a apresenta a suas amigas: Paula, Carmen, apresento Karina. E todos se beijam, sorriem, se acomodam nas poltronas da sala e dizem coisas amáveis uns aos outros, como se, apesar de vários deles se conhecerem muito pouco, cada um, solitário como o outro, acreditasse, sem objeções, no dito popular: os amigos de meus amigos são também meus amigos.

A primeira coisa que o garoto de Polícia faz é cumprir com o pedido de Jaime Brena: sobe ao quarto de Nurit e procura no YouTube o vídeo da matéria sobre a morte de Chazarreta que há uns dias passaram no canal que pertence ao mesmo grupo que o *El Tribuno*. Não é difícil, como tampouco imprimir a foto que aparece no fim da matéria, no meio de uma sucessão de diferentes tomadas, e que Brena suspeita ser a mesma que estava no porta-retratos vazio. Embora incomode um pouco a má definição da imagem, é muito provável que a foto seja essa, e, embora com menos pixels do que gostaria, dá para ver com bastante clareza a cara dos homens. Desce, mostra a Jaime Brena, que confirma: É esta, rapaz, obrigado.

Um pouco depois, já instalados na sala, Jaime Brena tira do bolso o bloco Congreso e a foto que acaba de receber do garoto de Polícia, procura a página com suas últimas anotações e faz um gesto para que Nurit Iscar se aproxime. Ela o faz, pega a foto impressa em papel comum, papel de impressora, e observa cada um dos homens. Olha várias vezes, cara a cara. Uma imagem de sorrisos posados, a de todos menos a de Gandolfini, que tem um gesto diferente, mais duro, como se estivesse falando com quem está tirando a foto, mais que falando, dando instruções ou brigando. Nurit e Jaime Brena trocam algumas poucas impressões, o garoto de Polícia segue com atenção esta conversa. Os demais também, mas com certa distância, sem saber ainda se está correto que ouçam. Jaime Brena se dá conta disso e inclui a todos: Se lhes interessam as estranhas elucubrações nas quais estamos metidos, podem se juntar. E todos se reúnem. Ele faz uma síntese de seu encontro com o irmão de Gandolfini, na qual não poupa elogios ao garoto de Polícia e suas habilidades na rede que permitiram localizá-lo. E localizar a foto. Depois coloca os óculos para ler em voz alta o que é mais importante: seu quadro sinóptico, cada morto e cada causa de morte. Nurit deixa a foto sobre a mesa e continua agora com os olhos nas anotações que Jaime Brena lê. O garoto de Polícia procura sinal para seu BlackBerry, mas para isso precisa se aproximar da porta que separa a sala da cozinha. Não sabe por que se preocupa tanto em obter sinal, mas continua procurando. Quando Brena termina de ler seu quadro, Carmen Terrada, com o cuidado de quem sabe que vai opinar sobre um assunto que não é de sua alçada, diz: Se não se incomoda que eu faça um comentário, talvez pouco adequado, isso me parece morte de Carnaval. Jaime Brena concorda. O que quer dizer "morte de Carnaval"?, pergunta o garoto de Polícia, embora qualquer um pudesse ter perguntado, porque ninguém ali, exceto Jaime Brena e ela, sabe do que Carmen Terrada está falando. Ela explica: Agora a coisa está mais controlada, mas há alguns anos, no Carnaval do Rio de Janeiro, morriam muitas pessoas em brigas que se aceitavam como consequência do álcool, da festa, do descontrole. Essas mortes eram assumidas como um custo do Carnaval, não se investigava muito, muitas mortes e poucas pistas, o que fez com que assassinos que queriam matar alguém, por qualquer motivo, esperassem o Carnaval para que esse crime fosse incluído no pacote de mortos do rei Momo e passasse inadvertido, ou quase. Bom, algo do que venho escutando vocês contarem me faz pensar nisso, nas mortes de Carnaval. Não sei explicar bem, é quase uma intuição, conclui Carmen. Jaime Brena, que escutou com muito interesse, concorda. Ele também acha que alguém está querendo fazer passar gato por lebre, que alguém é muito mais inteligente que todos eles, que alguém de alguma maneira continua mexendo os fios dessas mortes. E das que faltam. Apesar da complexidade da situação, não acha que os acidentes sejam só isso, acidentes. Pede ao garoto de Polícia que procure mais informações sobre o último morto, Marcos Miranda, aquele que acabam de matar, há algumas horas, nessa mesma tarde, em um tiroteio nos Estados Unidos. Serão todas essas mortes de Carnaval?, alguma é?, alguma não? O que pode unir um acidente de esqui, uma batida de carro mortal, um degolamento e um franco-atirador?, pergunta Jaime Brena em voz alta, mostrando ao grupo o que se revelou para ele algumas horas antes. Qual é o padrão, a constante que se repete em um caso e no outro?, insiste. O garoto diz que parece estranho, mas que nas agências de notícias ainda não se encontra nada sobre o tiroteio em New Jersey. Karina Vives se esqueceu por um momento de sua gravidez e olha agora a foto dos homens de "La Chacrita" ajoelhada perto da mesinha de centro. Nurit Iscar continua com a vista cravada no bloco Congreso de Jaime Brena. Vai com o dedo, como se fosse um ponteiro, do morto à causa da morte. Parece ter se isolado do resto do grupo, parece que não escuta o que os demais dizem, mas o que sua cabeça rumina. Lê várias vezes causa e morto, da esquerda para a direita e da direita para a esquerda, de cima para baixo e de baixo para cima. Até que por fim, como se tivesse uma revelação, interrompe a conversa que não estava escutando e diz: Cada um morreu como deveria morrer. O que quer dizer isso?, pergunta o garoto de Polícia. Que morreram como era de esperar que morressem, diz Nurit Iscar, depois se levanta e, tal como faria se estivesse dando uma aula na universidade, caminha pela sala e explica, enquanto aponta cada um dos homens que nomeia na foto retirada das mãos de Karina Vives em um gesto que, mais que prepotente, é impulsivo e até entusiasmado: O que dirigia como louco e todo mundo acreditava que ia se acidentar, morreu em um acidente de carro; o esquiador aventureiro morreu esquiando; o que foi aos Estados Unidos morreu de um tipo de morte possível nos Estados Unidos: baleado por um louco. E Chazarreta, que tantos consideravam o assassino de sua mulher, morreu como ela, morreu como deveria morrer, como era esperado que morresse. Cada um deles teve a morte que tinha de ter, conclui Nurit. Mas não foram nem o destino, nem o carma, nem a casualidade, nem uma maldição, nem sequer um trabalho, como diria Gladys Varela, esclarece Jaime Brena, e Nurit, em silêncio, concorda. Quem é Gladys Varela?, pergunta Karina Vives, mas ninguém responde. O que foi então?, pergunta Paula Sibona. Assassinatos por encomenda, diz Jaime Brena sem duvidar um instante. Alguém quis que todas essas pessoas morressem e tratou de encontrar alguém que fizesse isso para ele. Esse e o verdadeiro padrão. Isso existe?, pergunta Carmen, a gente realmente consegue encontrar com facilidade alguém que mate outra pessoa?, eu acreditava que isso era um mito urbano. Não sei se com facilidade, mas um assassino de aluguel não tem nada de mito urbano, diz o garoto de Polícia. Mais ou menos, responde Jaime Brena e depois continua: Um trabalho "sério" entre aspas, bem feito, por profissionais, pode custar de três mil a cinco mil dólares, mas também hoje você encontra um cara que se livra de outro por trezentos pesos. Se tivesse sabido disso antes..., diz Paula Sibona e pisca um olho para Carmen Terrada, que não gosta da piada. Este trabalho, para quem tiver contratado, deve ter saído bem caro, continua Brena, isso não foi feito por um assassino isolado, foi feito por uma empresa, uma série de assassinatos como essa exige logística, informação, expansão territorial, até um roteiro. Uma verdadeira empresa. Eu uma vez escrevi uma matéria sobre algo que se parece com isso, diz Karina Vives — Ah, você também é jornalista?, pergunta Paula Sibona, que até então parecia a menos atenta à conversa. Sou, responde ela, escrevi sobre uma empresa que se dedicava a montar cursos ou congressos falsos para caras ou mulheres infiéis. Os fulanos diziam que iam a um congresso em alguma parte do mundo, e a empresa armava toda a infraestrutura, pastas com papéis dos cursos, credenciais, fotos modificadas, diplomas etc. etc., tudo impecável. Tem cada filho da puta, diz Paula Sibona. Exato, concorda Karina. Isso parece algo assim, não?, uma organização para montar uma mentira que, em lugar de esconder infidelidades, esconde outra coisa. Várias mortes, diz Jaime Brena, e, além de escondê-las, é quem executa, mata, um trabalho verdadeiramente profissional no pior sentido. E Brena continuaria explicando e falando do assunto, mas se dá conta de que as três mulheres incorporadas ao grupo de trabalho ficaram interessadas na empresa para maridos e mulheres e falam baixinho sobre esse assunto sem prestar muita atenção no que ele acaba de explicar. Essa conversa vai ganhando entusiasmo do outro lado da sala. Para Jaime Brena, o garoto de Polícia e Nurit Iscar, não acontece o mesmo. Estão preocupados. Muito preocupados. Separam-se um pouco delas para falar com liberdade sem alarmá-las. Agora sim, parece que é preciso falar com a polícia, diz o garoto de Polícia. Sim, concorda Jaime Brena. Nurit assente, mas sua cabeça não para de trabalhar. Quem pode contratar uma empresa de assassinos e por quê? Para começar, alguém que tem muito dinheiro, responde Brena. E ela continua: Isso é claro, alguém que tem muito dinheiro, mas o que fizeram esses homens para que alguém gaste tanta energia e dinheiro para premeditar sua morte e executá-la de maneira tão sofisticada? São as duas coisas que falta averiguar agora, diz Jaime Brena, quem e por quê. Mas, sem dúvida, temos de avisar a polícia.

A campainha soa e isso os interrompe. A pizza?, diz Nurit, que estranho que não avisaram da Segurança. Vamos ver quem consegue comer agora, eu pelo menos sinto um nó no estômago, diz enquanto vai até a porta. No entanto, quando abre, percebe que do outro lado não está a pizza, mas o guarda que a levou esta manhã em seu carrinho até a banca. Desculpe incomodar, senhora, diz. Não, não tem problema, o que foi?, pergunta ela. Eu... não sei se está correto vir até aqui, mas... O que foi?, insiste Nurit. O senhor Collazo, lembra que estivemos comentando que ele estava nervoso? Sim, diz Nurit e intui o que virá a seguir. Jaime Brena e o garoto de Polícia, que já se deram conta de que quem fala está a ponto de revelar algo importante, aproximam-se da porta. O senhor Collazo se matou, um colega me avisou há pouco... e eu acabo de vê-lo. Nurit sente como se recebesse um golpe seco no meio do peito. Como morreu?, pergunta Brena. Se enforcou em uma árvore, ainda está lá dependurado, na casa dele, não podem baixá-lo, é preciso esperar que chegue o juiz. Nurit agarra o braço de Jaime Brena, ele a segura, mas além disso apoia a mão sobre a dela e a pressiona. O garoto de Polícia esfrega o rosto como se quisesse despertar de um sonho que o deixa angustiado. Não diga a meus superiores que te avisei, pede o homem a Nurit, eles não gostam que a gente leve e traga... mas olha só, estou muito impressionado, como são as coisas, viu?... Só queria te contar, desculpe. Não, fez bem, diz ela, fez bem em vir me contar e fique tranquilo que não vou contar a ninguém como fiquei sabendo. Estava muito nervoso, insiste o guarda, era de esperar, não? Nurit Iscar tenta dizer algo, mas fica sem voz. Jaime Brena percebe e evita que ela tenha de dar a resposta que o guarda espera. Por isso, é ele quem diz as mesmas palavras que ela teria dito se não tivesse a garganta apertada, palavras que, embora pareçam uma confirmação, encerram uma intenção diferente daquela que o homem parado na frente deles pode supor: Sim, era de esperar, Collazo também morreu como deveria morrer.

21

JAIME BRENA E NURIT ISCAR ESTÃO A PONTO DE IR PARA A CASA de Collazo, onde seu corpo ainda está dependurado em uma árvore. O garoto de Polícia, que em um primeiro momento pensa em ir com eles, concorda com Brena em que será melhor ficar buscando dados para localizar o único sobrevivente: Vicente Gardeu. Pelo menos é isso que eles esperam, que Gardeu ainda esteja vivo. Nurit Iscar sugere que faça isso no computador que está em seu quarto, com uma tela maior e um teclado que no futuro, é o que esperam, não provoque tanta artrose quanto o pequeno teclado de seu BlackBerry. Karina Vives, Paula Sibona e Carmen Terrada ficam na casa aguardando novidades e as pizzas. Por isso, no momento em que Nurit e Jaime Brena caminham na escuridão de uma noite sem lua — no La Maravillosa os sócios votaram na última assembleia contra um projeto que pretendia aumentar a iluminação elétrica das ruas, a fim de preservar o ambiente natural do lugar, "para isso vamos viver em Buenos Aires", dizem que gritou um dos sócios e todos aplaudiram —, o garoto de Polícia está no quarto de Nurit digitando "Vicente Gardeu" no buscador do Google, e as amigas de Nurit Iscar conversam com Karina Vives na cozinha enquanto esperam que chegue o entregador de pizzas que já se anunciou na Segurança. Acendemos o forno para mantê-las quentes até que eles voltem, não?, diz Paula. Não acho que venham com muita vontade de comer pizza, mas, sim, frias vai ser pior, diz Carmen. E depois pergunta a Karina Vives: Então você também é jornalista? Sou, responde a garota. E onde trabalha? No *El Tribuno*, como eles. Ah, os três são colegas, trabalham juntos. Isso, e na verdade bem próximos, nossas mesas são bem próximas. Faz pouco tempo que você entrou no jornal?, pergunta Paula Sibona. Não, diz Karina e ri, faz muito tempo, uns oito anos. Mas quantos anos você tem? Trinta e cinco. Parece muito menos. Obrigada. Então faz um tempão que você está lá. Faz. E em que seção está?, sempre se ocupa de mulheres e homens infiéis? Não, por sorte não, isso foi no começo, quando me colocavam de coringa cobrindo o que fosse preciso, depois passei por Espetáculos e já faz alguns anos que estou em Cultura. O alarme soa primeiro para Carmen, então repete para confirmar: Você está na seção de cultura do *El Tribuno*. E imediatamente pergunta: Cultura do jornal ou do suplemento? Nos dois, confirma a garota. E se chama Karina. Isso, volta a confirmar ela, agora um pouco surpresa com tantas perguntas, mas sobretudo com o tom que Carmen usa para perguntar. Trabalha em Cultura no *El Tribuno* e se chama Karina, diz Carmen a Paula com uma intenção que a amiga capta imediatamente. Diga-me, linda, qual é o seu sobrenome?, pergunta Paula. Karina Vives, diz a garota. Não acredito, diz Paula. Karina Vives, repete Carmen, com cara de "eu já estava imaginando". Diga-me, Karina, você sabe na casa de quem está?, pergunta Paula. Sei..., diz a garota sem entender ainda o que quer a mulher com essa pergunta. Na casa de quem?, insiste. O que foi?, é uma piada?, não estou entendendo, na casa de Nurit Iscar, responde. E você não sente nada estando aqui? Sentir o quê? Algo, sim, vergonha, pudor, remorso, digamos, não se sente nem um pouquinho uma bosta?, arremata Paula Sibona. Karina se aflige pois não consegue entender se essa conversa absurda é uma piada, um mal-entendido ou o quê, tenta encontrar uma explicação para a repentina agressividade com que está sendo tratada pelas amigas de Nurit Iscar: Se é por... eu não tenho nada a ver nem com Jaime Brena nem com o garoto... Não, não, linda, não é isso, não tem nada a ver com homens. Karina Vives não consegue pensar em uma crítica de três anos atrás que para ela significou algo muito diferente do que para Nurit Iscar e suas amigas. Uma crítica que por outros motivos ela tentou esquecer, até hoje, com sucesso. Paula Sibona a lembra: Você fez uma resenha de um livro na qual destroçou Nurit e aparece aqui como se não fosse nada. Agora?, um livro novo? Não, novo não, de três anos atrás, você tem uma memória tão ruim? Eu te ajudo: A resenha de *Só se você me amar*. Ah, sim, essa resenha, mas foi há três anos, diz Karina, que por fim entende do que estão falando. Não tem nada para dizer?, insiste Paula. Olhem, vocês estão me fazendo sentir muito mal, essa resenha foi algo que me pediram e eu fiz, fala de um livro, não de uma pessoa, foi meu primeiro trabalho como editora de Cultura e além do mais eu não conhecia Nurit Iscar naquele momento. O quê?, se a tivesse conhecido teria feito uma resenha diferente?, é assim que vocês trabalham?, pergunta Carmen. Prefiro não falar disso, há coisas que dizem respeito ao meu trabalho e que não vou discutir fora dele; foi uma resenha, nada mais, uma resenha não muda a vida de ninguém. A de Nurit Iscar mudou, afirma Paula com a voz dura. Não teria sido a resenha, mas alguma outra coisa, importa tanto o que opina uma pessoa sobre um livro a ponto de marcar a vida de quem o escreve?, defende-se Karina Vives. Bom, a cada um afeta de modo diferente, ou nada afeta você?, pergunta Carmen e continua: Pode ser que não te afete que alguém fale mal de seu trabalho, que não valorizem o tempo e o esforço que dedicou a ele, mas algo na vida deve te afetar, algo deve te fazer chorar, ou você não chora? Karina Vives sustenta o olhar uns segundos, os dentes apertados, a respiração ofegante, os olhos quentes de raiva, e depois, sem solução de continuidade, começa a chorar. Bom, pare, não é para tanto, nós estamos falando calmamente com você, estamos dizendo o que deve ser dito, mas bem, não é verdade?, diz Paula e olha para Carmen. Muito verdade, confirma Carmen. Se o que você quer é fazer com que a gente se sinta mal... Não choro por isso! Não choro por vocês, nem por Nurit Iscar, nem por essa merda de resenha, choro porque estou grávida! Agora são Paula Sibona e Carmen Terrada que ficam surpresas. Isso não é um assunto mais importante que uma bibliográfica? Paula e Carmen se entreolham e depois se voltam para a garota. Karina tem dificuldade de respirar, se afoga no próprio choro. E não sei se quero ter esse filho ou não, balbucia. Sim, diz Carmen, você está com problemas. Paula Sibona enche um copo de água e lhe entrega. Toma, linda, vamos começar de novo. O que é uma bibliográfica?

No momento em que Paula Sibona entrega a Karina Vives o copo d'água, o garoto de Polícia descobre que Vicente Gardeu foi o fundador da ordem que trouxe o Colégio São Jerônimo Mártir à Argentina, e que se esse homem estivesse vivo neste momento teria cento e nove anos. Alguém com o mesmo nome? Insiste na busca, mas todas as entradas remetem ao mesmo Vicente Gardeu. Várias delas falam de processos contra ele por denúncias de pedofilia e abusos. Entra em uma delas: mais de quinze seminaristas que passaram por sua ordem dizem ter sido vítimas de abusos por parte de Gardeu. Outros o defendem. Há declarações de pais que levam os filhos a colégios que pertencem à congregação e sustentam que não os afeta o que aconteceu no passado, porque "as conquistas da fundação excedem a vida pessoal do fundador". Definitivamente, Jaime Brena deve ter entendido mal, Vicente Gardeu não é o sexto amigo. Não pode ser. O garoto de Polícia volta às notícias sobre o tiroteio em New Jersey. Agora sim, em todos os sites aparece mais ou menos a mesma informação em inglês que ele traduz mentalmente enquanto lê: Hoje, poucos minutos depois das três da tarde, um franco-atirador não identificado disparou de um edifício vizinho ao estacionamento do supermercado Walmart de New Jersey, deixando o saldo de um homem morto e três feridos leves. A polícia está tentando determinar de onde foram efetuados os disparos. A vítima seria o gerente de uma importante empresa, um argentino de sessenta anos, estabelecido há várias décadas nos Estados Unidos. O garoto de Polícia imprime três páginas de diferentes jornais online com a notícia porque sabe que Jaime Brena, quando puder, vai querer ler impressa em papel. Tenta fazer com que uma das três opções, pelo menos, seja em espanhol, e sente que aos poucos vai conhecendo melhor Jaime Brena.

Quando a terceira página com o tiroteio de New Jersey sai da impressora, Nurit Iscar e Jaime Brena chegam à frente da casa de Luis Collazo. Sabem que não vão conseguir avançar muito mais, que não deixarão que se aproximem do corpo que entre as sombras está calmamente dependurado em um carvalho. Uma viatura da Polícia Bonaerense e a caminhonete do chefe de segurança do La Maravillosa tapam cada uma das entradas da casa, e o pessoal de Segurança do bairro impede que alguém se acerque já alguns metros antes. Uma mulher chora abraçada a um homem jovem, de pouco menos de trinta anos. Jaime Brena se dirige a um dos guardas e, apontando, pergunta: Quem são? A mulher e o filho de Collazo, responde. Estão mal, não?, diz Brena. E você, como estaria se seu marido ou seu pai se matasse se enforcando em uma árvore?, responde o guarda rude e vai falar com o chefe, sem se importar em deixar para trás Jaime Brena, com uma possível resposta na boca. Mas Brena não se preocupa com a grosseria, sabe que sua pergunta foi idiota, mas também foi proposital, ele já obteve a informação que queria: A polícia não duvida de que a morte de Collazo tenha sido um suicídio, que ele mesmo se dependurou nessa árvore. Conta isso a Nurit, que treme não de frio, mas da impressão que produz o assunto no qual estão metidos. E ele, Jaime Brena, embora saiba que o tremor não se deve à temperatura, tira o suéter e o coloca sobre os ombros dela, Nurit Iscar. Toma, Betibu. Obrigada, diz Nurit e tenta sorrir, mas com pouco resultado. O guarda que uns minutos antes deu a notícia da morte de Collazo acaba de chegar em seu carro. Cumprimenta Nurit de longe, apenas movendo a cabeça quase imperceptivelmente, como se não quisesse que ninguém percebesse que a cumprimenta. Ela responde da mesma forma. Jaime Brena observa a situação, acaricia o próprio queixo, quase apertando-o. Precisamos ver o cadáver de perto, diz por fim. Não vão deixar nos aproximarmos, responde Nurit. Nós não, diz Jaime Brena, mas ele sim, e aponta para o guarda. Você se anima a pedir que tire uma foto com seu celular?, vai se sentir mais obrigado a dizer que sim para você do que para mim. Não acho que com tão pouca luz uma foto de celular possa nos mostrar muito. Sim, talvez não consiga ver o que quero, tem razão, melhor pedir que ele mesmo olhe duas coisas: onde está o nó da corda com a qual supostamente Collazo se enforcou e a cor de sua cara. Para ser mais preciso, precisamos saber em que lugar do pescoço está o nó, se na frente, na nuca ou de lado, e se a cara de Collazo está branca ou azul. Certo, eu falo como você está dizendo e depois você me explica por que estou pedindo isso; agora não poderia suportar um relato sobre as marcas no pescoço de um enforcado. Claro, eu depois te explico. Nurit Iscar vai até o homem tomando cuidado, só quando ele a vê e faz um gesto de que está tudo bem ela se aproxima. Cumprimenta e transmite as indicações de Jaime Brena. O guarda aceita e caminha até o carvalho. Nurit Iscar volta para perto de Brena. Pela segunda vez, desde que se conhecem, ele a vê fazer o gesto de esfregar os braços como se tivesse frio. Se quiser, pode colocar o suéter. Não, está bem, nos ombros está bem. Nunca acreditei que esses assassinatos estariam tão perto da gente, diz Brena; no jornalismo policial sempre se chega depois, mais tarde, pisamos nos calcanhares da morte. E do assassino. Dessa vez é diferente. Sim, dessa vez é diferente, concorda Nurit, precisamos encontrar o único sobrevivente mesmo que seja para sentir que conseguimos fazer alguma coisa. Chegaremos a tempo dessa última vez? Quando voltarmos para sua casa, vou ligar para o delegado Venturini, anuncia Brena, não podemos carregar nas costas mais um morto. Espero que Collazo tenha se suicidado e estejamos equivocados, pede ela. Espero, mas duvido muito, diz ele. O guarda que foi ver como o corpo de Collazo está dependurado no carvalho volta e se dirige até onde eles estão esperando. O nó está de lado, debaixo da orelha esquerda, diz, e a cara, branca como papel. Mais branca que um papel. Obrigado, responde Brena, e não faz mais nenhuma pergunta, não precisa fazer. Quando o guarda se afasta, Jaime Brena indica a Nurit: Vamos voltar para sua casa, não temos muito mais que fazer aqui, ele foi assassinado. Por que está tão certo disso? Agora está preparada para escutar o efeito dos enforcamentos? Não, preparada não estou, mas morro de curiosidade e isso é mais forte. Brena então explica: Há enforcados brancos e enforcados azuis, os brancos são os que têm enforcadura simétrica, quer dizer que tanto ambas as artérias carótidas quanto ambas as veias jugulares são comprimidas simultaneamente, diz, e enquanto fala vai apontando para o próprio pescoço. A passagem do sangue se detém e produz anemia cerebral e palidez no rosto. Para que se dê essa simetria na compressão de veias e artérias, o nó tem de estar debaixo da nuca ou do queixo. Nurit sente tontura, Jaime Brena, entusiasmado com sua explicação, não nota. Se o nó está debaixo do ângulo do maxilar ou debaixo da orelha, a compressão é assimétrica, continua descrevendo, a circulação se interrompe em ambas as jugulares, mas só na artéria carótida onde está a asa da corda, não onde está o nó. Vamos indo?, sugere Nurit e toma-lhe o braço. Vamos, diz ele, e começam a se afastar juntos. Mas Brena não para de falar: Onde está o nó há menor compressão, por isso o sangue que passa para a cabeça não consegue voltar ao coração, então se produz a chamada cianose e a cara fica azul. Jaime Brena e Nurit Iscar caminham devagar, de costas para o corpo morto que ainda se encontra dependurado na árvore. Se Collazo estivesse azul, poderíamos duvidar. Mas Collazo é um enforcado branco com nó debaixo da orelha, algo impossível. Nurit estremece mais uma vez. Jaime Brena agora nota. Olha para ela; sim, Nurit Iscar está tremendo. Então ele lhe passa uma mão por trás das costas, pega em seu ombro e a aproxima dele. Assim, com essas palavras ela prefere pensar, que lhe passa uma mão por trás das costas, pega em seu ombro e a aproxima dele. Assim descreveria se estivesse trabalhando em seu próprio livro. Porque, se escrevesse "Jaime Brena me abraça" ou "Jaime Brena a abraça", o personagem abraçado, ou seja, Betibu, ela, estremeceria ainda mais. E muito menos escreveria: "Por fim, um homem a abraça depois de três anos".

Ela, Nurit Iscar, não faria uma coisa dessas a um de seus personagens.

22

Os pedaços de pizza meio comidos terminaram esfriando nos pratos. Nurit Iscar, além de não ter apetite, permanece calada, apesar dos esforços de suas amigas para que se sinta um pouco melhor. Mas um morto dependurado em uma árvore não é uma imagem que passa sem deixar marcas. E menos ainda se era alguém conhecido ali dependurado, alguém com quem falou e até discutiu. E menos ainda se imaginava que algo assim aconteceria. E menos ainda se acreditamos que não se enforcou por vontade própria, mas que o obrigaram a fazer isso. Ou até que o mataram e depois o dependuraram. Uma coisa é escrever sobre a morte e outra é vê-la. Paula Sibona traz uma manta que, depois de procurada em uma casa que ninguém conhece, se encontra em um armário no corredor do andar de cima. Karina Vives continua com os olhos irritados pelo choro, mas em meio a tanta morte ninguém presta atenção nela. O garoto de Polícia dá a Brena a folha que imprimiu um tempo antes com a notícia em espanhol do assassinato do amigo de Chazarreta em New Jersey; espera que coloque os óculos e leia, e quando termina traduz as páginas que imprimiu em inglês, pulando as informações redundantes. Jaime Brena, então, liga para o delegado Venturini, mas não o encontra. Deixa uma mensagem: Delegado Venturini, aqui é

Brena, ligue para mim urgente, é pela morte de Collazo, não sei se já está sabendo. Já é quase meia-noite do domingo e todos se olham sem saber o que fazer nem por onde continuar. Ninguém se atreve a propor uma alternativa: descansar até o dia seguinte, anotar os novos dados obtidos para não se esquecer de algo importante, voltar a insistir com o delegado Venturini, definir que informações vão agora mesmo para a seção policial do *El Tribuno* e que informações ainda não. Silêncio, ninguém diz nada. Então é Paula Sibona que, usando um mecanismo de livre associação que tantas vezes explicou nas aulas de teatro quando ensinava seus alunos a improvisar, pergunta: Gente, ninguém tem um baseado, não? Carmen Terrada se surpreende com a forma direta usada pela amiga para perguntar. Nurit Iscar olha para Paula com reprovação, Paula nota, mas não deixa que esse olhar a impeça. Karina Vives está pensando em outra coisa e não escutou do que falam; senão, ofereceria com gosto o baseado que tem na bolsa e que não acende desde que descobriu que está grávida. Jaime Brena sorri e diz: Quem dera. Ao escutar isso, Paula olha para Nurit mais relaxada, pisca um olho e faz um gesto, um sorriso lateral, que entre elas significa algo assim como "viu que não falei tanta besteira". O garoto de Polícia se levanta e diz: Se não me engano, tenho um no porta-luvas do carro. E sai.

A espera pelo baseado detém a cena mais ainda. Nurit Iscar está entregue: sabe que daqui a poucos minutos todos fumarão na sua casa. E não é que isso cause algum tipo de pudor. O que sente é inveja. Eles vão ficar bem, vão rir, relaxar, falarão de coisas pequenas como se fossem imensas, tirarão conclusões fundamentais de perguntas banais ou conclusões banais de perguntas fundamentais, resolverão problemas em que nunca antes pensaram, se olharão com carinho e, enquanto isso, ela, Nurit Iscar, Betibu, tentará mais uma vez fazer com que a maconha produza algum efeito. E, mais uma vez, a maconha não fará outra coisa senão coçar a garganta, dar vontade de tossir e decepcioná-la. Algo como não conseguir rir de uma piada que todos adoram, não se comover com um poema aos quais quem conhece dá valor de "culto", ou — depois de se empenhar — não chegar ao orgasmo. O garoto de Polícia entra na casa brincando com o baseado entre os dedos indicador, polegar e médio. Fogo?, pergunta. E Brena lhe passa o isqueiro. O garoto acende o baseado e dá a primeira tragada até que a brasa fique vermelha. Depois o passa a sua direita. Paula Sibona fuma com gosto, com vontade, como se estivesse desejando isso há muito tempo. Está desejando há muito tempo. Carmen Terrada dá uma tragada seca curta e se desculpa: Eu, só isso, senão durmo ou fico tonta. Brena recebe o baseado quase com tanto gosto quanto Paula Sibona, mas fuma de maneira diferente, com mais serenidade; para ele fumar é um ato cotidiano, fuma todas as noites, relaxa e depois dorme. Entrega-se ao ato de fumar: apoia os lábios sobre os dedos que sustentam o baseado e acima deles, aspira enquanto fecha os olhos. Desfruta do que faz. Retém a fumaça, solta aos poucos, e só depois de todo esse cerimonial passa para Karina Vives. Eu não, diz ela, obrigada. Não fuma, não gosta, diz Nurit quase com alegria, como se tivesse encontrado nessa mulher, que ainda acredita que não conhece, alguém com quem se passa o mesmo que com ela. Todos ficam calados, intuem que isso que deduz Nurit — que não gosta — não é o motivo. Todos menos ela creem saber por que Karina recusa o baseado, mas ninguém sabe que o outro sabe. Então dissimulam. Esperam que a própria Karina responda. Jaime Brena continua com o baseado na mão, sem entregá-lo. Paula se aproxima dele, pega e, enquanto se resolve o assunto, dá um segundo tapa. Eu vou fumar um pouco, para não menosprezar o convite, mas também não gosto muito, diz Nurit, e parece que o diz especialmente para Karina Vives, não faz nenhum efeito em mim. E cumpre o que diz: Nurit Iscar recebe o baseado que Paula Sibona entrega, dá uma pitada pouco convincente e passa. Não, eu gosto, esclarece Karina, mas estou grávida, não sei se posso. Nurit tosse. O garoto de Polícia olha para Brena e diz: Está grávida. Sim, eu sabia, responde ele. Mas ainda não sabe o que fazer, conta Carmen a Nurit. Toca o telefone de Jaime Brena, é o delegado Venturini. Jaime Brena escuta e depois diz: Não foi suicídio, Venturini, eu sei o que estou falando. Pela cara de Brena, por seu gesto, é óbvio que o delegado Venturini não concorda com a teoria. Ah, o senhor está agora na casa de Collazo?, e faz um movimento com a cabeça como se quisesse dizer que se é a vez dele na roda do baseado, não pulem. Sim, eu estive também, diz Brena, mas não o vi, delegado. Sim, continuo na casa de Nurit Iscar. Jaime Brena escuta um pouco aborrecido o que dizem do outro lado. Nurit Iscar tosse. Certo, certo, eu entendo, mas enforcado branco com nó lateral não fecha, delegado. Paula tira o baseado de Nurit com a desculpa de bater as cinzas antes de que caiam no chão, embora depois de fazer isso aproveite e dê outro tapa, no caso dela o terceiro. Brena se despede do delegado e desliga: Um zé-ruela, diz. Parece que um pouco não faz nada, diz Carmen a Karina Vives. Eu fumei quando estava grávida, pouco, menos, mas não faz nada, é como tomar uma tacinha de vinho, conta. Eu não tomei vinho quando fiquei grávida, diz Nurit. É que você é muito controlada, amiga, por isso a maconha não faz efeito em você, diz Paula e ri. Nurit não acha engraçado o comentário. A ordem se altera e o baseado é passado para Jaime Brena. Não está mais claro se vai da direita para a esquerda ou da esquerda para a direita. De Jaime Brena cruza ao garoto de Polícia. E outra vez a Paula Sibona. Depois dela, Nurit faz outra tentativa. Coloca nos lábios. Aspire mais, diz Brena, e de seu lugar a incentiva imitando o gesto que deveria fazer, mais, insiste, tem que acender, a ponta tem que ficar vermelha. Paula ri. Nurit passa o baseado para Carmen e solta a fumaça. Segure, diz Brena, não solte tão rápido, vai soltando aos poucos. Carmen fuma. Não é porque solto rápido, explica mais uma vez Nurit, é que o baseado não faz efeito em mim. Mas você traz a fumaça até aqui?, diz o garoto de Polícia e toca o próprio peito. Sim, diz Nurit, não sou tão estúpida assim. Paula ri: "Assistência ao fumante frustrado". Carmen ri com ela e depois se acomoda na poltrona, como se quisesse dormir. Bom, dá aqui que vou dar um tapa, diz Karina Vives e tira o baseado de Carmen antes que Paula o agarre outra vez. A garota aspira e o passa ao garoto de Polícia, que depois de fumar limpa a ponta do baseado no cinzeiro. A cinza tem algo de nuvem, não?, diz o garoto, não sei se é a cor ou essa inconsistência que ela tem que se a gente toca desmonta, desvanece. Desvanece, repete Paula. Agora o garoto brinca com as cinzas em silêncio e uns segundos depois diz: Como uma nuvem, igual a uma nuvem quando você a atravessa com o avião. *Es una nuuube, no hay duuuda*, canta Carmen quase dormindo. Vox Dei, diz Brena. Vox Dei, confirma Carmen e canta: *Liviana como... una nu u u beeee*. Meu tio Luis sempre cantava essa música com o violão, diz Karina. O garoto de Polícia jamais escutou essa música, embora saiba que banda foi a Vox Dei, acha, não tem certeza. Mas diz: Uma nuvem, sim, como uma nuvem. Enquanto isso, o baseado por ali anda fazendo seu caminho de mão em mão. Porque as cinzas vêm do fogo, diz o garoto, e a nuvem, de alguma maneira, também. Paula tira o baseado de Karina Vives: Você se deu conta de quem é esta mulher?, pergunta a Nurit e ri. Nurit nega com um gesto de cabeça. Karina fica tensa. Karina Vives é a filha da puta do *El Tribuno* que fez a resenha de *Só se você me amar*, informa Paula Sibona. *Liviana como... una nu u u beee...*, canta Carmen e se acomoda um pouco mais na horizontal na poltrona. Karina Vives começa a chorar outra vez. Nurit está entre perplexa e brava. Ou perplexa e brava, as duas coisas. Não se preocupe, diz Paula, não chora porque é filha da puta, chora porque está grávida, já andou chorando antes, chora porque chora. Nurit tira o baseado e dá uma tragada muito mais profunda que as anteriores, enquanto fica com os olhos cravados em Karina Vives, embora não saiba o que falar. Então, como não sabe o que falar, diz mais uma vez: Isso não me faz efeito, e tosse. Jaime Brena relaxa as costas, o pescoço de um lado para o outro e sorri: Está tudo bem, não?, pergunta. Em meio aos soluços, Karina Vives diz a Nurit Iscar: Eu não li seu romance. Carmen, que parecia dormir, se levanta: O que você disse?, e ri. O garoto de Polícia desmonta as cinzas com o dedo indicador, só tocando-as: O Facebook e as redes sociais têm algo de cinzas, algo de nuvem. Algo, diz Brena. Isso..., diz o garoto. Vocês não escutaram o que essa garota acabou de dizer, que não leu o livro de Nurit?, pergunta Carmen. Nem eu, diz o garoto de Polícia. Mas você não fez uma resenha detonando o livro, diz Paula, e está a ponto de soltar uma gargalhada, mas com esforço se contém. Eu não fiz aquela resenha, esclarece Karina Vives. Como?, pergunta Nurit e pede que passem o baseado para ela. Eu não fiz aquela resenha, repete Karina e assoa o nariz. Não li seu livro nem escrevi a resenha. Assinei, isso sim. Eu tinha acabado de entrar em Cultura, era meu sonho, o que quis desde que entrei no jornal, e Cultura não tinha editor, então Rinaldi me deu o cargo, eu não podia acreditar, diz e chora. E logo depois veio e me deu essa resenha e disse que assinasse e publicasse, e eu a publiquei. Rinaldi escreveu a resenha?, pergunta Nurit sem deixar de se assombrar. Não, Rinaldi não, a mulher dele, me disse que Marisa, a mulher de Rinaldi se chama Marisa, não?, bom, Marisa estava começando a dar uns passos no ofício, mas ainda não queria publicar as coisas com seu nome até estar mais segura, porque todos iam colocar os olhos nela por ser "a mulher de". A mulher de um filho da puta que além de tudo tem próstata, diz Paula e ri. Rinaldi tem próstata?, diz o garoto de Polícia, sem deixar de brincar com as cinzas. Às vezes fazemos resenhas que já vêm direcionadas, é algo que acontece de vez em quando, e é preciso engolir isso, em geral são para levantar um livro, não para afundá-lo, se é necessário afundá-lo não mencionamos, não se fala nele, faz de conta que não existe. E por que podem querer afundar um livro?, pergunta Carmen e boceja. Por problemas políticos, ou porque o livro fala mal do jornal, ou porque o livro fala mal de alguém bem relacionado com o jornal, ou porque quem o escreveu fez antes outra resenha em que destroçava um amigo. Que desilusão, diz Carmen. Ou porque o escritor ou escritora é amante do diretor do jornal, diz Paula e ri. Paula..., diz Nurit em uma tentativa vã de fazê-la se controlar. Não sabia que você tinha ficado tão mal com essa resenha, lamenta-se Karina. O baseado não faz efeito nela, mas as críticas sim, diz Paula e tampa a boca como se pedisse perdão. Quem te disse que fiquei mal?, pergunta Nurit. Elas, diz Karina e aponta para as amigas. *En una jaauuulaa de alaaambre*, diz Carmen, e depois acrescenta: Desculpa. Por isso não li nunca seu livro, repete Karina, porque não queria saber se o que tinha assinado estava certo ou errado. Ou seja, minha amiga Nurit Iscar passou três anos sem escrever por causa de uma resenha que foi feita pela filha da puta da mulher do filho da puta do amante dela?, sintetiza Paula Sibona. Paula!, diz Nurit. Desculpa, diz Paula e ri. Jaime Brena cochila em sua poltrona e entre sonhos parece que está falando com o delegado Venturini. O garoto de Polícia tenta dar uma última tragada em um baseado que não dá para mais nada. Dá para um último tapa?, diz e se estica para agarrá-lo. Depois da sua, a mulher mandou duas ou três resenhas, continua Karina, e depois não voltou a mandar, perguntei a Rinaldi e me disse que estava trabalhando para o suplemento de viagens, que ali se sentia mais "em seu molho", lembro que usou essas palavras: "em seu molho". O que será molho para uma mulher como essa, não?, pergunta Paula, porque molho por molho nem tudo é o mesmo, para mim molho inclui tomate e orégano, e para outros pode ser outra coisa, quer dizer, o que será o molho para uma corna filha da puta? Sabia que alguns colocam cinzas no molho?, diz Carmen ao garoto de Polícia, que olha com atenção. E outros colocam folhinhas de maconha, mas isso sim bate pesado, diz Paula e sorri, uma vez comi bolinhos de maconha, conta, mas não consegue completar a história porque começa a rir e esquece o que queria contar. Ou seja, para não termos mais confusões, tudo isso que se passou comigo foi por causa de uma resenha assinada por alguém que não leu meu livro, conclui Nurit. Passou porque você deixou que passasse, diz Carmen, também poderia ter ouvido a gente. Mas vocês não são críticas, são amigas. Eu prometo que vou ler, Nurit, quero ser seu amigo, diz o garoto de Polícia e apaga o baseado desenhando nuvens com as cinzas. Desculpe, diz Karina e assoa outra vez o nariz. Nurit não responde. Incríveis as voltas da vida, diz Carmen. Alguém tem algo doce?, pergunta Paula, um chocolate, um alfajor? Nurit vai até a cozinha — mais que pelo doce, para sair um instante da cena — e volta com duas barras de chocolate e um pote com sobras de sorvete. Dá uma das barras a Paula e morde a outra. O garoto agarra o pote e a colher. Obrigada, amiga, diz Paula. O garoto de Polícia, enquanto come o sorvete do pote de isopor, olha para Karina e diz: O Facebook, no longo prazo, vai ser as cinzas da rede, lembre-se do que estou falando hoje. Jaime Brena ronca. Carmen se acomoda outra vez como se fosse dormir. Paula, enquanto mordisca o chocolate, pergunta a Nurit: Já que estamos nesse assunto, posso te confessar algo, Betibu? Pode, diz Nurit, já estou ferrada mesmo. Certeza, certeza? Certeza, sim. Bom, agora que sabemos que a resenha que te levou ao ostracismo foi escrita pela mulher de Rinaldi, e que essa pobre garota que tanto xingamos não tem mais responsabilidade a não ser a de se deixar prostituir pelo sistema, diz e se interrompe. Sim, continue, incentiva Nurit. Certeza? Certeza. Tenho que confessar, amiga, me sinto na obrigação de te confessar, *Só se você me amar*, sempre, sempre, do primeiro parágrafo ao último, me pareceu uma tremenda merda. Nurit olha para ela surpresa. Carmen tenta sair de seu estado anterior ao sono. Paula, você está fumada, censura, e você fumada não tem que confessar nada. Sim, estou fumada, mas *Só se você me amar* é de longe o pior romance de Nurit, você mesma disse isso, ou não se lembra? Paula!, diz Carmen, eu nunca disse isso, fala para Nurit, disse que gostei mais dos outros, o que não é o mesmo. O garoto de Polícia pergunta: É impressão minha ou Jaime Brena está roncando? Paula Sibona insiste: Mas todos têm direito a fazer alguma vez algo que saia uma merda. Ou não lembra o que foi minha Nora de *Casa de bonecas* no San Martín, que quando bati na porta e fui embora alguém da plateia gritou: Mas sim, vai embora de vez, sua louca! E tinha razão. Criei uma louca. Ou não é uma merda *Só se você me amar*, Karina?, pergunta Paula. Eu não sei, não li, reitera a garota. Eu vou ler, prometo, diz o garoto. Nurit, eu asseguro, amiga, esse livro é ruim, sabe por quê?, porque você estava apaixonada, estava com a cabeça em outro lugar, e o amor e a arte não se dão bem. Sexo e arte, sim, mas amor e arte, não. O amor sofredor também. Mas esse amor estúpido, o de cuti-cuti amorzinho da minha vida, esse não. Eu nunca disse cuti-cuti amorzinho da minha vida, queixa-se Nurit. Agora você tem que escrever, continua Paula sem responder à queixa, vai ver como sai um bom livro outra vez. Carmen, de sua posição na poltrona e sem abrir os olhos, segura a própria cabeça e pergunta: Alguém tem aqui um CD do Vox Dei? Ninguém responde. E tenho de confessar algo mais, amiga, diz Paula a Nurit. Não, pede Carmen, não confesse mais nada. O quê?, diz Nurit. Não, não, chega, parem com isso, volta a dizer Carmen, que alguém coloque música, qualquer coisa, mas música. Não sabe o que vou dizer, se defende Paula. Não importa, com certeza é algo que não deveria dizer, responde Carmen. É agora ou nunca, adverte Paula. Nunca, diz Carmen. Diga, pede Nurit. Diga, vamos, fala o garoto de Polícia. Bom, sabe aquele careca de barbicha que escreveu um artigo em que contava que quando se mudou pela última vez descartou da mudança seu livro *Morrer aos poucos* porque precisava de espaço e sabia que nunca ia lê-lo? *Morrer aos poucos* ou *Só se você me amar*? *Morrer aos poucos*, estou dizendo. Não, não lembro. Lembra sim, sempre se lembra do que todos dizem, você. Do careca não me lembro. Aquele careca que supostamente sabe tudo de cinema, diz Paula. Supostamente sabe tudo de cinema, mas escreve sobre literatura?, pergunta Karina, conheço uns dois ou três, mas não são carecas. Não, bom, não lembro, diz Nurit, mas o que tem. Bom, ele disse uma vez que em cada mudança aproveitava para fazer uma limpeza de livros, que só levava os que valiam a pena e que na última mudança deixou seu livro *Morrer aos poucos* com plástico e tudo, como recebeu da editora, porque sabia que em toda sua porra de vida não ia lê-lo. O "porra" de vida é um acréscimo meu, esclarece Paula. Não lembro, repete Nurit. Bom, nós sim, lembramos na época e continuamos lembrando agora, e sabe o que fizemos? É preciso contar?, pergunta Carmen. Mandamos um novo exemplar assinado por você, ou por nós com seu nome, claro, com a seguinte dedicatória: Para repor o exemplar que você perdeu na última mudança, careca. Paula ri. Desculpa, diz Carmen. Desculpa, desculpa, diz Paula. Não acredito, diz Nurit e tira o pote de sorvete do garoto. Não acredito, volta a dizer, quantas coisas mais vou descobrir esta noite? O garoto se joga sobre a almofada. Como o professor ronca, se queixa e também fecha os olhos. Desculpa, diz outra vez Carmen. Vindo dessa louca, não estranho, mas de você..., responde Nurit. Paula ri e diz: Não deixa de ser um elogio que chamem alguém de louca; a loucura queima. Cuidado com as cinzas, diz o garoto, e ri. Pode calar a boca um pouco?, diz Nurit, você não, diz ao garoto, estou falando com Paula. Paula obedece. Carmen e Karina, como se a ordem tivesse sido também para elas, ficam caladas esperando os próximos movimentos de Nurit. Betibu raspa o pote de isopor com a colher até tirar o último resto de sorvete. Depois passa a língua pela colher e enquanto faz isso deixa o pote vazio sobre a mesa. Depois joga a colher dentro do pote. Levanta-se, olha os que estão acordados e diz: Vou dormir em uma cama. Dá dois passos e volta: E sabem o quê? Tenha escrito quem tenha escrito e me tenha feito o que me fez, ou tenha feito o que eu me fiz... Deixa um espaço para criar suspense e depois finaliza: Sim, *Só se você me amar* é uma merda de livro; de longe, o pior que escrevi. Nunca se deve escrever com a xoxota.

E vai embora.

23

QUANDO NURIT ISCAR DESCE ATÉ A COZINHA PARA PREPARAR O café que a ajudará a enfrentar um novo dia, não há mais nenhuma visita em casa. Não sabe em que momento foram embora nem em que condições, mas imagina que cada um dos que terminaram a noite de domingo em sua casa estará agora no próprio lar, tentando arrancar nesta segunda-feira, como ela. Enquanto bate o café instantâneo com adoçante — sabe que o café batido só pode ser feito com açúcar verdadeiro, o que sai da cana-de-açúcar e não dos laboratórios, mas a mania de agitar a colher no fundo da xícara misturando os dois pós ficou da época em que não se preocupava com o peso e consumia açúcar de altas calorias —, pensa em como a vida de cada dia, o cotidiano, até o banal se misturam com o crime em uma confusão que tira dramaticidade do horror e perturba o mais simples. É possível bater um café quando ontem à noite havia um cadáver dependurado em uma árvore?, é possível preparar um café da manhã acreditando que esse morto pode ser parte de algum plano ou projeto criminoso maior?, é possível soprar um café muito quente enquanto se suspeita que se não chegar a tempo pode haver, ainda, mais uma morte? Sim, responde para si mesma, e de fato isso é o que ela faz neste momento: bater seu café. Os dias estão cheios de batidas de café, coisas pequenas e prescindíveis no relato, mas não na vida. Penélope Cruz também vai ao banheiro e faz cocô, costuma dizer Paula Sibona quando falam das diferenças entre mundos imaginários e mundos reais. A ficção e a arte descartam batidas de café e banheiros. Erro, diria sua amiga Carmen Terrada, Duchamp não, Jacques Prévert tampouco, "*il a mis le café. Dans la tasse*". Por que ainda se lembra dessa poesia que aprendeu no colégio quando tinha dezesseis anos em um idioma que só consegue balbuciar? Nurit Iscar se senta à mesa para tomar seu cafezinho preto. Olha pela janela para onde termina o jardim dessa casa que não é sua. Fica pensando quantos tons diferentes de verde podem ser combinados em uma mesma cerca; mas não conta. Contar tiraria a magia, significaria tratar como individual algo que só pode ser apreciado em conjunto. Gostaria de ir ver mais uma vez o carvalho onde Collazo estava dependurado, mas não tem certeza de que se atreverá a fazer isso. O que une a morte de todos estes homens, como a cerca une os diferentes verdes em uma sucessão de gamas sem importar qual é qual? Há algo por trás dessas mortes ou eles — Jaime Brena, o garoto de Polícia e ela — são um bando de paranoicos que procuram o crime onde só existe um monte de coincidências? Por que sempre precisamos encontrar uma explicação para a morte? Embora não exijamos as mesmas respostas quando se trata de morte natural e de morte violenta, responde Nurit, na morte natural a gente tropeça em seguida com a impossibilidade de encontrar um último sentido, um porquê. A gente procura respostas a perguntas muito distantes: Por que a vida é finita?, o que acontece depois da morte?, existe ou não outra oportunidade, outra vida depois desta, a vida eterna ou o que seja, que permita pensar a morte um pouco além da carne que apodrece para que os vermes a comam? E ela, Nurit Iscar, lamenta ser tão racional, ou desconfiada, ou desiludida, a ponto de acreditar somente no que vê:

nos vermes, acredita. Às vezes também lamenta ser agnóstica e inveja os que têm fé em algo. No que for. Só um pouco. E depois volta a confiar nas próprias crenças. Ou melhor dizendo: no que não crê. Novamente deixa que a vista se perca na cerca e fica um pouco assim, olhando para fora sem tomar seu café, com as mãos ao redor da xícara; gosta de esquentar as palmas assim, embora não faça frio. Mas, apesar do café, não para de pensar na morte. Agora, por outro lado, pensa nas mortes violentas e nas perguntas que elas geram: a busca do sentido se desloca e se coloca em algo que a gente intui ser mais possível de decifrar que "o além", algo terreno, uma morte que não decidiu a natureza ou o deus que for, mas um homem, alguém como nós. E isso, que essa morte tenha sido decidida por alguém como nós, faz com que nos consideremos em igualdade de condições e com a obrigação de encontrar, então sim, respostas às perguntas que surgem a partir dela. Embora tampouco haja respostas. Em algumas ocasiões, até preferimos aceitar uma conclusão que intuímos falsa antes que precisar suportar a incerteza de não saber quem e por quê.

Nurit Iscar termina o café, enxagua a xícara, seca, guarda. Há famílias com sina trágica, pensa. Grupos com sina trágica. Empresas com sina trágica. A sina trágica é a aceitação da morte em pessoas relacionadas entre si como parte de um destino imodificável. Chazarreta e seus amigos seriam então um grupo com sina trágica? Além dessa tragédia, é casual que esses amigos, um a um, tenham morrido ou existe esse homem ou essa mulher, um homem ou uma mulher igual a ela, que decidiu essas mortes e que ela, Nurit Iscar, Betibu, se sente obrigada a encontrar? Ela não sabe, só sabe que seu próximo informe tratará disso, e sobe até o quarto para escrevê-lo.

No momento em que Nurit está ligando o computador, o garoto de Polícia entra, ainda um pouco sonolento, na recepção do

Colégio São Jerônimo Mártir. Na parede do hall há um retrato de Vicente Gardeu, com hábito. Debaixo, há uma placa com seu nome e a dedicatória: Ao padre Gardeu, fundador e alma deste colégio, no aniversário de sua morte. Incrível, imagina a mesma foto mas com a legenda "Procurado por pedofilia". Desde ontem, quando entrou no Google na casa de Nurit Iscar, tem certeza de que esse não é o nome do amigo de Chazarreta que falta identificar na foto. Mas só agora se pergunta como o irmão de Gandolfini pôde cometer semelhante erro, sendo que Gardeu era alguém tão presente para aqueles que iam ao Colégio São Jerônimo. Brena assegura que esse foi o nome que ele deu. Estava tirando um sarro dele? O garoto leva no bolso a foto do grupo de amigos que imprimiu para Brena, e que ele devolveu de madrugada, antes de descer na porta de sua casa, depois que, com esforço, voltaram do La Maravillosa. Entregou com a instrução de que fizesse cópias para os três — Nurit, Brena e ele —, embora não fosse estritamente necessário, já que poderia capturá-la de novo no YouTube e fazer as cópias que quisesse. Mas àquela hora e depois desse domingo, nem ele nem Brena estavam em condições de definir o que era estritamente necessário e o que não era. O garoto tira a foto do bolso e olha enquanto espera que o atendam sentado em uma poltrona de gobelino, antiga, mas impecável. Passam vários minutos e não aparece ninguém. Nota que há uma campainha perto da porta que parece ser um escritório ou uma recepção. Enfia a foto outra vez no bolso, levanta-se e vai até ali. Toca a campainha, embora não saiba quem vai chamar quando a porta se abrir. Se pudesse, queria falar com o padre mais antigo do colégio, alguém que estivesse na época em que Chazaretta e seus amigos estudavam no São Jerônimo. O garoto de Polícia não acha que vai conseguir, mas vai tentar. Quando vai tocar a campainha pela segunda vez, a porta se abre e é atendido por um secretário que não pode ter muito mais que vinte anos e pergunta o que ele deseja. O garoto diz o que inventou no caminho até ali: que é sobrinho de Luis Collazo, que acaba de se matar e que em suas últimas palavras de despedida pediu que entregassem essa foto a um de seus amigos, o garoto aponta com o dedo o homem que ainda não conseguem localizar, o que Gandolfini disse que se chamava Vicente Gardeu, mas que não se chama assim. Não chegamos a entender que nome disse e logo depois estava morto, conclui o garoto, e o secretário assente com a cabeça como se, além de tudo, desse também os pêsames. Claro que você não vai saber, é muito jovem, diz ao rapaz, os professores daquela época já devem estar todos aposentados, mas pensei que talvez ainda exista no colégio algum sacerdote da época que possa se lembrar do nome. O secretário deixa que fale sem fazer nenhum gesto de concordância com o que diz o garoto de Polícia, nem que o contradiga. E depois, com a mesma cara de nada, propõe. Sacerdotes e professores daquela época não sobrou nenhum, mas venha por aqui que há algo que pode servir. O secretário o deixa passar e indica o caminho. É um corredor de lajotas cinza, impecável embora tenha perdido o brilho, que parece não terminar nunca. Quando chegam à frente de uma porta onde está escrito: "Salão dos São Jerônimos, espaço de reuniões e leitura", o secretário para e abre. No centro da sala há uma mesa de cerejeira e, ao redor dela, grande quantidade de cadeiras. Mas o importante não é isso, é que as paredes estão cobertas de fotografias, uma ao lado da outra, fotos de cada grupo formado no colégio ano por ano e debaixo de cada foto uma tábua de madeira onde, talhados em letras douradas, aparecem os nomes dos fotografados na ordem em que estão localizados na respectiva imagem. Hoje é meu dia de sorte, diz o garoto, e fala sério. O secretário o deixa sozinho nesse lugar "para que procure tranquilo". O garoto de Polícia se sente um pouco estranho rodeado por homens nascidos várias décadas atrás, embora congelados em seus dezoito anos, posando atrás de um quadro-

-negro onde, com giz branco, foi escrito o ano de formatura. Lembra que Chazarreta tinha uns sessenta anos quando o mataram e então calcula que deve ter se formado há uns quarenta e dois anos. Nunca foi ruim em matemática, mas sempre custou fazer contas no ar, então diminui para quarenta redondos e procura os formados de 1970, e de cinco anos para trás e de cinco anos para frente. Encontra o grupo de amigos em 66. O primeiro que reconhece é Chazarreta, talvez porque o rosto esteja fresco em sua memória. E depois procura, um a um, os outros. Olha a foto que tem outra vez nas mãos e procura na parede. Confirma o nome do resto do grupo com a tábua de madeira talhada. Collazo, na última fileira. Gandolfini, de lado, quase fora do quadro. Bengoechea, dois lugares depois dele, para o centro. E abaixo, segurando o quadro negro, Marcos Miranda, o que morreu com um tiro em New Jersey. Perto dele, de um lado Chazarreta e do outro aquele homem que ainda não sabe como se chama. Procura na tábua, seguindo a lista com o dedo indicador por medo de se equivocar: Emilio Casabets. Anota no BlackBerry. Volta a verificar, não há margem para erro. Conta os alunos da primeira fileira até chegar ao que segura o quadro-negro, conta na tábua outra vez: Emilio Casabets. Sai e fecha a porta atrás de si, ela faz um barulho de maçaneta de boa qualidade e de madeira pesada. Poderia agora mesmo procurá-lo no Google — "googleá-lo", um verbo que certamente Jaime Brena reprovaria —, mas prefere sair o quanto antes daquele salão e fazer isso enquanto toma um café em algum bar da região. Quando chega ao hall, cumprimenta o secretário, que está entregando formulários a um casal. Tudo bem?, pergunta o jovem. Tudo bem, responde ele, agora só me falta encontrá-lo, se chama Emilio Casabets. Casabets, não conheço, não deve ter filhos ou netos no colégio, mas seus dados estão aí com certeza, temos um registro de todos os formandos com os dados pessoais e detalhe de onde estão trabalhando atualmente, é muito consultado, por contatos. Ah, isso me interessa, diz o garoto. Agora estou ocupado, mas se você ligar mais tarde eu procuro, responde o secretário e dá um folheto do colégio semelhante ao que acaba de entregar ao casal, aí estão os telefones. Obrigado, diz o garoto de Polícia e sai para procurar um café. Para ele, com o dado do nome de Casabets, a primeira coisa que lhe passou pela cabeça foi googleá-lo. Se em seu lugar estivesse Jaime Brena, com o mesmo dado teria voltado para encarar o secretário, pensa. Parece escutar sua voz dizendo, rua, garoto, rua. Mas ele, para o bem e para o mal, não é Jaime Brena.

Dois segundos depois de o garoto de Polícia entrar em um bar a três quarteirões do Colégio São Jerônimo Mártir, Jaime Brena chega ao jornal. É mais cedo que de costume, seu horário habitual começa em uma hora, mas dormiu pouco, acordou de madrugada e não sabia o que fazer, sozinho, nesse apartamento que, apesar de já ter passado um bom tempo desde que deixou de morar no que dividia com Irina, ainda não consegue chamar de casa. Por isso decidiu se vestir e começar o dia. Voltou a pensar na alternativa de um cachorro. Agora, sobre a mesa, espera um fax com a possível matéria do dia: o estudo de um instituto de saúde sexual francês que assegura, depois de ter analisado duzentos e cinquenta casos, que as mulheres multiorgásticas costumam ter mais pelo púbico do que as que não o são. Jaime Brena lê e começa a gargalhar. Lê várias vezes, e não consegue parar de rir. Escorrem-lhe lágrimas de tanto rir. Depois, quando consegue acalmar o riso, imagina centenas de mulheres francesas trepando atrás do vidro de uma câmara Gesell enquanto os cientistas observam e contam cada orgasmo que elas têm. Ou fingem ter. E depois, revistando-as uma a uma e contando, pentelho a pentelho, quantos pelos pubianos há no sexo de cada mulher. Uma tabela dupla, na X, orgasmos, na Y, quantidade de pentelhos, diz para si mesmo. Estão rindo de nós, pensa. E se for assim, eu também vou rir deles. Digita a informação básica do texto e depois complementa: "*El Tribuno*, de sua parte, quis confrontar as conclusões do teste com testemunhas locais, mas todas as mulheres consultadas asseguraram ter muito pelo púbico, então não foi possível constatar o que acontece em caso contrário". Por um momento, pensou em colocar o título "O elogio da boceta peluda", mas pareceu demais. E arremata: A grande imigração italiana e espanhola no país determinou que, na Argentina, as mulheres sejam sexualmente ativas e pubicamente peludas. Tem certeza de que, antes de ser publicado, alguém vai censurar seu texto. Ou cortar. Ou editar. Se é que alguém vai ler. Nas correrias da redação, às vezes as matérias dos jornalistas com muita experiência — e ele é um desses — sobem desde que caibam justo no espaço de caracteres previstos. Ele vai garantir que essa tenha os caracteres previstos. Digita o título que sabe que a matéria não vai ter: O elogio dos pelos púbicos, e manda para o e-mail de Karina Vives para que leia quando chegar e dê sua opinião. Olha o relógio, quase não começou seu horário de trabalho e já terminou a tarefa do dia. Pergunta-se se Nurit ou o garoto de Polícia terão novidades de algum tipo, olha a caixa de e-mail, mas nenhum dos dois escreveu. Liga para o delegado Venturini. Não consegue evitar o: Como vai, querido? Bem, mas pobre, delegado. Quando termina o ritual de saudação, vai direto ao ponto: Soube algo mais sobre a morte de Collazo? Suicídio, Brena, não há muito mais que saber, responde. Mas há alguns indícios... Dessa vez me ouça: não se meta, deixe a coisa correr. Não entendo, diz ele. Não entenda, diz Venturini, só deixe a coisa correr. Para com isso, querido. Não gaste sua energia nisso, eu asseguro que não vale a pena. A gente se fala mais tarde que estou com muito trabalho, diz e se despede. Jaime Brena fica olhando para o telefone, nunca antes o delegado Venturini tinha sido tão pouco explícito, tão pouco amável com ele. Talvez também Venturini tivesse de pensar na aposentadoria voluntária, diz para si mesmo e sai para fumar seu primeiro cigarro. Melhor dizendo, seu primeiro cigarro dentro da jornada de trabalho; já fumou em casa e a caminho do jornal. Pergunta-se outra vez que estarão fazendo Nurit Iscar e o garoto de Polícia. Ele não sabe, mas, quando terminar de fumar e voltar a se sentar a sua mesa, terá na caixa de entrada de seu correio uma mensagem do garoto, na qual passa o nome que estavam procurando: Emilio Casabets, e o novo informe de Nurit Iscar com o expresso pedido de que o revise e dê sua opinião:

> Existe a sina trágica? Essa força imodificável que, segundo os gregos, se opunha em vão a *hybris*, algo assim como a soberba ou o orgulho insolente. Em vão, porque o caminho até o fatal é tão incompreensível quanto ineludível.
>
> Mas do que está falando esta mulher?, se perguntarão vocês, os leitores deste jornal.
>
> Falo do crime de Chazarreta, sim. E talvez do de Gloria Echagüe. Mas sem dúvida falo das mortes de quatro amigos de Chazarreta que aconteceram nos meses anteriores e posteriores a sua morte, em acidentes de diferentes tipos. Ou que ao menos se assemelham a isso: acidentes.
>
> As mortes sucessivas em grupos de pessoas relacionadas entre si, e estas pessoas estavam relacionadas, se não são evidentemente planejadas por um ou vários assassinos, costumam ser aceitas como mortes de sina trágica. Mas que em suas vidas haja fatos trágicos não impede que atrás desses acontecimentos se esconda o crime, como mais uma tragédia.
>
> Os Kennedy, por exemplo. Uma família cujos membros exerceram poder econômico, político e governamental, nada menos que em um país como os Estados Unidos. Joseph Kennedy e Rose Fitzgerald tiveram nove filhos. Seu filho Joseph (Jr.) morreu aos vinte e nove anos pilotando um avião na Segunda Guerra Mundial. John Fitzgerald morreu assassinado aos quarenta e seis anos como presidente dos Estados

Unidos. Kathleen Agnes morreu aos vinte e oito anos quando o avião em que viajava se espatifou contra os Alpes franceses. Robert morreu assassinado no Hotel Ambassador de Los Angeles aos quarenta e dois anos, minutos depois de ganhar as eleições primárias. Também faleceu tragicamente um dos netos do clã, o filho de John F., John-John, ao cair o avião em que viajava quando tinha trinta e oito anos.

Três dos irmãos homens do clã, uma das mulheres e um neto morreram assassinados ou em acidentes de avião. Pode-se ler isso como coincidência?, como destino?, como sina trágica? Tentamos encontrar explicação para a morte e nem sempre é possível. Às vezes só temos o mal-estar que não entender por que uma vida chega ao fim provoca. Hoje ainda não sabemos quem matou Gloria Echagüe. Sei que muitos daqueles que estão lendo estas linhas estão convencidos de que sabem, de que o assassino foi Pedro Chazarreta. Eu os invejo, essa segurança os afasta do mal-estar que sinto. Mas, embora não estejamos de acordo nesse ponto, sei que vocês compartilham comigo a ansiedade pela espera de alguma explicação que dê sentido à morte do próprio Chazarreta. E eu, que tive em minhas mãos uma foto de seus amigos, dos quais só resta um vivo, estou ainda mais incomodada. Tento responder também se as mortes de Luis Collazo, José Miguel Bengoechea, Arturo Gandolfini e Marcos Miranda são produto do destino, da sina trágica ao qual foram conduzidos pela própria *hybris*, ou se há por trás dessas mortes outra explicação, uma explicação mais humana, mais terrena, relacionada a algo tão próprio do ser humano e não dos deuses, como é o crime. Uma explicação que me aterrorizaria, mas que, por sua vez, afastaria o mal-estar de que essas mortes não tenham sentido.

Jaime Brena termina de ler e pensa: Essa mulher é boa. Muito boa. Só pensa isso? E depois escreve a resposta ao e-mail dela: Vamos em frente, Betibu, está muito bom. Um dia desses vou te convidar para comer na minha casa. Um beijo. Jaime Brena.

24

ÀS TRÊS DA TARDE, JÁ NA REDAÇÃO DO JORNAL E DEPOIS DE TER descartado a pouca informação irrelevante que encontrou no Google, o garoto de Polícia liga para o Colégio São Jerônimo Mártir e pede para falar com o secretário. Há poucos dados, o último que aparece é que Casabets administra, já faz alguns anos, um estabelecimento rural em Capilla del Señor, onde também vive. Endereço, telefone, algo?, pergunta o garoto. O estabelecimento se chama La Colmena, é a única coisa concreta que aparece, mas se googlear isso certeza que... Sim, sim, interrompe o garoto, obrigado.

La Colmena se apresenta em sua página web como uma das primeiras chácaras da província de Buenos Aires adaptadas a finalidades turísticas: churrascos, cavalgadas, hospedagem de fim de semana, grupos de estrangeiros, eventos. Na página há um mapa para chegar. Primeiro pegar a Estrada 6, depois o Caminho de Arroyo de la Cruz, e uns poucos quilômetros após o centro histórico de Capilla del Señor — assegura a página — começarão a aparecer as placas indicativas. O garoto de Polícia não precisa convencer muito Jaime Brena para que o acompanhe. Sim, poder, posso, já mandei meu informe e não acho que ninguém vai sentir minha falta. Vão me deixar sozinha?, pergunta Karina Vives quando vê os dois se preparando para sair. Jaime Brena responde com uma piada: Não saia para fumar sem mim, pois a nossa relação é monogâmica. Mas o garoto de Polícia não escuta a piada de Brena porque fica pensando que Karina Vives o incluiu, disse: Vão me deixar sozinha?, no plural, o que quer dizer que falava com Jaime Brena, mas também com ele. E gostou disso.

Convidamos Nurit Iscar?, pergunta Brena ao garoto, quando estão subindo no carro, e o garoto responde que sim e liga para ela. Mas não a encontra, porque, enquanto eles arrancam para Capilla del Señor, Nurit está caminhando pelo La Maravillosa e, mais uma vez, não levou o celular. Saiu distraída, pensando que, quando aparecer no *El Tribuno* o informe que acaba de escrever, não poderá mais andar por essas ruas com a mesma tranquilidade. Sabe que nomear publicamente — em um dos meios de maior circulação — vizinhos desse lugar, e deixar no ar a suspeita de que talvez suas mortes escondam algo que deveria, pelo menos, ser investigado, terá consequências para ela. Pergunta-se se o garoto de Polícia ou Jaime Brena terão encontrado algum dado mais que permita chegar ao amigo de Chazarreta que falta localizar. O único que ainda está vivo. Ou pelo menos é o que acreditam, que ainda está vivo. Estranha que ainda não tenham ligado. Mexe nos bolsos procurando o celular e se dá conta de que não o trouxe. Melhor, pensa, não é nada ruim andar um pouco sem estar conectada, andar até mesmo sem rumo, escolhendo o caminho de acordo com a cor das árvores, ou o perfume de alguma flor, ou o silêncio. Escuta a si mesma e se sente brega. Ela sempre teve algo de brega, mas antes dissimulava melhor. Com o passar dos anos não é que o pior de cada um vá se aprofundando, mas por fim fica exposto. O que se fingia não se consegue mais fingir. Incomoda reconhecer, mas gosta deste lugar, o La Maravillosa. Se fosse possível esquecer o muro que o rodeia, os requisitos que é necessário cumprir para poder entrar, o olhar de alguns vizinhos, que para comprar um antibiótico seja preciso andar no mínimo dez quilômetros, que não há transporte público nem bares nas esquinas, nem teatros que funcionem a qualquer dia da semana, seria possível dizer que o La Maravillosa é um lindo lugar. Está pensando nisso, em todas essas coisas que não é tão fácil esquecer e no motivo de a gente escolher um caminho ou outro, quando percebe que está na frente da casa de Collazo. Estranha que nada marque o lugar dos fatos, que nada impeça o acesso como fazia a fita vermelha ao redor da casa de Chazarreta. Se ela quisesse poderia chegar ao caminho de paralelepípedos que passa junto à árvore onde estava dependurado ontem esse homem, poderia chegar à própria árvore, ao galho exato. Faz isso, avança pelo caminho e para debaixo do carvalho, olha para cima, procura os traços da corda que sustentou o peso de um corpo sem vida, as marcas, a madeira marcada. Aí estão, o descascado, o tronco úmido e claro, como se tivesse suado. Imagina Collazo dependurado bem em cima de onde ela está parada nesse momento. Os pés inertes à altura de sua cabeça. Se já não há ninguém na casa; se não colocaram um guarda diante dela nem a rodearam com uma fita plástica, é porque deram o caso por encerrado: suicídio. Muito rápido. Se um dia decidisse se suicidar, ela, Nurit Iscar, Betibu, jamais escolheria se dependurar em uma árvore. Imagina que deve doer, pendurar-se assim, esse instante entre a vida e a morte. Deve doer. Além disso, não saberia fazer o nó. Ao pensar nisso, no nó, lembra que deixou pendente a mulher do empresário de transporte e seu *Desamarra os nós*. Teria de ligar para ela, para que não fique inquieta, dizer que em algumas semanas entrega o trabalho. Vai fazer isso. Quando terminar seus informes. Logo. Olha para a copa do carvalho. Não, ela não escolheria se enforcar em uma árvore. Tampouco escolheria se atirar embaixo de um trem ou se dar um tiro. Arrebentar dessa maneira o corpo que a abrigou não parece justo. Certamente tomaria umas pílulas, muitas, para passar do sonho a essa outra coisa que todos desconhecemos. Haverá uma maneira própria e singular de se suicidar reservada para cada pessoa? Se Collazo tivesse se suicidado, teria se dependurado em uma árvore?

No momento em que Nurit Iscar entra outra vez em sua casa, o garoto de Polícia e Jaime Brena encontram na estrada o cartaz que indica o acesso à fazenda La Colmena, e para lá se dirigem. No lugar se sente o cheiro de cenário, um cuidado que não se pode conseguir se não for com o esforço de estar disposto a isso. Passam por um setor que diz "Estacionamento de ônibus e visitas" e param na frente da entrada do que deve ter sido o ponto inicial do lugar. Antes de descer do carro, já aparece na frente deles uma mulher que se apresenta como encarregada. Às segundas não recebemos visitas, diz. Não somos exatamente visitas, esclarece Jaime Brena, estamos tentando localizar o senhor Emilio Casabets. Por qual assunto?, pergunta a mulher. Pessoal, Brena se apressa a dizer, temos conhecidos em comum e queremos conversar com ele, falar sobre certos assuntos. Emilio não é de falar, diz a mulher de maneira automática, como se essa frase não fosse uma resposta a Brena, mas algo que ela diz com frequência. Emilio é meu marido, saiu para dar uma volta a cavalo, deve estar por chegar. A mulher lhes dá passagem e oferece algo para tomar, mas eles não aceitam. Não se incomode, diz Jaime Brena e ao falar sente que a mulher olha para eles com receio, como se não chegasse a confiar neles, ou como se ele e o garoto de Polícia implicassem, de algum modo, um perigo. Tenta encontrar algum tema de conversa, mas ela não fala muito, responde o necessário e depois se cala sem fazer nenhum esforço para continuar o diálogo. Emilio não é de falar, nem ela, pensa Brena. A espera se torna tensa. O garoto de Polícia pede permissão para tirar fotos do lugar. A mulher: Sim, tudo bem. E não acrescenta nenhuma outra palavra.

Sobre uma parede de tijolos à vista há uma coleção de estribos. E, em uma vitrine, diferentes tipos de mates e bombilhas. As almofadas dispersas pela sala são de couro de algum animal: vaca, ovelha, cordeiro. Sobre um tamborete colocaram em exposição uma sela pronta para sair, e de um lado dois rasteios de prata e um facão em sua funda. Todos os lugares comuns da argentinidade, diz a si mesmo o garoto de Polícia. Falta que toque uma zamba, pensa, e suspeita que se fosse fim de semana a zamba estaria tocando. Atrás do que parece um bar, sobre uma parede onde é evidente que alguma vez houve uma porta que foi tapada, está dependurado um grande escudo que traz bordada na parte superior a frase: Exaltación de la Cruz. Isso sim parece algo diferente, algo que não viu antes. Um objeto que pelo menos ele não teria incluído se alguém tivesse dito: Desenha uma chácara ou uma fazenda. O garoto tira fotografias de vários ângulos. A mulher de Casabets observa e de repente fica alerta, não pelo garoto e suas fotos, mas por algo que chega de fora; ela só vira a cabeça, como esses cachorros que ouvem um som antes das pessoas. Está chegando, diz, e logo se escuta o galope de um cavalo. Uns minutos depois abre-se a porta e entra um homem, vestido da cintura para baixo de campo — bombacha e alpargatas — e da cintura para cima de cidade — camisa polo Lacoste um pouco descolorida pelo sol. Traz na mão um chapéu que perdeu a forma. O homem olha para a mulher como se não houvesse mais ninguém no lugar e diz: Sim...?, esperando que ela explique quem são essas pessoas que ele não cumprimenta nem olha. Esses senhores conhecem pessoas que te conhecem e querem conversar com você. E quem são essas pessoas que me conhecem?, pergunta Casabets ainda sem olhar para eles. Luis Collazo, por exemplo, diz o garoto de Polícia. Luis Collazo, repete o homem e depois vai até o bar e se serve um uísque sem lhes oferecer. Então Luis Collazo fala de mim e me inclui entre seus conhecidos. O homem se senta em uma poltrona perto da janela e cruza as pernas, a vista cravada no uísque que move dentro do copo descrevendo pequenos círculos. A mulher olha para o homem. O garoto de Polícia olha para Jaime Brena esperando que ele decida o que contar e o que não. Jaime Brena entende que não pode continuar sendo elusivo e diz: Olhe, Casabets, vou ser honesto com você, conhecemos Luis Collazo, mas não estamos aqui porque ele nos mandou, mas porque somos jornalistas e estamos investigando uma série de mortes de pessoas que você conhece. Alguém ainda se importa com a morte de Gloria Echagüe e Pedro Chazarreta?, pergunta o homem. Muita gente se importa, sim, mas não me refiro só a eles. E quem mais? Gandolfini, que morreu em um acidente de carro, Bengoechea, que morreu esquiando, e Marcos Miranda, que foi morto em um tiroteio em New Jersey. Marcos Miranda também está morto?, pergunta o homem. Sim, diz Brena, e Luis Collazo também, acaba de aparecer enforcado. Casabets olha para ele inexpressivo, como se não tivesse ouvido. Mas ouviu, porque depois olha para a mulher, faz uma careta, um sorriso quase imperceptível, e diz: Não sobrou ninguém. Ela não responde, no entanto é evidente que sabe do que o marido está falando. Não sobrou ninguém, volta a dizer Casabets e sorri mais abertamente. Mas Brena corrige: Sim, sobrou alguém: você. E faz um gesto ao garoto de Polícia para que mostre a foto do grupo de amigos de Chazarreta. O que é isso?, pergunta a mulher e tenta pegá-la antes que chegue ao marido. Deixa, diz ele, me dê isso, você não se preocupe, eu já expliquei... não é preciso se preocupar. Casabets procura os óculos na sala e depois volta para sua poltrona. Olha a foto e aquiesce várias vezes com a cabeça. Tememos que a morte dos homens que estão nessa foto tenha sido provocada e que você esteja em perigo, diz o garoto de Polícia. A mulher se inquieta. Casabets ri. Aponta a própria imagem na foto. A este que está aqui não pode acontecer nada, morreu há muito tempo, muito; se não me equivoco, poucos dias depois dessa foto. Emilio, diz a mulher, talvez... Talvez nada, interrompe ele, você também não entendeu que este que está aqui morreu? Sim, eu entendi, mas..., tenta dizer ela, ele a interrompe outra vez: Todos que estão nesta foto, se morreram, foi porque mereciam. Exceto este menino, diz e volta a apontar para si mesmo, este não merecia morrer e o mataram da mesma forma. Algum dia, alguém ia fazer justiça. Justiça por quê?, pergunta Brena. O homem olha feio para ele: Não está escutando?, diz e termina o uísque de um gole só. Quem fez justiça?, pergunta o garoto. Talvez tenha sido Deus, responde o homem. Parece que essas mortes vêm da mão de um homem e não de Deus, corrige Brena; se fosse um homem, quem teria sido? Casabets fica pensando, não quer entrar no jogo de Jaime Brena, mas é inevitável. O homem pega outra vez a foto e olha de forma mais detida. Pensa, não parece preocupado, só pensa. Se é necessário fazer justiça é porque houve um delito, que delito foi cometido?, insiste Brena, e quem fez justiça? Se não foi Deus..., diz Casabets, que parece ter aceitado o desafio e sem deixar de olhar a foto começa a sorrir como se, por fim, soubesse. Se não foi Deus... quem?, volta a perguntar Brena. O homem sabe, nota-se que sabe, Brena está certo de que, agora que descartou Deus, sabe. Esta foto foi tirada em uma data muito próxima àquele dia, diz o homem. Qual dia? Chega, diz a mulher, por favor, não insistam. Deixa, diz Casabets, deixa. E depois olha para o garoto de Polícia e pergunta: Quantos homens há nesta foto? Seis, responde o garoto. Errado, diz Casabets. E você, que parece ter mais experiência, quantos diz que há?, pergunta a Brena. Lamento, mesmo com mais experiência, eu também vejo seis. Uma pena, diz Casabets, perdem o mais importante: ver o que não se vê. Esse dia, o dia de que não vou tornar a me lembrar, estávamos todos nós, diz, os que se veem e o que não se vê. Como nesta foto. Casabets a joga sobre a mesa e continua: Às vezes, as testemunhas sofrem a pior parte, inclusive uma dor mais intensa que a da vítima, se culpam por não ter conseguido evitar a desgraça, não ter feito algo. O homem se interrompe, como me esqueci dele? De quem?, pergunta Brena. Éramos ele ou eu para matá-los... e eu sou covarde. Casabets não continua, termina de um gole seu uísque, deixa o copo no bar e age como se não tivesse escutado a pergunta de Jaime Brena. Olha o escudo da Exaltación de la Cruz, fica um tempo assim, parado de costas para eles, olhando. Ou olha para a porta tampada. Quem o terá bordado?, pergunta. E depois se vira para eles, sorri e diz: Parece mentira. O que é esse escudo?, pergunta Jaime Brena. O escudo da Exaltación de la Cruz, o município ao qual pertence Capilla del Señor, onde estamos agora. Em 1940, seu prefeito, um tal Botta, manda fazer um escudo que represente fatos históricos. O escudo é como um coração, não? Duas aurículas, dois ventrículos. Eu ia estudar medicina, ia ser médico, mas antes... Casabets se detém um instante nesse pensamento que não conta e depois volta a seu relato: O desenho é do secretário municipal José Peluso. Aurícula esquerda?, pergunta Casabets e aponta para o primeiro quarto do escudo. Uma cruz, responde Jaime Brena. Sim, muito bem, uma cruz, representa a fundação do povoado por Francisco Casco. Aurícula direita?, pergunta em tom de professor de colégio ao garoto de Polícia. Uma estrada, pode ser?, diz o garoto. Uma estrada, sim, a estrada que levava a imagem da Virgem Maria e que terminou na outra ponta da Rodovia 6, dando nascimento assim à lenda da Virgem de Luján. Porque, no fundo, tudo é lenda, a minha, a sua, a da Virgem Maria, não?, diz e olha para Brena. Nisso estamos de acordo, responde ele. Ventrículo esquerdo: duas espigas de trigo que representam a fertilidade da terra, e ventrículo direito: uma pluma, porque foi aqui que Rivadavia instalou a primeira escola pública, no ano de 1821. O que mais há?, pergunta. Ajude-nos, pede Jaime Brena. Um fio de prata, diz Casabets e aponta, veem esse cordão cinza que separa a esquerda da direita?, é o Arroyo de la Cruz. Emilio Casabets suspira, parece cansado. Vou dormir um pouco, diz e se aproxima da mulher. Dá um beijo em seus lábios. Fique calma, diz, calma, tudo já passou. E se dirige aos quartos. Acompanhe-os até a porteira, pede, e então Casabets sai da sala. A mulher se levanta: Eu os acompanho, diz. Jaime Brena a olha por um instante: Você pode nos explicar algo de tudo isso? Não há nada a explicar, responde ela, meu marido já disse tudo que tinha para dizer, vamos, eu os acompanho até a porteira. Jaime Brena insiste: Olhe, eu respeito seu silêncio e o de seu marido, mas realmente ele pode estar em perigo. Você acha que quem matou os amigos de seu marido não virá agora atrás dele? Não eram seus amigos, responde ela com dureza, e ninguém virá atrás dele porque Emilio não fez nada. E os outros, que fizeram? A mulher não responde. Agora é o garoto quem diz: Alguém que mata ou manda matar cinco pessoas não pensa como nós, não usa a mesma lógica, é um assassino, a senhora acredita de verdade, senhora Casabets, que pode saber o que se passa pela cabeça de um assassino?, a senhora acha que matar alguém sempre tem uma explicação que podemos entender? A mulher começa a duvidar. Jaime Brena nota e faz um gesto ao garoto de Polícia, para que pressione no lugar onde está pressionando. Se o assassino pensar que seu marido pode delatá-lo, não acha que viria atrás dele mesmo que não tenha feito nada?, pergunta o garoto. A mulher olha para ele por um instante e depois diz: Me esperem na porteira, eu vou logo depois.

Cinco minutos depois de Jaime Brena e o garoto de Polícia chegarem à porteira, aparece a mulher de Casabets em uma Ford Ranger já bastante velha e com muito barro nos pneus. Quando vê que Jaime Brena está fumando, pede um cigarro: Emilio não gosta que eu fume, diz e dá a primeira tragada. Você também acha que meu marido pode estar em perigo?, pergunta a Brena. De verdade, senhora, juro que sim, diz ele com segurança. Ela pensa por pouco tempo, dá duas ou três tragadas mais e logo depois começa a contar o que sabe.

A Chacrita era um grupo de amigos que estavam deixando a adolescência para trás, os que aparecem na foto, vocês viram. Divertiam-se como faziam os rapazes daquela época, mas, além disso, cada vez que podiam, incomodavam os outros. Essa era sua máxima diversão: incomodar os outros. A mulher dá uma tragada profunda. Jaime Brena e o garoto de Polícia esperam. Ela solta a fumaça e continua: Quando o pessoal da Chacrita chegava a uma festa ou a uma reunião, tudo parava e em pouco tempo a coisa começava a girar ao redor deles. Ou porque os que lá estavam sentiam admiração por eles ou porque sentiam medo. Eram o grupo dos "garotos maus", do qual, se não se pertencia a ele, era melhor ser amigo. E Emilio, embora tivesse medo, quis pertencer. A mulher dá mais duas tragadas, depois joga o que resta do cigarro no chão e esmaga com a ponta do sapato. Para aceitar um novo integrante, diz, o aspirante tinha que se submeter a provas de iniciação: se enfiar em um vagão de trem abandonado, beber urina, caminhar pela rua mais desolada no escuro, entrar à meia-noite em um cemitério. Para ele, Emilio, Chazarreta pediu mais. A mulher agora fica calada, mas não está esperando, fica calada como se ali terminasse o relato, ou como se ela quisesse que terminasse nesta última frase: Para Emilio, Chazarreta pediu mais. Tem os olhos injetados de sangue por causa da raiva. Pede outro cigarro. Jaime Brena estica o maço na direção dela, espera que pegue um, coloque na boca e então ele o acende. A mulher permanece sem falar. O que pediram?, pergunta Brena, para que continue. Ela fala com dificuldade: Na verdade, não houve um pedido, não foi o que pediram, mas o que fizeram com ele, diz e a voz se quebra. Desculpe, mas preciso entender, o que fizeram com ele?, insiste. O senhor sabe, não me obrigue a falar, pede a mulher com a boca apertada de raiva, o senhor sabe. Brena olha para ela fixamente, medindo se deve dizer ou não, tentando entender se a mulher está pedindo silêncio ou que, por fim, alguém diga de uma vez por todas, que alguém coloque em palavras o que aconteceu para que doa menos, se é que isso é possível. Então Jaime Brena decide e diz: Chazarreta o estuprou. A mulher aperta mais forte a mandíbula, começam a rolar lágrimas pelo rosto, lágrimas grossas, quentes, lágrimas que ainda não são dela. Depois o corrige: Não só Chazarreta, todos. E, depois de falar isso, começa a chorar desconsolada. O choro e as palavras se misturam. Os cinco, parece que diz entre soluços, foi estuprado pelos cinco. O choro da mulher, embora inevitável, faz com que os homens se sintam incomodados; o garoto de Polícia ameaça se aproximar, mas Brena o detém com um gesto e diz com os lábios: Deixe-a chorar. Quando ela consegue se acalmar, continua: Faz trinta anos que estamos casados, mas eu não sabia de nada, nunca me disse, nunca. Me contou há pouco, uma noite, pouco depois de matarem Gloria Echagüe. Não conseguiu contar antes, entende. Essa gente começou a aparecer nos noticiários, no jornal, nas revistas, e a lembrança do horror, que até então esteve morta, sepultada, voltou. A mulher seca as lágrimas, respira, tenta falar com mais calma apesar do que tem para dizer. Me contou tudo, como o penetraram, um a um, me contou com detalhes, o cheiro do lugar, os golpes, os gritos, sua cara raspando contra a parede de tijolos, a dor, as risadas e depois a vergonha e o silêncio. Me fez prometer que nunca mais voltaríamos a falar disso. Emilio nunca tinha contado a ninguém, entende, nem sequer aos pais. Nunca conseguiu. A mulher chora outra vez. Como alguém pode ficar calado por tanto tempo sobre uma coisa assim?, pergunta. Ele tinha enterrado tudo, tinha matado quem ele era, tinha nascido diferente, da forma que conseguiu, outra pessoa. Assim eu o conheci, outra pessoa. Nunca vou saber como era antes, como era nesta foto. Com a aparição dessa gente, voltaram as lembranças mortas, não para ressuscitar o Emilio que morreu, mas para lembrar que estava morto. Ele os procurou, eles todos, precisou procurá-los, falou com eles, até com Miranda se encontrou quando veio de visita ao país. Negaram tudo. Como se não tivesse acontecido. Como se estivesse louco. Emilio só queria que reconhecessem o dano que tinham feito, que pedissem desculpas, mas não; nem sequer isso concederam, filhos da puta, nem sequer essa mínima reparação. Foi um golpe muito duro para meu marido. Então ele pensou em comprar esta casa e este campo, cismou, não estava à venda, mas fez uma boa oferta aos donos e conseguiu. Eu não queria, me opus o máximo que pude, mas percebi que não seria possível detê-lo. Tinha de ser esta chácara. Esta e nenhuma outra. O que tem este lugar?, pergunta o garoto de Polícia, quase com medo da resposta intuída. Esta foi, há anos, a chácara dos Chazarreta, diz a mulher. O queixo dela treme, mas não quer continuar chorando, se contém, e em meio ao tremor continua: O lugar onde estupraram meu marido, o lugar onde mataram quem ele era até esse dia, para sempre. Depois que os outros negaram tudo, ele veio até aqui, voltou ao porão onde o humilharam, precisava se encontrar com essas testemunhas mudas, as paredes, os tijolos. Precisava confirmar que não estava louco. E era. Era o lugar, era o cheiro, era a mesma umidade. Compramos a chácara e pouco tempo depois viemos morar aqui. Passou uma semana inteira enfiado aí dentro, sem falar com ninguém, quase sem comer. E, quando saiu, ele mesmo tampou essa porta para sempre, a que está agora escondida atrás do escudo de Exaltación de la Cruz. Ele a fechou. Desde esse dia nunca mais tocou no assunto, nem saiu desta chácara a não ser para ir ao povoado comigo, ao banco ou ao médico, e voltar. A mulher chora outra vez. O garoto de Polícia procura uma garrafa de água no carro. Oferece e ela bebe, depois seca as lágrimas. Eu não sabia de nada, vivia ao lado dele e não sabia de nada, até que um maldito dia mataram Gloria Echagüe, e todos eles apareceram outra vez. Você sabe quem seu marido acha que pode ser o assassino? Não, isso não sei, e não acho que ele vá me dizer, não vai voltar a falar. Tente mesmo assim, pede Brena. Jurei que nunca mais ia tocar nesse assunto, diz ela. Esta é uma situação de força maior, insiste ele. Não sei se vou conseguir. Se conseguir, se ele chegar a dar qualquer dado que a senhora ache que poderia ser útil, por favor me ligue, diz Jaime Brena e entrega um cartão. E, se vocês averiguarem algo que coloque em perigo a vida de meu marido, não deixem de me avisar também, pede a mulher. Fique tranquila, vamos fazer isso.

Percorrem vários quilômetros em silêncio, não porque não tenham o que falar, mas porque não conseguem. Está escurecendo e, pelo espelho retrovisor, o garoto de Polícia vê o sol ainda brilhando a ponto de se pôr. Como pode ter escolhido viver lá?, pergunta quando saem da Panamericana e tomam o caminho que leva ao La Maravillosa. Não sei, diz Brena, realmente não sei. Eu tenho uma teoria, confessa o garoto, posso dizer uma barbaridade, mesmo que não seja politicamente correta? Pode, estou cheio disso de politicamente correto. Às vezes acho que as mulheres estão mais preparadas que nós para passar por algo como isso, diz o garoto, que o estupro é um fato temido por elas, mas do qual têm consciência. Alguém, em algum momento de suas vidas, avisou que um homem pode fazer algum mal a elas, que precisam tomar cuidado, que não devem andar em lugares perigosos, escuros, próximos à via do trem, não sei, todas essas coisas que minha mãe dizia a minha irmã e não a mim. Os meninos não, nós não falamos desses assuntos, não nos pertencem, ninguém nos avisa que também podem nos humilhar, nos estuprar, então, quando acontece, ficamos absolutamente perdidos, desarmados, mortos como aconteceu com Casabets, porque o que aconteceu não podia acontecer, a nós não, e até duvidamos da própria percepção: o que aconteceu não aconteceu, é impossível, não é real. Talvez para Casabets isso, que tenham mentido para ele tantos anos depois, que tenham feito com que duvidasse do que viveu, que os que o estupraram continuassem hoje negando que o que aconteceu, aconteceu, tenha produzido o efeito de um novo estupro. Primeiro violaram seu corpo e depois sua consciência e sua memória. E sua dor. A primeira violação não podia ser reparada, a segunda sim, indo ali onde aconteceu a desgraça, reconhecendo essas paredes, procurando testemunhas cúmplices, mudas e fiéis, recuperando as lembranças que durante anos quis matar. Para depois matá-las outra vez como um ato de vontade, como decisão própria, fechá-las atrás de uma porta e dependurar um escudo em cima, um escudo que parece um coração machucado atravessado por um fio de prata. O garoto se cala, Brena olha para ele. Disse alguma besteira?, pergunta o garoto. Não, disse uma verdade, e disse muito bem, com sentimento, quase literário. Algum dia vai escrever muito bem, você, rapaz, se começar a ler um pouco mais, algum dia vai escrever.

Quando chegam à porta, não se incomodam com o tempo que os guardas os fazem perder, nem com os controles pelos quais têm de passar. Hoje não. Hoje não há margem nem para discussão nem para raiva. O que pedem, o garoto de Polícia entrega. E Jaime Brena espera sem se irritar. Quando chegam à casa de Nurit Iscar, ela está esperando no caminho de cascalho. Apenas os vê percebe que passou um caminhão por cima desses homens. Prepara café enquanto eles contam tudo. Não há nenhuma possibilidade de que o assassino seja o próprio Casabets?, pergunta Nurit. Não, descarto isso totalmente, responde Brena, acho que entendo algo depois de tantos anos vendo assassinos e vítimas, e esse homem é incapaz de matar alguém. Além disso, segundo disse a mulher, Casabets não sai da chácara há três anos, acrescenta o garoto de Polícia. Parecia sincero, tanto quando se surpreendeu com a morte de Miranda e Collazo como quando não se preocupou em mostrar a menor tristeza pela morte deles nem pela de nenhum dos integrantes desse grupo. Agora entendo por que Collazo se sentia mais afetado que soubessem a verdade do que suspeitassem que ele também seria morto, diz Nurit. Sim, agora é possível entender, concorda Jaime Brena e pede ao garoto que tire outra vez a foto e mostre para ela. A chave está nesta imagem, vi na cara dele. Casabets diz que há uma sétima pessoa que não vemos e dá a entender que essa pessoa, além de testemunha do que aconteceu, é o assassino. Nurit pega a foto e a observa com atenção. Tem uma lente de aumento?, pergunta Brena, talvez haja um detalhe muito pequeno, um pé ou uma mão escondida atrás deles. Nurit não responde, não sabe se na casa há uma lente de aumento nem se importa, está atenta ao que está olhando. Está vendo algo?, pergunta Brena. Está vendo algo, sim, responde para si mesmo. Não é o que estou vendo, corrige ela, não pensaram que talvez o que estamos buscando não esteja escondido atrás deles, mas na frente? Na frente onde?, diz Jaime Brena. Como na frente?, pergunta o garoto de Polícia. Uma foto é um testemunho do real, e a testemunha é o fotógrafo. Sempre há um fotógrafo. Esse é o sétimo homem, diz Nurit. O fotógrafo, repete Brena. Temos que averiguar quem tirou esta foto, diz o garoto de Polícia, podemos insistir com a mulher de Casabets. Não é preciso perguntar a ninguém, diz Jaime Brena, eu sei quem tirou essa foto. Quem?, pergunta Nurit. Roberto Gandolfini, ia com eles para todos os lados, eles o usavam como menino de recados, mas não pertencia ao grupo. Ele tirou essa foto. Tem certeza?, pergunta Nurit. Quase, responde Brena, a mãe obrigava seu meio-irmão a levá-lo para todos os lados, inclusive na viagem de formatura. Converteu-o em uma carga. Sabe o carinho que deviam sentir pelo menino? Imagino, diz o garoto de Polícia, ele também deve ter sofrido. Tenho certeza de que também esteve na chácara dos Chazarreta aquela noite, diz Brena. Ele é testemunha.

O vingador. É suficiente essa dor, a de ter sido testemunha das barbaridades que fizeram, para matar todos?, pergunta o garoto de Polícia. Qual motivo é suficiente para matar — e qual não — é uma pergunta que não tem resposta lógica para nós, garoto, responde Brena. Que tenha sido ele também explicaria por que todas as notícias da morte de Miranda em New Jersey só apareceram várias horas depois de ele te contar, diz o garoto de Polícia, ele soube antes de todos. O que não entendo é por que disse que o sexto amigo se chamava Vicente Gardeu. Gandolfini sabia muito bem quem era o sexto amigo e quem era Vicente Gardeu. Estava dando uma advertência a Brena, diz Nurit, queria que chegasse à verdade, soubesse. O quê?, pergunta o garoto. Com quem estava se metendo. Gandolfini foi a essa reunião para medi-lo, para ver quem é esse que anda perguntando por ele e seus mortos, conclui Nurit Iscar. Agora ela olha para Jaime Brena e fala para ele: Queria que você soubesse que ele sabe, queria que, se afinal você entendesse, soubesse que aquela tarde, quando se encontraram no bar, ele já sabia. Sabia quem você é e por que queria vê-lo. O que fez foi uma advertência. Ou talvez o que quis fazer foi dar uma de fanfarrão, diz Jaime Brena, uma maneira de se vangloriar de seus atos. Mais que isso, diz Nurit, acho que quis ameaçá-lo. Os três ficam em silêncio, ninguém refuta a teoria de Nurit. Como continuamos?, pergunta depois de um tempo o garoto de Polícia. Por enquanto temos conjecturas, diz Jaime Brena, mas pode ser que não estejamos longe da verdade. Gandolfini é um empresário poderoso, tem dinheiro suficiente para pagar um assassino de aluguel, ou vários, ele pode contratar a morte cuidadosa do irmão e dos amigos dele, contratar alguém que mate cada um da maneira que deveria morrer. E, se foi assim, amanhã vamos confirmar, conclui Jaime Brena. O que vai acontecer amanhã?, pergunta o garoto de Polícia. Vou me apresentar no escritório dele e contar nossa teoria. Você está louco, diz Nurit, acabo de dizer que esse cara te ameaçou e você pensa em ir vê-lo assim? Para, Brena, concorda o garoto, é um cara perigoso. Não comigo, não tem por que fazer nada comigo. Porque você sabe. Não acho que isso importe muito para ele, se no final não temos nenhuma prova. Te avisou aquela tarde no bar, te ameaçou, insiste Nurit. Mas não me matou, já faz algum tempo que sabe que eu sei e não fez nada, responde Brena. Não me parece sensato que você se apresente a ele, para dizer que, para confirmar que, diz o garoto de Polícia. Jaime Brena o interrompe: É meu trabalho, rapaz, diz com firmeza. O garoto parece preocupado, Nurit também. É uma loucura que você queira ir, diz ela, ele está esperando. É meu trabalho, volta a dizer Brena. O garoto olha para ele, duvida, e depois decide e diz: Não, não é seu trabalho, agora é o meu, você não está mais em Polícia. Jaime Brena fica surpreso diante da resposta do garoto. Desarmado, quase ofendido. Não é que não saiba que não está mais em Polícia, mas naqueles dias ao lado do garoto e de Nurit Iscar tinha recuperado a ilusão de que, apesar de tudo, apesar da transferência, apesar de Rinaldi, apesar das matérias bobas que deve analisar e publicar, ele estava outa vez no lugar em que queria estar. Mas não. Foi só uma ilusão. Jaime Brena olha para Nurit Iscar, que não diz nada, mas é evidente que seu silêncio apoia o que o garoto acaba de dizer, embora seja como única alternativa para protegê-lo. Ele nega algumas vezes com um gesto de cabeça, suspira, parece que vai dizer algo mas se interrompe, abre a carteira, tira dali o cartão que Gandolfini deixou com ele alguns dias atrás e o joga sobre a mesa. Se agora é seu trabalho, aí está o endereço, diz ao garoto, se se atrever. Depois guarda a carteira, coloca o paletó e se despede: Que tenham sorte. Aonde vai?, pergunta Nurit. Para minha casa, responde ele. E como? Caminhando até a porta e aí pego um táxi. Não seja cabeça-dura, diz o garoto, eu posso te levar. Sou cabeça-dura, sim, diz Brena, às vezes não é tão ruim ser cabeça-dura, mantém a dignidade acima do nível. E, quando tudo que te rodeia é merda, se manter acima do nível é importante. Jaime Brena faz o movimento imaginário de levantar um chapéu que não tem sobre a cabeça, dessa vez dedicado apenas a Nurit Iscar, e depois sai. O garoto fica preocupado. Eu só quis protegê-lo, diz. Eu sei, responde Betibu, e Jaime Brena também sabe. Sabe muito bem. Mas é cabeça-dura e se acha imortal, uma combinação muito pouco aconselhável. Como continuamos?, pergunta outra vez o garoto de Polícia. Não sei, diz Nurit, ainda não sei. Talvez o melhor seja tirarmos umas horas para pensar. Vamos descansar um pouco e amanhã, depois do meio-dia, podemos resolver o que fazer. Como disse Brena, só temos conjecturas, embora confiemos nelas. O que você acha? Parece o correto, diz o garoto de Polícia. Vem, diz Nurit, antes de pegar essa estrada tome outro café, vamos até a cozinha. Nurit Iscar indica o caminho. Vá ligando a cafeteira que eu fecho as cortinas e vou, diz. O garoto concorda e sai, mas ela não faz o que anunciou. Volta sobre os próprios passos, pega o cartão que Jaime Brena jogou sobre a mesa com o endereço de Gandolfini, olha, guarda no bolso da calça e, então sim, vai até a cozinha preparar café.

25

Às onze da manhã, o carro do jornal passa pelo La Maravillosa para pegar Nurit Iscar. Na noite anterior, ela tinha pedido que chegasse mais cedo, mas o homem lembrou-lhe que vivia em Lanús e que de lá "é complicado chegar". Nurit ficou pensando no adjetivo que modifica o verbo: complicado chegar; perguntou-se se por ser um verbo era melhor dizer: chegar complicadamente, ou deixá-lo assim, mas acrescentar um artigo: se torna complicado "o" chegar. Não se decide. Enquanto ela se perde em vãs disquisições sobre o uso da linguagem — quando está nervosa, desde criança, se concentra no uso das palavras para tirar da cabeça o que a perturba —, o chofer insiste com: A senhora sabe o que é a Avenida Pavón a essa hora? E ela não sabe o que é, mas imagina. Na verdade, nada apressa Nurit senão a própria ansiedade e o temor de que o garoto de Polícia ligue reclamando o cartão de Gandolfini que Jaime Brena deixara e que ele nunca levou. Pediu a Anabella que viesse outra vez por umas horas e deixasse a casa impecável; tinha dito que só precisaria de seus serviços no fim de semana, mas imagina que ela, Betibu, não ficará muito mais tempo no La Maravillosa e antes de ir embora quer que tudo fique do jeito que encontrou. Melhor que do jeito que encontrou. Está com seu celular na bolsa para alguma emergência, mas está desligado: prefere que Jaime Brena ou o garoto não a encontrem, senão tentarão detê-la como Nurit Iscar fez com eles.

Em frente à portaria, o motorista devolve o cartão que recebeu ao entrar, depois um guarda revista o porta-malas — "permite o porta-malas?" — e saem. Sair sempre é mais fácil que entrar, diz o homem. E Nurit fica pensando outra vez em algo tão abstrato quanto uma frase, uma oração de sete palavras, e se pergunta se esse não é um bom título para seu próximo informe do La Maravillosa, talvez o último informe de Nurit Iscar: "Sair sempre é mais fácil que entrar".

No momento em que o carro atravessa a portaria do La Maravillosa rumo ao encontro com Gandolfini, o garoto de Polícia está para sair de sua casa para ir ao jornal. Está preocupado que sua relação com Jaime Brena tenha ficado abalada, mas tinha de detê-lo de qualquer jeito. Talvez devesse ter feito de outro modo, explicar melhor as razões sem recorrer a golpes baixos, sobretudo sem mencionar seu afastamento da seção de Polícia da qual, hoje o garoto sabe, Jaime Brena nunca deveria ter saído. Mas ontem falar isso, falar: "Não, não é seu trabalho, agora é o meu, você não está mais em Polícia", foi tudo que pensou. Agora, quando já é tarde, ocorrem muitas outras frases melhores que essa. Poderia até mesmo ter se oferecido para ir junto ver Gandolfini. Assustou-se, sentiu que Jaime Brena iria direto a uma zona de alto risco. Tinha que ser contundente. Mas — e isso é o que não se perdoa — sabe que, além de contundente, foi cruel.

Enquanto o carro que leva Nurit Iscar passa pelo pedágio, o garoto entra em um táxi e Jaime Brena sai de casa com a decisão tomada de ir caminhando até o jornal. São vinte quarteirões e seu estado físico não é dos melhores, mas hoje quer caminhar. Precisa caminhar. Pensar. Na primeira esquina em que para em um semáforo, tem de dividir a calçada com um passeador de cachorros. E com vários animais: uma loucura de correias e latidos. Isso é algo que não faria, ter um cachorro para que outro o leve a passear, metido no meio de uma matilha inevitavelmente ressentida com seus donos. Ele, Jaime Brena, quer o cachorro para isso, para levá-lo a passear com uma correia. E para levá-lo a uma praça, e para que mova o rabo quando chegar em casa. É a máxima companhia que poderia suportar vivendo com ele, acredita. Pouco a pouco foi se transformando em um homem solitário, nisso pensa Jaime Brena enquanto observa um dálmata que olha para ele com a cabeça de lado, movendo o rabo num gesto amistoso. Reconhece que era solitário mesmo antes de se separar de Irina. A solidão é um estado interior que pode praticar até mesmo estando com outras pessoas, acredita. Claro que essas pessoas, se não são solitárias como a gente, terminam se cansando. Como Irina se cansou. E acha também que é isso, a solidão, que paradoxalmente o une a algumas pessoas. A solidão que une. Ou que junta. Uma confraria de solitários. Com Karina Vives, por exemplo. Com o garoto de Polícia, embora hoje não queira nem vê-lo. Com Nurit Iscar. Nurit Iscar, ele aposta, é uma mulher solitária, embora esteja rodeada de amigas. Uma solitária até a medula, nota-se. Tanto como se nota nele. Ser um solitário é algo constitutivo, uma forma de ser, algo que não costuma mudar com a passagem do tempo nem enchendo a casa de gente. Se ele e Nurit Iscar algum dia tivessem algo, se formassem algum tipo de casal, continuariam sendo dois solitários da mesma forma. Felizes, talvez, bem acompanhados, acariciados um pelo outro, com bom sexo, mas dois solitários. E não é algo que pareça ruim, quase acha que esse poderia ser o modelo de casal de que ele precisa: dividir o que resta de vida com uma mulher tão solitária quanto ele. Só um solitário é capaz de estar ao lado de outro sem sentir a necessidade, a obrigação e o direito de possuí-lo nem de mudá-lo. E de onde saiu isto de pensar em Nurit Iscar desse modo? Melhor voltar ao cachorro, diz. E é o que faz.

O escritório de Gandolfini está em uma torre em Catalinas, na Avenida Leandro N. Alem, uma das várias construídas ao lado do Hotel Sheraton. Para não dar tanta volta, o motorista deixa Nurit na calçada oposta e indica que a esperará ali, mas que, se quando ela sair não estiver, é porque alguém pediu que saísse e então ele foi dar uma volta no quarteirão. Ou em vários quarteirões porque na região há muitos calçadões agora, viu?, qualquer coisa você liga no celular, diz o homem. Qualquer coisa ligo, diz ela. Nurit Iscar atravessa a avenida e o vento quase a derruba. Não tinha notado que ventava tanto. Talvez não estivesse. Sempre chamou sua atenção como o vento sopra forte nessa região de Buenos Aires, e não tem certeza de que a proximidade do rio seja o único motivo desse fenômeno climático. Lembra-se de uma amiga de Paula Sibona, uma atriz, há muito tempo vivendo na Espanha, que quando estava deprimida colocava saia rodada, parava na esquina da Leandro Alem com a Córdoba e esperava que o vento produzisse na saia um efeito Marilyn Monroe que os transeuntes ocasionais agradeciam e levantava seu ânimo. Em Betibu, com sua calça preta e camisa branca, o vento só bate nos cachos que ela, de vez em quando, acomoda em um reflexo condicionado e inútil.

O edifício de Gandolfini é todo de vidro polarizado. Preto, se alguém olha de fora. Tem tanta segurança quanto o La Maravillosa. É só passar pela porta giratória que todos são detidos por um dos guardas que estão sentados atrás de uma longa mesa e que pedem nome, documento, e o andar e o escritório que o ingressante quer visitar. Quando chega sua vez, Nurit diz que não se lembra do andar, mas que vai se encontrar com o senhor Gandolfini. Décimo sétimo andar, responde o guarda e pergunta: Ele está esperando? Sim, claro, mente ela. O homem anota seus dados em uma planilha e entrega um cartão de visita; Nurit estranha que essa parte do controle seja tão fácil de furar, só é preciso uma mentira boba: Sim, está me esperando. E talvez também uma cara, uma cor de pele, determinada roupa, o fato de ser mulher. É preciso deixar o documento aqui até sair do edifício e devolver o cartão, explica o homem da Segurança. E, embora Nurit não goste que alguém retenha seu documento, entrega. Antes de passar pela catraca, ela ainda deve mostrar a bolsa — como as empregadas domésticas no La Maravillosa, embora neste caso o medo seja outro —, passar por um detector de metais e depois apoiar o cartão de visita em um leitor. A identidade de todos nós se reduziu a uma quantidade variável de cartões para diferentes usos, pensa. Sente-se em um filme norte-americano, entrando na CIA, ou na série *24 horas*, entrando no edifício onde trabalha Jack Bauer. Parece muito. Em especial se a gente toma consciência de que tudo isso serve para proteger, entre outros — como ela, o garoto de Polícia e Jaime Brena suspeitam —, um assassino. Alguém que paga para que assassinem pessoas sob medida. Como quem contrata um alfaiate. Um alfaiate da morte, pensa, e se pergunta se este poderia ser um bom título para um próximo livro: O *alfaiate da morte*, de Nurit Iscar. Ou *Morte sob medida*. Ou *Morte XXL*. Ela está pensando em um próximo livro? Para na frente do elevador e quando a porta se abre entra no meio de um grupo composto por homens de ternos impecáveis, mulheres com roupas sociais e saltos altos — destes que há anos ela não usa mais —, um entregador com o capacete da moto pendurado em um braço e envelopes de diferentes tamanhos debaixo do outro, e uma mulher que leva pela mão um menino que pergunta: Aqui trabalha o papai? Nurit desce no décimo sétimo e procura alguma secretária. Encontra atrás de uma porta de vidro fosco com as letras brancas, talhadas e difíceis de perceber: RG Business Developers. Apresenta-se à garota: Meu nome é Nurit Iscar, sou escritora e estou vindo entrevistar o senhor Roberto Gandolfini para um livro de crônicas que estou fazendo. A secretária olha na agenda: Não tem nenhuma reunião marcada com a senhora, pode repetir seu nome, por favor? Nurit Iscar, assim como soa; que estranho, me disseram na editora que estava tudo arranjado. Que editora?, comigo ninguém falou. Talvez tenham falado diretamente com o senhor Gandolfini e ele esqueceu de avisar. Acho difícil, ele sempre me avisa. Bom, se for possível, consulte se ele pode me atender mesmo sem a reunião marcada. Parece que não vai ser possível, o senhor Gandolfini está com o dia muito cheio. Poderia tentar? A mulher duvida. Poderia tentar, por favor?, insiste ela. Nurit Iscar, me disse, não?, pergunta a secretária. Sim, responde, e diga que quem me deu seus dados foi o senhor Luis Collazo, não se esqueça disso, de mencionar Luis Collazo. A mulher fala pelo telefone com seu chefe e no fim da conversa repete: Sim, sim, Luis Collazo. A mulher desliga, ele vai atendê-la em quinze minutos, espere nas poltronas da recepção que assim que terminar uma reunião vai recebê-la. Certo, diz Nurit Iscar, e sente um arrepio nas pernas. O que mais quer é estar lá nesse momento. E o que menos quer é exatamente o mesmo. Pensa em Jaime Brena e no garoto de Polícia, no que vão dizer quando souberem que esteve ali. Imagina a bronca. Na mesa da recepção que está na frente das poltronas há uma *Newsweek*, a revista de um jornal dominical de dois meses atrás e o anuário de uma câmara empresarial argentina. Ela fecha os olhos e espera.

No momento em que Nurit Iscar fecha os olhos, Jaime Brena entra transpirando e com pouco ar na redação do *El Tribuno*. O garoto de Polícia, que o vê chegar, segue atento seus movimentos tentando decodificar se ainda está bravo com ele. Brena cumprimenta todos em geral e se senta a sua mesa. Continua bravo, pensa o garoto. Jaime Brena se acomoda na cadeira, esfrega a cara, relaxa um pouco o pescoço enquanto liga o computador. Na tela o espera o texto para sua próxima matéria: O estudo de um centro médico de Lyon, França, que revela que os alérgicos a penicilina têm sessenta e quatro por cento mais probabilidade de se divorciar antes dos quarenta anos que os que não são alérgicos. Pode ser que alguém tenha se dado ao trabalho de estudar a relação entre a penicilina e o divórcio antes dos quarenta anos? Lê uma vez, duas vezes, três vezes. E depois desliga o computador, tira da gaveta os papéis para a aposentadoria voluntária e começa a preenchê-los. O garoto de Polícia se aproxima de sua mesa. Jaime Brena vira os formulários para que não veja o que está fazendo. Tem um minuto?, pergunta o garoto. Jaime Brena olha para ele, mas não diz nada; o garoto sim, diz: Desculpa. Jaime Brena continua sem responder. Desculpa, volta a dizer, me deu medo de que fosse ver Gandolfini sem avaliar os riscos e me pareceu que era a única maneira de detê-lo. Certo, diz Jaime Brena, mais alguma coisa? O "mais alguma coisa" de Brena o deixa sem graça, mas o garoto faz um esforço e continua: Sim, mais uma coisa, lembra-se da pergunta que você me fez na primeira vez em que começou a me ensinar sobre jornalismo policial? Não, diz Jaime Brena, eu fiz muitas perguntas, não tenho ideia de qual foi a primeira. A mais importante, você me perguntou a quem eu queria me parecer, qual era meu modelo, mas eu ainda não sabia. Não me lembrava, responde Brena. Bom, agora sei, diz o garoto e espera que ele pergunte com quem quer se parecer. Mas Brena não pergunta. Então ele fala sem esperar: Quero me parecer com você, com Jaime Brena. Brena fica olhando sem outro gesto senão um imperceptível tremor no lábio inferior, como uma pulsação involuntária; se o garoto o conhecesse mais, saberia que, se o lábio inferior de Jaime Brena pulsa assim, é porque o que disse acaba de atingi-lo em algum lugar do corpo, não sabemos qual, mas ali onde ele ainda sente. Vamos ver Gandolfini juntos?, diz o garoto. Como? Vamos juntos, me parece uma maneira de diminuir o risco, e definitivamente não podemos deixar esse assunto aberto por medo, um cuida do outro. Vamos? Jaime Brena, como se fosse mais um dia de trabalho, como se não tivesse existido sua raiva de ontem, nem os formulários de aposentadoria voluntária semipreenchidos, nem a declaração de admiração do garoto de hoje, pergunta: Onde é?, você viu no cartão que eu te dei? O garoto se maldiz: Deixei na casa da Nurit, que burro. Ligue para ela e peça que passe os dados, sugere Brena. O garoto faz isso: Desligado, diz. Para que esta mulher tem celular?, pergunta-se Brena, como se ele não fosse tão difícil de localizar em um celular quanto ela, e depois diz: Liga para a casa dela. Não tenho o número, vou pedir à secretária de Rinaldi. O garoto faz isso e volta pouco tempo depois pelo corredor falando com Anabella. A senhora saiu, diz a mulher, um carro veio buscá-la, por que não liga para o celular? Está desligado, não sabe onde foi? Disse que tinha que ver alguém na capital, acho. O garoto acaricia o queixo várias vezes e depois fica com a mão aberta sobre a boca enquanto meneia a cabeça, como se não quisesse suspeitar que Nurit está onde está. Faça-me um favor, Anabella, veja em cima da mesa da sala se a senhora deixou um cartão que esqueci ontem, o cartão de um tal Roberto Gandolfini. A mulher vai ver e quando volta ao telefone confirma sua suspeita: Não tem nada sobre a mesa da sala. Obrigado, diz o garoto, desliga e vai até a mesa de Jaime Brena. Nurit Iscar está indo até o escritório de Gandolfini, se é que ainda não chegou. Que mulher incrível, queixa-se Brena, falou com ela? Não, mas pelo que me disse a empregada aposto que foi para lá; está louca, diz o garoto. Tão louca quanto a gente, esclarece Brena, e mais esperta, porque conseguiu. E, além da admiração que a mulher provoca nele, confessa seu temor: Temos de alcançá-la, não gosto de pensar no que pode acabar se metendo. Procura na internet para ver se aparece o endereço da empresa de Gandolfini, pede Brena. Já fiz isso, responde o garoto, não aparece nada, é como se fosse um fantasma. Brena fica pensando um instante e depois diz: Veja com a secretária do Rinaldi o carro em que Nurit anda, se for com a agência que o jornal sempre contrata estamos salvos, se não...

Poucos minutos depois, o garoto fala com o motorista que levou Nurit Iscar até o escritório de Gandolfini, mas o homem não tem o endereço exato. Só sabe onde está esperando, estacionado em lugar proibido e que ela cruzou a Leandro N. Alem um pouco antes da Córdoba e entrou em algum dos edifícios típicos dessa região, em qualquer um, como vou saber se dois andares para lá ou dois andares para cá, são todos iguais, diz. E que tem de esperá-la ali. Não, já disse, não sabe em qual edifício entrou. Não, ela vai ligar quando terminar. Por favor, não se mova daí, diz o garoto, estamos indo. E é isso que fazem.

Quando o garoto de Polícia e Jaime Brena saem do jornal, Nurit Iscar já está sentada diante de Roberto Gandolfini. O que consegue ver através da imensa janela atrás dele é tão bonito que Nurit tem uma sensação ambivalente: por um lado, a paisagem a atrai com sua claridade, e não consegue impedir que os olhos viajem até lá: o rio, os barcos que parecem imóveis, o reflexo do sol. Por outro lado, parece ser a moldura menos adequada para a conversa que terá nesse mesmo lugar com Gandolfini. Se este fosse um romance de Nurit Iscar, tiraria essa janela. O homem também é muito diferente de como ela o havia imaginado, mais baixo, menos redondo. Vestido com boa roupa, mas um pouco fora de moda. Se não suspeitasse o que suspeita dele, não temeria quem está sentado na frente dela. Pareceria alguém inofensivo. Então você quer me entrevistar para um livro que está escrevendo?, diz ele enquanto brinca com uma lapiseira que aperta na extremidade superior, fazendo com que a ponta apareça ou se esconda intermitentemente. Sim, diz ela, agradeço que tenha me atendido apesar da confusão de datas. Gandolfini assente com um gesto apertado na boca e depois diz: Qual é o tema de seu livro? Bom, estou investigando sobre empresas que prestam serviços especiais ou fora do comum. Ah, se é isso, acho que vai ficar desiludida, minhas empresas não são algo tão extraordinário, diz, mas se nota uma falsa humildade nele. Talvez não para o senhor, porque está no seu dia a dia, mas para os leitores, sim. O homem a encara, ela sabe que está sendo estudada. Minha secretária me disse que foi Luis Collazo que recomendou que viesse me ver. Sim, um pouco antes de sua morte, diz Nurit que vai direto ao ponto para detectar alguma reação no rosto de Gandolfini. Mas o homem diz quase sem expressão: Uma desgraça, fiquei sabendo que se enforcou. Apareceu enforcado, corrige ela; uma desgraça, sim. E sobre qual das empresas que dirijo quer me consultar? Sobre uma que se ocupa de eliminar gente a pedido, diz ela tentando se mostrar impassível. Eliminar de onde?, pergunta ele. Eliminar do mundo. Gandolfini sorri: E o que a faz pensar que eu tenho uma empresa que se ocupa disso? Talvez não seja sua, talvez só a tenha contratado. Outra vez, senhora, não sei o que a faz pensar isso. Certas circunstâncias e coincidências. Circunstâncias e coincidências podem levá-la a um lugar equivocado. O fato de que todos os integrantes do grupo La Chacrita, inclusive seu irmão, tenham morrido em circunstâncias muito particulares é algo que chama a atenção; lembra do grupo La Chacrita, não?, e quando ela pronuncia esse nome espera que Gandolfini se mostre inquieto, um pouco, o suficiente para marcar uma diferença. No entanto, tampouco agora essa inquietude aparece, ou ela não nota. Claro que me lembro, mais ainda, acho que ainda tenho comigo uma foto deles que recuperei há algum tempo, diz, e Nurit sabe de que foto está falando e suspeita que a recuperou do porta-retratos de Chazarreta, como se essa foto fosse seu troféu de guerra. Mas o que chama sua atenção em algo tão corriqueiro quanto morrer em uma estrada?, pergunta Gandolfini.

Que morrer em uma estrada é a maneira precisa como todos acreditavam que seu irmão ia morrer. Deveria então ter atendido essa percepção dos demais e ter dirigido mais devagar; meu irmão nunca escutou ninguém, e o maior desafio de sua vida parecia ser bater o próprio recorde de velocidade. Opinam que dirigia muito bem, diz Nurit. Muito bem, mas muito rápido, esclarece Gandolfini, fora de todas as normas, e colocando em risco não só a si mesmo, mas também aos demais. Então você acha que eu fiz algo para induzi-lo ou para provocar sua morte na estrada? Você ou alguém que contratou, sim, isso é o que imagino, afirma Nurit. Cortei os freios, por exemplo. Por exemplo. Você tem uma imaginação prodigiosa, diz Gandolfini e sorri. E a Collazo para que se enforcasse e a Bengoechea para que morresse esquiando, acrescenta ele. Ela completa: Miranda foi morto por um disparo de alguém disfarçado de franco-atirador alienado, e mandou matar Chazarreta como a mulher dele morreu: degolada. Cada uma das mortes foi como deveria ser, como era esperado que fosse. Gandolfini aquiesce num gesto de cabeça: Agora que está dizendo, sim, nisso tenho que concordar, cada um morreu como deveria morrer. O homem para, vai até a janela, olha o rio. Sem se virar diz: O que não significa que eu tenha algo a ver com essas mortes. Nem ninguém. Pode não ter sido nada mais que uma coincidência, o destino que subscreve a probabilidade estatística do risco de cada um, senhora Iscar. Até pode se tratar de justiça divina, se alguém quiser ver da perspectiva de um olhar "religioso", para chamar de alguma maneira. Ou que alguém estudou essa possibilidade e se deu conta de que era a melhor maneira de ocultar um crime, diz ela, que cada um morresse como deveria morrer. Ele se vira e olha para ela: E você acha que esse alguém sou eu. Sim. Gandolfini sorri outra vez, volta para sua cadeira, olha para Nurit ainda sem falar nada. Não, pensando bem, se este fosse um livro de Nurit Iscar, ela não tiraria a janela, é um dos poucos elementos que permite que seus personagens se movam. Gandolfini tenta desarmar as elucubrações de Nurit Iscar por serem absurdas: Ou seja, para você, eu sou quase Deus, ou o próprio Deus. Não acredito em Deus. Ateia, diz ele. Agnóstica, corrige ela. Gandolfini volta a encará-la, mas agora em seus olhos há um brilho que, Nurit Iscar acredita, é mais excitação que preocupação. Como quando alguém muito competitivo em algum jogo descobre que seu rival é bom, quase tão bom quanto ele, mas que ainda tem muitas possibilidades de ganhar. E por isso, se vencer, vai sentir uma grande satisfação. Mais que a qualquer outro. Muito boa a sua ideia, senhora Iscar, muito boa, posso roubá-la?, está registrada? Imagine isso?, eu, deste escritório com vista para o rio, equipado com a melhor tecnologia e conforto, decorado com um gosto excelente, que não é uma virtude minha, mas dos arquitetos que contratei, talvez eu, dizia, daqui, consiga manejar duas ou três pessoas no país e assassinos em outros países, pouca gente, para que o segredo esteja bem guardado, e, por uma cifra que dependerá da dificuldade de cada caso, mate quem quiser exatamente da forma que todos esperam que esse alguém vá morrer. Algo assim, diz Nurit. Não deixa de ser uma boa ideia, sim, devo reconhecer. E, além dos assassinos, deveria manejar gente especialista em obter dados das vítimas, não?, Gandolfini prossegue com entusiasmo. Espiões à moda antiga e espiões de rede. Gente que possa averiguar até a marca da roupa de baixo que uma possível vítima usa. Gandolfini ri, vai até um lado do escritório e se serve um café. Café?, pergunta. Não, obrigada, diz ela. Mas suponhamos que a senhora tenha razão, que essas mortes não foram acidentais, suponhamos que há uma cabeça por trás delas, volto a insistir: por que eu?, por que iria querer matá-los independentemente de quão simpáticos ou antipáticos pareciam ser meu irmão e seus amigos? Nurit Iscar responde sem eufemismos, vai direto ao ponto, quer vê-lo reagir: Porque você presenciou o estupro de Emilio Casabets. Agora sim, pela primeira vez, a cara de Gandolfini sofre uma pequena transformação, ela nota, como se a tensão tivesse se instalado nas bochechas, no arco das sobrancelhas, na boca. Não faz careta, não ri, mas sua cara se endurece. Talvez até não tenha sido o único estupro que o obrigaram a presenciar. E chegou um ponto no qual você não conseguiu mais arcar com a culpa de ter sido testemunha sem ter feito nada para evitar, arremata Nurit. Gandolfini olha para ela com a mesma dureza por um tempo e depois diz entre dentes, quase para si mesmo: Eu tinha apenas oito anos. Eu não o julgo por nada do que tenha passado na época, diz Nurit Iscar, mas pelas mortes recentes. Um sentimento que esteve oculto durante anos voltou à superfície muito depois, quando seu irmão e seus amigos apareceram com frequência nos jornais pela morte de Gloria Echagüe. Gandolfini vai outra vez para a janela, fica com o olhar perdido, dá-se um tempo e depois, como se se tratasse de um ator que conseguiu se concentrar e voltar a seu papel, diz: A senhora tem muita imaginação. Isso não nego, confirma ela. Embora seja há anos que tudo isso aconteceu e eu estivesse ali, insisto: que provas tem para demonstrar que eu tive algo a ver com essas mortes? Nenhuma, diz Nurit, ainda nenhuma. Olhe, senhora Iscar, tudo o que a senhora disse poderia ser assim ou poderia não ser. Mas neste mundo nada é se não pode ser provado. Além disso, suponhamos por um minuto que a senhora tenha razão, que eu dirijo assassinos em diferentes partes do mundo, ou até que tenho uma empresa semelhante, digo mais, suponhamos que eu use essa empresa não só para me livrar desta gente que menciona, mas também de alguns outros, como um negócio, para torná-la rentável. Suponhamos que algo que começou respondendo a uma necessidade pessoal se expandiu para outros usos. Não acha então que eu seria alguém muito poderoso e intocável? Eu e minha empresa. Uma empresa "mata-pessoas". Seria uma empresa muito bem-sucedida, todo grupo de poder recorreria a mim, eu lhes prestaria serviços e me deveriam favores. Gente da política, outros empresários, até religiosos de diferentes credos, por que não. Eu me converteria assim em alguém intocável. Imagine que eu, ou melhor dizendo, minha empresa, poderia ter feito cair o helicóptero do filho de um presidente. Ou poderia ter jogado uma secretária indiscreta pela janela de sua casa simulando que queria cortar um cabo de televisão. Ou até posso ter induzido um poderoso empresário a estourar a cabeça com um tiro. Eu teria muito poder, senhora Iscar, muito, não acha? Seria o que se chama de "intocável". Ninguém é intocável, ela diz. Ah, não acredite nisso, muitos favores a cobrar no momento preciso são um salvo-conduto. Mas não quero contar nada mais. Não devo contar mais nada, senhora. Já tive bastante problema depois de meu encontro no outro dia com Jaime Brena. Quem lhe causou problema?, pergunta Nurit. Todos respondemos a alguém, ou não? A senhora se perguntou se há alguém acima de mim ou se eu sou realmente meu próprio chefe? Porque isso também acontece hoje em dia, não?, um investigador, a senhora, por exemplo, acha que descobriu o assassino, mas quem é o assassino? O que deseja a morte do outro, o que a contrata, o que a executa com um degolamento, ou um tiro, ou o método que preferir, o que organiza essa execução, o que a planeja, o que a encobre, o que ganha pelo trabalho? Quem deles é mais responsável? Como é a pirâmide do assassinato hoje em dia? Quem é, neste século XXI, o verdadeiro assassino, senhora Iscar? Todos, responde ela. Uma resposta fácil, senhora, uma resposta politicamente correta. E as respostas politicamente corretas, além de covardes, nunca dizem a verdade. Sabe o que eu responderia? Que o assassino é o que fica vivo no fim de tudo, esse que ninguém conseguiu matar. Os demais são só elos. Elos substituíveis na maioria dos casos. Mas o que fica vivo no final, este é outra coisa, este sim é que tem o verdadeiro poder. Gandolfini se levanta e caminha pelo escritório outra vez sem olhar para Nurit Iscar, com a vista perdida no rio. Depois para e diz: Ai, ai, ai... passou perto, mas nunca saberá se acertou o alvo. A única pessoa que poderia confirmar isso sou eu, e eu não confirmo nada, senhora Iscar, sinto muito. Poderá suportar essa incerteza? Poderá suportar que não respondam sua pergunta, que não confirmem sua teoria?, poderá suportar que ninguém diga se a senhora imaginou a verdade com tantos detalhes? Eu sei que sim, que é a verdade, diz Nurit, e tenta parecer firme e decidida, embora suas pernas estejam tremendo sob as calças pretas. Não, não pode saber, posso ver isso, em seu interior há algo que duvida, que exige duvidar, posso ver. E Gandolfini olha para ela como se realmente estivesse vendo essa dúvida nela. Depois de um tempo de silêncio tenso, ele pergunta: Posso ajudá-la em algo mais? Não, diz Nurit, acho que nada mais, o senhor foi muito claro, mais do que imaginei que seria, estou levando muito material. Não acho que possa usá-lo, senhora, não há fonte confiável que possa citar. Eu não sou jornalista, sou escritora, posso contar sem citar fontes, posso apresentar como verdade algo que só está na minha imaginação. É só questão de chamar o que escrevo de "romance" em lugar de "crônica", um detalhe quase menor, conta Nurit. Gandolfini olha para ela, estuda, decide que peça vai mover de acordo com sua rival e não com o jogo. Eu quero dizer mais uma coisa, senhora Iscar. Ou prefere que a chame de Betibu?, pergunta Gandolfini para assombro de Nurit, enquanto tira de uma gaveta da mesa uma pasta amarela cruzada na extremidade superior direita por duas fitas grossas e pretas, como uma fita crepe. Só os amigos me chamam de Betibu. Ah, não quis parecer atrevido, desculpe. Sem abrir a pasta que acaba de tirar da gaveta, mas deixando a mão sobre ela como se estivesse a ponto de fazer um juramento sobre a Bíblia, recita o que provavelmente é seu conteúdo — como contará Nurit Iscar a Jaime Brena e ao garoto de Polícia uns minutos mais tarde —, recita de memória: Jaime Brena, sessenta e dois anos, vida desordenada, excessos de diferentes tipos: álcool, cigarros, drogas, embora só consuma maconha. Não faz exercícios físicos. Morte aconselhada: infarto. Nurit passa do assombro à comoção. Ele continua. Paula Sibona·

cinquenta e seis anos, atriz, sem problemas clínicos no momento. Etecetera, etecetera. Gosta de sair e conhecer gente nova. Morte aconselhada: ataque de amante ocasional em seu próprio apartamento, depois de uma noite de sexo. Juan e Rodrigo Pérez Iscar, diz Gandolfini, seus filhos, não? Chega!, diz ela. Não quer que eu continue? Não. Posso tentar com outros amigos. Não me interessa saber. É mesmo?, olhe que estou jogando alto, olhe que, se vazar que estou passando esta informação, me custará muito caro. Ela continua aterrorizada, sem poder emitir um som. Ele nota. Fique tranquila, é só um jogo, um exercício teórico, ninguém vai morrer. Por enquanto. Não é bom que morra gente sem motivo, isso nunca é bom. Meu irmão e seus amigos tinham de morrer, não importa se morreram em acidentes ou foram mortos. Mereciam. Hoje estão mortos, e isso, para mim, é um alívio. Como se o mundo estivesse outra vez equilibrado. Ninguém pode me culpar por me sentir aliviado pela morte de gente tão miserável, entende? Nurit se levanta: Sim, entendo, diz, e suas pernas tremem. Quer que a acompanhe? Não, sei o caminho. Não fica intrigada para saber qual seria a maneira em que "teoricamente" a senhora deveria morrer? Nurit não responde, mas adoraria saber. A senhora não é um caso simples, sabe? Se arrisca pouco. Não sai com gente desconhecida, não bebe muito, não fuma nem se droga. Diga-me, a senhora é feliz? Nurit Iscar outra vez se sente deslocada com uma pergunta de Gandolfini, embora esta seja de outro tipo. Ai, senhora, como é difícil ser feliz, não?, dito por alguém que tem quase tudo. Se a senhora, se Betibu, morresse no country onde está agora, o mais aconselhável é que fosse por escape de monóxido de carbono. As casas que têm a caldeira dentro, embora esteja num gabinete à parte, no quarto de serviço ou numa lavanderia, por exemplo, são um perigo. Isso lhe cairia bem, não seria a primeira a morrer assim em um country. Houve vários casos, por mais que estejamos falando de casas caras, preocupam-se com outras coisas, sabe? Mas, se já estivesse de volta a seu apartamento

mento, eu diria que o mais aconselhável seria que caísse pelo buraco do elevador. Uma saída imprevista e distraída, alguém liga por algo urgente, a senhora agarra suas coisas com pressa, deixa o telefone, esquece, não para, não pode, a luz do corredor não funciona, chama o elevador, acha que está ali, o mecanismo falha e a senhora abre a porta e dá um passo no vazio. Também poderia cair de sua varanda ao regar as plantas, mas isso é muito semelhante à morte da secretária que cortava o cabo da televisão, e a senhora merece mais protagonismo, algo mais exclusivo.

Nurit não quer mais ficar ali; vai até a porta como pode e a abre. De certa forma, me senti honrado com suas suspeitas, achar que sou capaz de montar uma empresa assim, não é algo que qualquer um possa fazer. Lembra das Erínias — As quê?, perguntará o garoto de Polícia um pouco depois quando Nurit Iscar contar —, seria algo como levantar sua bandeira, acho que Ésquilo se equivocou ao transformá-las em Eumênides, passaram de vingadoras impiedosas a benévolas, uma pena. As Eumênides respeitam a lei e a Justiça, não fazem justiça com as próprias mãos, consegue falar Nurit. Por isso, uma pena, diz Gandolfini, não parece justo que alguém tenha feito justiça com estes filhos da puta que estupraram um amigo? Esqueça do politicamente correto e me diga exatamente o que acha. Que o senhor me dá medo, é isso que acho, diz Nurit Iscar, e está a ponto de ir embora, mas Gandolfini a detém mais uma vez: Duas últimas coisas. Ela vira a cabeça e olha para ele sem soltar a maçaneta. A primeira: nenhuma palavra disto para ninguém, é divertido falar com vocês, mas não quero ter o mesmo problema que tive depois de ver Jaime Brena. E a segunda: Maidenform, diz Gandolfini e sorri. Como? Maidenform. Aí, sim, Nurit Iscar vai embora, quase foge. No caminho para o elevador, para na frente da secretária, pergunta onde é o banheiro e vai até lá.

Entra, abaixa a calcinha e lê na etiqueta o que já sabe: Maidenform

26

Nurit Iscar não consegue se lembrar do que aconteceu entre o momento em que entrou no elevador no décimo sétimo andar dos escritórios de Roberto Gandolfini e o momento atual, no qual está sentada à mesa de um bar de Córdoba e San Martín, com o garoto de Polícia e Jaime Brena. Dizem que cruzou Alem correndo, que quase foi atropelada por um carro, que trazia seu documento na mão e que quando chegou à calçada se jogou nos braços de Jaime Brena e perdeu a consciência. Mas Nurit Iscar não se lembra de nada, nem da corrida, nem do carro que quase a atropela, nem sequer dos braços de Jaime Brena. A última imagem nítida que tem na cabeça é ela encurvada, os joelhos pouco flexionados, a calcinha abaixada, no meio das pernas, e a etiqueta: Maidenform. E depois o elevador, borrado, algo que deveria ser o elevador, e o nó no estômago do vazio que produz quando se desce. Dizem que assim desmaiada como estava a colocaram no carro, que só quando recebeu o ar que entrava pela janela aberta recuperou a consciência, mas que continuava longe, perdida. Que a levaram ao primeiro bar que encontraram para que bebesse algo e se recuperasse. Ela — enquanto mexe o café duplo ao qual Jaime Brena acrescentou um pouquinho de conhaque e três colheres de açúcar — conta o que se lembra, o tempo anterior a essa estranha amnésia, o que aconteceu desde o momento em que se apresentou à secretária de Gandolfini até que entrou no elevador depois da conversa com ele: como era o escritório, a janela, o rio, a reunião, o que Gandolfini disse e o que negou, o que ela disse. A pirâmide do assassinato. E por fim a ameaça. A pasta amarela com as duas fitas negras. Uma pasta que Gandolfini nunca abriu, mas que, era óbvio, conhecia e alardeava: amarela com duas tiras negras cruzadas em diagonal na extremidade superior direita, repetiu. A marca de sua roupa íntima. E as Erínias, mas, embora o garoto de Polícia pergunte, ela não se interrompe para explicar o que significam as Erínias. Depois você procura no Google, rapaz, diz Brena. Os dois homens ficam assombrados. Não posso acreditar que você tenha ido falar com ele sozinha, Betibu, diz Brena. Não me dê bronca, diz, tenho mais medo agora do que quando estava lá. Os olhos de Nurit se enchem de lágrimas, Jaime Brena move a mão como se fosse agarrar a dela, mas Nurit Iscar — sem notar, sem descobrir a intenção — tira a mão, um pouco e isso faz com que ele se arrependa no meio do caminho. Como continuamos?, pergunta o garoto de Polícia. Não continuamos, diz Nurit quase brava, eu não vou colocar em perigo a vida de ninguém e muito menos a dos meus filhos. Os três ficam em silêncio por um tempo. Um grupo de brasileiros que entra no lugar com bolsas e pacotes obriga os três a se moverem para conseguir chegar à única mesa livre ao lado da janela, uma mesa pequena na qual precisam colocar mais algumas cadeiras. Falam alto, riem, esses turistas brasileiros são o contraponto perfeito ao que acontece na mesa de Nurit, Jaime Brena e o garoto de Polícia. Quando os recém-chegados conseguem se acomodar, Jaime Brena diz sem resignação: Às vezes é preciso se conformar com ter encontrado a verdade. O que isso quer dizer?, pergunta o garoto. Nós não estamos aqui para fazer justiça, somos jornalistas, e se no meio de uma investigação chegamos a um dado importante e certo, mas que não estamos em condições de provar, é muito mais do que o que conseguimos na maioria das vezes. Não temos a obrigação de contar isso à polícia? Eu já falei com o delegado Venturini e não me deu bola. Mas além da responsabilidade, se este Gandolfini continuar matando gente, essa culpa vai cair sobre nossa cabeça, diz o garoto. A culpa sempre cai sobre a gente, trata-se de decidir com qual delas estamos dispostos a viver, diz Brena. Eu não poderia viver com a culpa de que este louco mate um de meus filhos, diz Betibu e olha para o garoto quando fala. Entendo, esclarece o garoto de Polícia, é uma pena que nem sequer possamos fazer um informe jornalístico com tudo isso. Temos de pensar um pouco, diz Brena, talvez se possa falar algo nas entrelinhas, dar uma volta e contar sem contar, como tentávamos fazer na ditadura, uma escrita em código. Para quem escreveríamos em código hoje?, pergunta Betibu. Não sei, para quem quiser saber. E quem é que hoje quer saber? Quem é que lê as matérias que publicamos, os livros que escrevemos? Alguém lê? Quem? Os brasileiros gargalham e o riso os assusta. O garçom chega à mesa ao lado com cervejas e uma porção que inclui muito mais pratinhos do que poderão comer esses turistas. As risadas se transformam em sons de exclamação e surpresa pelo que o garçom deposita na frente deles. E depois outra vez risadas. Gostaria de tentar falar pessoalmente com o delegado Venturini, diz Brena, parece que sabe mais do que diz. Não quero colocar ninguém em risco, adverte Nurit. Fique calma, vou ser discreto, mas estamos sob risco, esclarece Brena, e depois pergunta: Parece que está em condições de voltar ao La Maravillosa, Betibu? Não sei, mas é o que vou fazer, ir, escrever o último informe e juntar minhas coisas. Hoje mesmo volto para casa. Não faz sentido continuar ali. Quer que algum de nós a acompanhe?, pergunta Brena. Não, todos temos coisas a fazer, diz ela. Hoje vai ser um dia complicado, a gente se fala mais tarde. Certo, a gente se fala, diz Brena.

O garoto concorda, mas não diz nada. O que você tem, rapaz?, pergunta Brena. Isso é ser jornalista? Procurar a verdade, assumir que a encontrou, embora não se possa provar tudo, e ter de ficar calado porque senão põe em risco sua vida ou a dos outros? Às vezes sim, rapaz, às vezes é isso, outras nem sequer isso, nem sequer consegue se aproximar da verdade. E umas poucas, somente muito poucas vezes, você sente que está fazendo as coisas direito. Mas então, um dia olha para o calendário e se dá conta de que a vida passou por você, que resta pouco pela frente. Eu não quero que isso aconteça comigo, diz o garoto. Eu tampouco queria, diz Jaime Brena.

No momento em que o garoto de Polícia está subindo no elevador para a redação do *El Tribuno* e Nurit Iscar atravessa com o carro o pedágio da estrada que leva ao La Maravillosa, Jaime Brena entra na recepção da sala do delegado Venturini e se senta, por indicação de uma secretária, na frente da porta de sua sala. Não tem hora marcada, mas sabe que Venturini vai recebê-lo de todo modo, sempre o recebeu. Pouco depois a secretária traz um café sem consultá-lo, em pequenas xícaras de porcelana Tsuji branca com alça dourada, um luxo que só pessoas com alto cargo na instituição têm. Na bandeja há um açucareiro também de porcelana, mas de outro jogo, com açúcar velho grudado à colher e um guardanapo de papel dobrado em triângulo debaixo da taça. Vai recebê-lo em seguida, ela diz. Jaime Brena ainda não sabe quanto vai contar. Prometeu a Nurit Iscar, a Betibu, que não colocará ninguém em risco. Vai se atrever algum dia a dizer a Nurit que esse apelido, Betibu, foi criado por ele e não por Rinaldi? Quando ela publicou seu livro *Morrer aos poucos*, ele se converteu em um de seus leitores — ou fãs — mais fiéis. Depois de terminá-lo, leu todos os livros que ela tinha escrito antes e esperou ansioso os que viriam depois. Até gostou de *Só se você me amar*, embora tenha sentido que era um livro menor. Na época em que saiu *Morrer aos poucos* apareceu no suplemento cultural do jornal uma foto de página inteira dela. Recortou e colou em sua mesa. Ficava diante dele enquanto trabalhava. Um dia em que não aparecia uma palavra que precisava para terminar uma matéria, levantou a vista e perguntou a essa imagem: Como se diz quando alguém que é o herdeiro natural de um trono rechaça seu destino, Betibu? Disse assim, "Betibu", como se esse fosse seu nome, como se Nurit Iscar e seus cachos não pudessem se chamar de outra maneira. Betibu. Abdicar, apareceu a palavra, um tempo depois e ele estalou os dedos: abdicar. E Nurit Iscar, Betibu, se converteu em sua consultora para assuntos difíceis. Quando, naquela época, Lorenzo Rinaldi — com quem Jaime Brena ainda tinha uma boa relação, uma relação quase de colegas — perguntava qual era a fonte de algumas das que ele considerava "suas descabeladas teorias conspirativas para analisar um crime", Jaime Brena respondia: Me contou Betibu, e apontava para a foto sem dar mais explicações. Até que uma tarde, Rinaldi passou por sua mesa e contou que tinha acabado de conhecê-la em um programa de televisão, pessoalmente, a da foto. E tempos depois Nurit Iscar começou a aparecer pela redação de vez em quando. Às vezes Betibu esperava por Rinaldi nas poltronas da recepção e, mais tarde, iam embora juntos. Ela e Lorenzo Rinaldi. Outras vezes passavam um longo tempo no escritório dele, e depois ela ia embora sozinha. Um dia, a fofoca começou a correr pela redação. Então Jaime Brena preferiu tirar a foto e não consultá-la mais. Vai se atrever algum dia a contar isso?, pergunta-se mais uma vez. Acha que não, seria revelar muito de si mesmo e se Jaime Brena fez algo durante toda sua vida foi cuidar para não contar a nenhuma mulher nada do que — segundo sua própria neurose — não deveriam saber sobre ele.

Enquanto isso, enquanto Jaime Brena lembra como batizou Nurit Iscar de Betibu, o garoto de Polícia, com o computador desligado, pergunta-se o que fazer. E o que fazer não significa o que escrever sobre os crimes do La Maravillosa, nem sequer o que escrever sobre os outros crimes com menos interesse mediático, mas dos quais também tem de se ocupar. Pergunta-se o que fazer de sua vida. Se o que quer é continuar fazendo carreira no *El Tribuno* — sempre que deixem —, para um dia terminar sendo editor de uma seção na qual não está interessado ou na qual tenha que consultar cada coisa que se afaste da linha editorial do jornal com Rinaldi ou com quem o substitua. Em dez anos ele estará ali? Rinaldi estará? E Jaime Brena?, onde estarão eles daqui a dez anos? Olha ao redor. O garoto de Polícia não quer se parecer com os editores que vê dividindo a redação com ele. Muito menos quer se parecer com Rinaldi, que uma vez também já foi jornalista. Ele quer se parecer com Jaime Brena. Mas Jaime Brena foi deslocado da seção que era dele por natureza para uma em que a única coisa que faz é tornar sua vida amarga. Isso ele não quer, o garoto de Polícia. Há lugar hoje no *El Tribuno* para ser o jornalista que ele queria ser? Vai se sentir cada dia mais livre trabalhando ali ou cada dia mais amarrado a interesses que desconhece, mas que serão passados como pautas indiscutíveis? Está disposto a passar sua vida ali, como Jaime Brena, para depois comprovar uma coisa ou outra quando já não restem muitas opções senão continuar ou a aposentadoria voluntária? Não sabe, não sabe nada. Só sabe, agora sim, que quer ser jornalista. Jornalista de Polícia. E que quer se parecer com Jaime Brena. Mas não quer terminar no lugar em que ele está hoje. Isso não.

Nurit Iscar deixa suas coisas de lado, liga o computador e começa a digitar seu último informe. O garoto de Polícia procura Karina Vives, mas dizem que hoje não foi trabalhar, que avisou que estava doente e ele se preocupa. Jaime Brena entra na sala do delegado Venturini, que o recebe com seu habitual: Como anda, querido? Mas desta vez Jaime Brena não segue a piada, não diz: Eu bem, mas pobre, meu delegado. Só senta, na frente dele, do outro lado da mesa e diz: Avançou alguma coisa sobre a morte de Collazo? Venturini faz cara de chateação. Esse assunto está encerrado, Brena, Collazo se suicidou, por que você quer me fazer trabalhar quando não é necessário? Por que o senhor apareceu também quando Collazo morreu, delegado? O que quer dizer com *também*? Que por jurisdição o senhor não deveria estar na morte de Chazarreta nem na de Collazo. Coincidência?, assistência a outros colegas?, interesses particulares? Vamos ver, desde quando tenho que dar explicações sobre em que caso eu me meto e em qual não? Não, não tem, delegado, só queria tentar entender por que está me evitando nesses últimos tempos. Venturini fica olhando para ele, parecia que queria falar, que duvidava se devia falar ou não. E finalmente diz isto: Olha, Brena, às vezes temos de aceitar nossos limites, às vezes não podemos chegar até onde gostaríamos, mas isso não invalida todo o resto que a gente faz. Que uma vez tenhamos que negociar nos transforma em negociadores? Não sei, o senhor é que pode me dizer, delegado. Não, não nos transforma em negociadores, nos torna humanos, às vezes podemos e às vezes não. Às vezes podemos ir pelo caminho que corresponde, e às vezes temos que tomar outros caminhos que não sabemos se vão nos levar aonde queremos ir, está entendendo? Na verdade, não. Não se preocupe, tampouco é possível entender tudo, isso também é humano, mas confie em mim, eu garanto que sou um cara confiável. Brena não responde, não sabe se pode acreditar nele. Gostaria, mas não sabe. Já não tem mais nada a fazer ali.

Jaime Brena se levanta, faz o gesto de quem tira um chapéu que não tem, volta a colocá-lo sobre a cabeça, diz: Delegado. E vai embora.

27

É mais fácil sair que entrar

Eu me despeço. Este é meu último informe do La Maravillosa. Não escreverei mais esta coluna sobre o caso Chazarreta. Mas quero que se lembrem do que digo aqui: o fato de que este é o último informe é um ato de vontade que quero deixar explícito. Eu decidi não escrever mais sobre a morte de Pedro Chazarreta, nem sobre outras mortes relacionadas. E essa é uma decisão, uma escolha

Não quero que aconteça como tantas outras vezes que um tema, uma notícia, uma informação, que um dia ocupou espaço e interesse, comece a perder lugar e frequência até que ninguém fale mais dela. Isso é o que se procura às vezes: que a notícia se desvaneça, que nos esqueçamos do assunto. Não é o caso. Deixo de escrever porque tenho medo. Deixo de escrever porque não tenho provas nem garantias suficientes para dizer o que penso. As únicas coisas que tenho são temor e conjecturas. Este caso não está resolvido. E não poderei resolvê-lo. Talvez ninguém resolva. Talvez logo ninguém mais fale do caso Chazarreta. Não será permitido.

O que acontece com esta notícia policial acontece com qualquer notícia e com a situação geral da mídia hoje. Uma agenda de prioridades informativas que deixa de fora certas notícias é censura. Não permitam que ninguém monte a agenda de vocês. Nem uns, nem outros. Leiam muitos jornais, vejam muitos noticiários, todos, até aqueles com os quais não estão de acordo, e só depois montem sua própria agenda. A comunicação hoje deixou de ser emissor-receptor, entre todos ela é montada. Hierarquizar as notícias de acordo com o critério próprio e não com a agenda imposta é fazer contrainformação. E a contrainformação não é uma má palavra, ao contrário. É informar de um lugar diferente, de um lugar de não poder.

É preciso entender e mostrar os objetivos de grupos e pessoas. Não se conformar com uma causa direta, ir mais fundo, entender condutas. O que tem isto a ver com notícias policiais?, com um assassinato? Muito. É mais tranquilo pensar que Chazarreta foi morto por tal ou qual motivo. Não contem comigo para uma análise tão simples. Se não posso fazer uma análise mais profunda, não farei, mas saibam que essa profundidade existe e está sendo negada a vocês. Eu hoje a nego por medo. Vocês devem buscá-la sempre, em uma notícia policial, mas também em uma notícia política, internacional, de espetáculos ou esportiva. Dizer quem pegou uma faca e abriu o pescoço de Chazarreta de um lado ao outro é dizer quem o matou e, ao mesmo tempo, não dizer nada. Porque, por trás disso, se esconde uma verdade muito mais complexa, brutal e antiga. Abusos, vinganças, pactos de silêncio, são todos assuntos mais complicados e obscuros do que empunhar uma faca. Importa em qual colégio Chazarreta estudou?, importa que o fundador desse colégio tenha processos por reiterados abusos?, importa qual era a ideologia de Chazarreta e seus amigos na adolescência e qual era nos últimos tempos? Acho que sim, que importa. Os agravos, abusos e crimes não resolvidos de outros tempos influenciam nos agravos, abusos e crimes de agora, ou nos futuros? Quando não importam, os antigos agravos se tornam feridas abertas, e, o que é pior, às vezes alguém acredita ter o direito de reparar o que em seu momento não teve justiça. Mas a justiça pelas próprias mãos não deixa de ser outro agravo, então se alimenta uma roda de ódios e vinganças que não termina mais. É menos assassino aquele que mata quem merece morrer? A condenação justa do agravo cometido, do crime cometido, é só o que pode nos salvar como sociedade.

Não se esqueçam dos crimes impunes, porque sempre encerram algo mais incrível que o próprio crime.

Hoje deixo de escrever neste jornal não porque isto não me importe, mas exatamente o oposto. Rodolfo Walsh reconhece que, a partir de 1968, começou a desvalorizar a literatura "porque não era mais possível continuar escrevendo obras altamente refinadas que unicamente a 'intelligentzia burguesa' podia consumir, quando o país começava a ser sacudido por todos os lados. Tudo o que se escrevesse deveria submergir no novo processo, e ser útil, contribuir para seu avanço. Mais uma vez o jornalismo era aqui a arma adequada". Continua sendo hoje o jornalismo, este jornalismo, a arma adequada? Não sei, nem tenho direito de responder a essa pergunta, porque não sou jornalista. Sou escritora. Invento histórias. E a esse mundo de ficção voltarei quando terminar este último informe. Porque nesse lugar não tenho medo, porque nesse lugar posso inventar outra realidade, uma ainda mais certa. Ali é onde posso começar um livro qualquer, o próximo, com uma mulher que vem fazer as tarefas domésticas na casa de alguém como Pedro Chazarreta, por exemplo, e que precisa passar, como todo dia, por todos os controles de acesso ao La Maravillosa, sem saber, sem suspeitar, que quando chegar ao chalé de seu patrão vai descobrir que ele foi degolado. Posso fingir uma investigação, descobrir laços que ninguém viu com outras mortes, determinar culpados materiais e ideológicos, dizer por que se matou quem tinha se matado. Inventar várias vezes. Até dizer, por exemplo, que é preciso procurar as responsabilidades maiores em um alto empresário, em um arranha-céu, uma torre imponente de Retiro, ou de Puerto Madero, ou de

Manhattan. Onde eu quiser, porque não tenho que prestar contas. Um escritório com uma grande janela. Ou não, sem janelas. De toda forma, será apenas uma realidade que eu inventei. Um romance é uma ficção. E minha única responsabilidade é contá-la bem.

Volto à literatura, então. Não escrevo mais estes informes porque tenho medo de escrever o que deveria, e me envergonha escrever outra coisa.

Mando um abraço a meus leitores.

E confio que saberão o que fazer nestes novos tempos da informação. Tempos dos quais vocês, também, são parte imperiosa e ativa.

O garoto de Polícia termina de ler o último informe de Nurit Iscar no mesmo momento em que ela atravessa a portaria de entrada — ou de saída — do La Maravillosa, no carro do jornal, com sua pequena mala carregada no porta-malas que os homens da Segurança abriram, mas não inspecionaram, indo para casa, a verdadeira, seu apartamento em Buenos Aires. O garoto envia o informe para que saia no jornal do dia seguinte. Sabe que Rinaldi não vai gostar. Sobretudo se Nurit Iscar não avisou que não vai mais escrever para o *El Tribuno*. Mesmo que tenha avisado, se corrige, ele não vai gostar. Lorenzo Rinaldi não gosta de ser abandonado. O garoto responde a alguns e-mails atrasados, depois junta suas coisas, desliga o computador e está pronto para ir para casa quando um grito de Rinaldi o detém: Como você ousa enviar este informe para amanhã sem me consultar?, menos mal que alguém o leu no caminho e me avisou. O garoto de Polícia se faz de inocente: Não era para os informes de Nurit Iscar irem sem corte nem edição? Não tire uma com a minha cara, rapaz, sabe que isto é outra coisa, isto não sai. A mulher ficou doida, não percebe? Estou ligando para ela e sumiu do mapa. Ficou doida. Como você pensa que isso poderia sair? Há um critério editorial neste jornal, não podemos publicar qualquer coisa. Rinaldi está muito bravo, mas tenta parecer tranquilo apesar do tom e veemência iniciais: Ligue outra vez seu computador e comece a escrever algo para cobrir este espaço, ordena e vai para sua sala sem dizer nenhuma outra palavra. O garoto de Polícia lamenta que o melhor informe de Nurit Iscar não seja lido pelos leitores do jornal. Vai pedir permissão a alguns amigos para postar em seus blogs e vai colocar links no Facebook, Twitter e outros sites para que muita gente consiga ter acesso a ele. Olha o relógio, são sete da noite. Liga o computador outra vez, realmente está disposto a escrever algo que substitua esse informe? Não, não está disposto. Abre o Google, escreve: Erínias. Lê na Wikipédia: Na mitologia grega, personificações femininas da vingança, forças primitivas que não se submetem à autoridade de Zeus. Voltam à terra para castigar criminosos vivos. Finalmente, apesar de sua sede de vingança, as Erínias aceitam a justiça de Atenas porque querem que o povo pare de desprezá-las. A vingança cede à justiça. O garoto olha outra vez a hora, sete e dez. Por que ainda está no jornal?, se pergunta, não se referindo ao horário, mas a sua vida, a por que continua trabalhando ali. A decisão de Rinaldi de não publicar o informe de Nurit Iscar não é motivo suficiente para pedir demissão? Volta às Erínias e à justiça. O que acontece quando assassino e assassinados são todos pessoas de merda: Chazarreta, seus amigos, Gandolfini?, pergunta-se. Comprovar que Chazarreta era um filho da puta faz com que sua morte seja mais justa?, faz de Gandolfini menos criminoso? Que o tenham assassinado faz de Chazarreta menos filho da puta? Olha o relógio, sete e quinze. Escreve no Google: contrainformação. Descarta várias entradas e clica no link de um livro com esse título, de Natalia Vinelli e Carlos Rodríguez Esperón. Interessa-se pelo resumo que lê, tenta encontrá-lo para download, não está online. Terá que comprá-lo. Onde? É possível consegui-lo? Entra no Mercado Livre, encontra e compra. Combina a entrega para o dia seguinte. Em dinheiro. Olha para a porta do escritório de Rinaldi. Vê outra vez a hora no BlackBerry: vinte e cinco para as oito. Coloca no buscador do Google: meios de informação alternativos, 2.730.000 respostas aproximadas. Entra em dois, em três, em cinco. Entra no Indymedia, entra na Rádio Sur 102.7, deixa o site da Rede Nacional de Meios Alternativos, Antena Negra e Barricada TV, para conferi-los quando chegar em casa. É muito, não tem tempo suficiente agora. Está meio tonto, excitado, como se estivesse drogado. Quinze para as oito. Tem que ser agora. Desliga o computador, pega a carteira, o BlackBerry e sai. Chega à agência do correio cinco minutos antes do fechamento. Quero mandar um telegrama, diz. E redige seu pedido de demissão ao *El Tribuno*. Quando sai, já estão descendo a porta metálica. Do BlackBerry liga para Jaime Brena: Brena, quer deixar o jornal e vir comigo montar um portal de notícias?

28

Uma semana depois, Jaime Brena e Nurit Iscar jantam no El Preferido. Ele garantiu que ali se pode comer o melhor puchero de Buenos Aires. A menos que você prefira um desses restaurantes onde não é atendida por garçons, mas por meninos bonitos, e onde se come comida fusion ou alguma outra invenção que se poderia comer em qualquer cidade do mundo, disse Brena quando ligou para combinar o encontro. Adoro puchero, respondeu ela. E ali estão, um na frente do outro, escolhendo o vinho tinto. Vem com linguiça colorada?, pergunta Nurit ao garçom. Sem linguiça colorada, grão-de-bico e tutano não seria puchero, responde o homem. Ela pisca um olho para ele, levanta o polegar, fecha o cardápio e entrega. Jaime Brena aponta para um cabernet sauvignon e também devolve o cardápio. Ela diz que ainda não respondeu às insistentes ligações de Rinaldi, que sabe que vai maltratá-la por seu último informe, sobretudo depois que o garoto o fez circular pela internet, e que não tem vontade de escutá-lo. Ele conta que por enquanto continuará trabalhando no *El Tribuno*, que vai ajudar o garoto com seu portal só para se divertir, que vai escrever alguns artigos para ele, mas que não se imagina sem se levantar todos os dias para ir ao jornal. Que apesar de Rinaldi, apesar da seção Sociedade, apesar das estatísticas bobas sobre o que fazem homens e mulheres, meninas e meninos, ou garotas com muito ou pouco pelo pubiano, ele continua preferindo trabalhar em um jornal. Acho que não poderia me acostumar a perder o cheiro de uma redação, diz. Qual é o cheiro?, pergunta ela. Bom, antes cheirava a cigarro, muito cigarro, a papel e tinta das impressoras; hoje já não sei, mas é como se esse cheiro que já teve houvesse ficado ali para sempre, no ar viciado, cheio de poeira, que entra e sai dos equipamentos de ar condicionado infinita quantidade de vezes. E o barulho, também sentiria falta do barulho, esse motor humano que é o som da vertigem, das coisas que passam. Hoje representado pelo som de televisões ligadas por toda a redação que abandonam o "mute" só quando aparece algo importante. O zumbido suave, mas permanente dos computadores, como um mosquito. E telefones que tocam não como antes, todos com a mesma melodia, mas cada um com seu ridículo, próprio e exclusivo ring tone. Uma competição de ring tones cada vez mais estranhos para identificar, sem dúvida nenhuma, o próprio telefone. Não sei se seria feliz sem tudo isso, diz Jaime Brena. Pergunta a Nurit se começou a escrever, e ela conta que sim, fala de seu próximo livro, duas páginas apenas e muito em sua cabeça. Mortos, sim, suspense, e a verdadeira história que corre por baixo da morte, a que mais importa, a cotidiana, essa que a morte não consegue deter. Comem pão enquanto esperam o puchero, e os dois se queixam por ficarem se enchendo de pão e pelos quilos que já sobram. E riem. Deveríamos ter feito algo mais?, pergunta ela, deveríamos ter tentado denunciar Gandolfini? Não sei, eu também me pergunto isso, responde Jaime Brena, por enquanto teremos de carregar isso: o custo de dizer o que sabemos, ou o que acreditamos saber, é muito alto. Talvez mais para frente pensemos em alguma forma de fazer isso, às vezes com a passagem do tempo aparece uma oportunidade, não sei. Eu também não sei, diz Betibu, mas não fico tranquila. Chega o vinho, o garçom serve os dois, eles fazem tim-tim e bebem. Mas não brindam. Sobre a cabeça deles, na TV ligada sem som pendurada em um suporte na parede, começa o noticiário das nove. Eles não olham, precisariam esticar o pescoço como garças para conseguir ver, e além disso não interessa, hoje não querem saber de notícias envolvendo outras pessoas.

Enquanto Jaime Brena e Nurit Iscar esperam o puchero, Carmen Terrada e Paula Sibona comem empanadas e conferem o celular. Ela mandou alguma mensagem?, pergunta Carmen. Não, pra você?, diz Paula. Nada, responde Carmen. E isso porque prometeu que ficaria mandando mensagens contando como ia tudo, queixa-se. Prometeu para que você não insistisse mais, Paula, ela não pode ficar contando a saída como se fosse uma partida de futebol. Eu gostaria que fizesse isso, diz Paula. Quer ver um filme ou uma série?, consulta Carmen. Que série você tem? *In Treatment* ou *Mad Men*. *In Treatment*, adoro esse psiquiatra. Carmen liga a TV e coloca o DVD. Elas se acomodam nas almofadas jogadas no chão. Já estarão transando?, pergunta Paula Sibona. Acho que não, diz Carmen, conhecendo nossa amiga não sei se já chegaram ao beijo. Eu boto fé em Jaime Brena, afirma Paula. Eu também, o assunto é ter fé nela, esclarece Carmen. Ei, ela não vai nos abandonar se ficar apaixonada por Jaime Brena, né?, inquieta-se Paula. Não, nossa Betibu não, afirma Carmen Terrada com segurança enquanto procura com o controle remoto as legendas em espanhol. Deveríamos exigir um pré-aviso de amizade e acompanhamento quando uma de nós se envolve com um cara, que deem uma margem para se acomodar, propõe Paula. Comigo pode ficar tranquila, eu não tenho nada à vista, diz Carmen. Comigo também pode ficar tranquila, tenho muito à vista, o que é o mesmo que não ter nada. Jaime Brena terá algum amigo apresentável?

Chega o puchero. Quer que eu sirva?, pergunta ele. Tudo bem, ela responde. Neste mesmo momento o garoto de Polícia abre uma cerveja na casa de Karina Vives. E?, o que acha do que estou montando? Adoro, ela diz. Pena que Brena não se animou a ser meu sócio, lamenta-se. Brena é homem de redação, diz a garota, você precisa entendê-lo. Mas o que estou montando é uma redação. Karina Vives duvida. Sem as pessoas trabalhando todas juntas, sem a saída para fumar com os amigos na rua, sem o chefe para xingar: muita virtualidade para um cara como Brena, conclui. E você?, viria trabalhar comigo?, pergunta o garoto. Mais para frente, quando eu estiver em condições de deixar o jornal, diz ela, antes tenho de resolver o que vou fazer com a gravidez. Acho que a esta altura você já resolveu, mesmo que seja por omissão. Ela não responde. O garoto de Polícia toma outro gole de cerveja, enquanto faz isso olha para ela sobre a garrafa. *Ink or link?*, pergunta o garoto. O quê?, diz ela. Em quem apostaria?, no link ou na tinta? Não entendo. Um bom conteúdo sem link ninguém vê, explica o garoto e continua: Hoje as pessoas precisam que alguém selecione o melhor conteúdo para elas. Mas alguém precisa continuar escrevendo esse melhor conteúdo, diz ela. Certo, aceita ele, é preciso as duas coisas, mas, quando há muito conteúdo, a seleção é muito mais crítica, e eu vou me dedicar a linkar o melhor conteúdo possível para quem quiser me seguir. Confia em minha capacidade para fazer isso?, pergunta o garoto de Polícia. Confio, responde Karina Vives. O garoto deixa a garrafa sobre a mesa de centro. Tudo bem beijar uma mulher grávida?, pergunta. Acho que sim, ela responde. E se beijam.

Depois do puchero não sobra lugar para sobremesa, só para dois cafés e a conta. Na televisão acima da cabeça deles, aparece uma imagem de notícia urgente com o seguinte rodapé: Empresário assassinado com quinze tiros, fala-se de um ajuste de contas. A imagem é a entrada do escritório de Gandolfini, RG Business Developers. Mas Nurit e Jaime Brena não percebem, só ficarão sabendo amanhã, hoje não olham para a TV, estão preocupados com outras coisas.

Totalmente distantes da imagem na televisão pendurada acima deles. A polícia cercou a entrada, podem ser vistos muitos policiais trabalhando, o repórter fala para a câmera, uma foto de arquivo de Gandolfini, o repórter agora entrevista um chefe de polícia, o rodapé diz: Delegado García Prieto, a cargo da investigação do crime. Mudam o rodapé: Assassinato com impunidade, o empresário Roberto Gandolfini é morto a tiros em torre de alta segurança. E nessa tela, dois passos atrás, aparecendo atrás de García Prieto, se Jaime Brena ou Nurit Iscar levantassem a cabeça, reconheceriam o delegado Venturini, com um terno impecável e atitude serena, como se estivesse supervisionando uma operação que, mais uma vez, não lhe diz respeito, mas que dirige com perfeição, com uma pasta amarela na mão. Uma pasta amarela com duas fitas negras na margem superior direita. Uma pasta que aperta contra si porque não pertence à cena do crime, mas é sua. Se levantassem a cabeça, Jaime Brena e Nurit ficariam perturbados, acreditariam entender por fim, falariam esta noite sobre a pirâmide do assassinato e sobre a frase dita por Gandolfini poucos dias atrás: O assassino é o que fica vivo. Discutiriam se essa pasta que Venturini está carregando, e que agora, na tela, dobra em dois e enfia em um dos bolsos do paletó como se fosse um jornal, é própria ou da cena do crime. Eles se perguntariam por que ele deu tantas pistas a Brena sobre o assassinato de Chazarreta e até mesmo os levou à casa. Responderiam que fez isso porque neste caso queria que ficasse claro que se tratava de um assassinato: para que Chazarreta morresse como tinha de morrer, deveria morrer assassinado. E que por isso correu quando apareceram os outros mortos. Tudo isso falariam agora se levantassem a cabeça e vissem o que passa nesse noticiário. Mas não fazem isso, não olham a televisão, não ficam tentados pelas duas ou três pessoas nas mesas ao redor olhando por cima deles e fazendo comentários como se estivesse passando algo importante. Essas perguntas, Nurit Iscar e

Jaime Brena farão e responderão só amanhã, quando amanhecer, quando souberem da morte de Roberto Gandolfini com essa quantidade de tiros e, procurando pistas, rebobinarem centenas de vezes a mesma cena, essa que agora não estão vendo, porque descobriram, ou alguém avisou, que na cena aparece o delegado Venturini. Amanhã, tudo isso será amanhã. Hoje, Jaime Brena chama o garçom e paga — De jeito nenhum, diz a Nurit Iscar quando ela se oferece para pagar sua parte —, se levantam e vão embora.

No momento em que saem do El Preferido, Lorenzo Rinaldi entra em outro restaurante da região com sua mulher e se senta à mesa onde está esperando um dos ministros mais próximos ao presidente com sua esposa. Mudaram os ventos?, perguntam-se os habitués do lugar que os reconhecem, e também se perguntaria Jaime Brena se os visse. Mas Jaime Brena está preocupado com outra coisa, caminha por Palermo com Nurit Iscar. A rua está quente de restos desse calor estranho de princípios do outono. Eu te acompanho até sua casa, diz Brena, e não é uma pergunta. Caminhamos ou pegamos um táxi? Vamos começar caminhando, diz Nurit Iscar e, se nos cansarmos, pegamos um táxi. Vão em silêncio, tentando que as calçadas quebradas e as raízes crescidas das árvores não sejam um obstáculo intransponível. Quer saber de onde saiu seu apelido, Betibu? Quero, diz ela. Então Jaime Brena começa a contar aquela história que até há pouco não sabia se algum dia contaria, e enquanto faz isso apoia a mão na cintura dela. Primeiro como se fosse uma sondagem, um reconhecimento, depois firme, sem dúvidas. Nurit Iscar se inquieta, mas gosta. Fazia muito tempo que um homem não colocava a mão em sua cintura. Ele mesmo, Jaime Brena, foi o último que colocou a mão em seu ombro no dia em que Collazo apareceu dependurado em uma árvore. Mas ombro e cintura não são iguais. A cintura tem mais de ponto G que o ombro. Se é que existe o ponto G. Pelo menos para ela, para Nurit Iscar, a cintura tem muito mais de ponto G. Jaime Brena, como se não percebesse o que sua mão provoca — "como se", porque percebe —, não para de falar. Diverte-se com o que conta, conta com graça, quer que ela também se divirta, quer seduzi-la. Para ajudá-la a desviar de um monte de lajotas levantadas que ameaçam a estabilidade dos transeuntes com suas pontas quebradas, ele a aproxima com cuidado de seu corpo. Pela cintura, como se fosse um bailarino de tango que marca o passo. E ela se deixa conduzir e fica ali, nesse lugar, mais perto dele.

Se este fosse um livro de Nurit Iscar, ela não contaria o que acontece algum tempo depois. Sobretudo depois do fracasso de *Só se você me amar*. Só contaria o beijo que trocam numa esquina, que ele lhe acaricia os cabelos e que, um pouco antes de chegar à entrada de seu edifício, volta a beijá-la. Se só com esforço encontra as palavras adequadas, se quando relê várias vezes escuta uma música que gosta. Mas não contaria o percurso no elevador, onde as mãos já se sentem livres. E muito menos o que acontece quando os dois entram no apartamento. Não, definitivamente ela não incluiria nada disso em um livro seu. Mas sabe, não tem dúvidas que, quando vender essa história para que seja feito um filme, o diretor já se encarregará de acrescentar a cena de sexo que ele imagina para este final. Contará com imagens, não com palavras, os corpos nus, a respiração, os suspiros. Até terá o atrevimento de representá-los mais lindos do que são. Ela, Nurit Iscar, Betibu, e Jaime Brena serão, nessa cena, outros. O diretor procurará pernas mais firmes que as dela, e um ventre de homem com uma barriga menos proeminente que a dele. E fará com que façam o que eles não fazem. Porque, embora façam tudo que têm vontade de fazer, são um homem e uma mulher que não pensam nos vários espectadores que estão vendo os dois sentados em uma poltrona, só pensam um no outro, e isso faz toda a diferença.

Nurit Iscar pensa nisso, no filme que farão com eles dois, no que acrescentarão e no que tirarão e ri. Olha para Jaime Brena, ele também está sorrindo.

Do que você está rindo?, ela pergunta.

Nada, uma besteira, me perguntava se você dorme de barriga para cima ou de barriga para baixo. Uma besteira. E você, do que está rindo, Betibu?

De você e de mim.

De nós, então, diz Jaime Brena.

Sim, de nós, responde Nurit Iscar.